여성동학다큐소설
강원도편

님, 모심

님, 모심

김현옥 지음

도서출판 모시는사람들

여성동학다큐소설 강원도편

님, 모심

등　록　1994.7.1 제1-1071
1쇄 발행　2015년 10월 31일
2쇄 발행　2015년 12월 5일

지은이　김현옥
펴낸이　박길수
편집인　소경희
편　집　조영준
디자인　이주향
관　리　위현정

펴낸곳　도서출판 모시는사람들 03147
　　　　서울시 종로구 삼일대로 457(경운동 수운회관) 1207호
전　화　02-735-7173, 02-737-7173
팩　스　02-730-7173
인　쇄　(주)상지사P&B(031-955-3636)
배　본　문화유통북스(031-937-6100)
홈페이지　http://www.mosinsaram.com

값은 뒤표지에 있습니다.
ISBN　979-11-86502-22-8　　03810

이 도서의 국립중앙도서관 출판시도서목록(CIP)은 e-CIP 홈페이지(http://www.nl.go.kr/
ecip)에서 이용하실 수 있습니다.(CIP제어번호:2015027231)

머리말

　문화재청은 120년 전의 동학군의 유골을 2015년 2월 16일 화장시키겠다고 발표했다. 동학소설 팀은 문화재청과 진도군청, 독립기념사업회 등의 홈페이지에 철회를 요청하는 글을 올리고, 문화재청 앞에서 1인 시위를 잇달아 벌이기도 하였다. 또한, 기자와 관련 전문가를 동원해 압박하기도 하고, 지인들에게 그 부당함을 알려 동참을 이끌어냈다. 그 결과 1996년 일본에서 봉환한 이후 20년 동안 방치하다시피한 진도 동학군의 유골은 역사에서 영원히 사라질 위기를 면할 수 있었다.

　'하늘의 그물은 성글지만, 어느 것 하나 빠져나가지 못할 만큼 촘촘하다'는 노자의 말이 떠올랐다. 나와 다른 존재, 나와 우주는 서로 밀접하게 연결되어 있다. 한 점이라고 생각한 나 자신이 얼마나 많은 존재와 연결된 큰 존재인지, 나 하나의 생각과 행동이 주변에 얼마나 큰 파문을 일으키는지 생각하게 되면서 새삼 삶의 엄숙함을 느낀다. 세상 속에서 '나'를 바라보면 한없이 작은 존재이나, 내 속을 깊이 들여다보면 '나'는 한없이 깊고 넓은 존재다. 동학을 공부하면서 '나는 누구인가?'를 더 자주 묻게 되었다.

　과거의 역사는 현재와 동떨어진 사건이 아니다. 조상의 혼령은 우리 마음속에 살아 계시면서, 지금 이 순간에도 끊임없이 활동하고 있다. 동학혁명 120주년에 맞추어 15명의 '동학을 사랑하는 모임' 여성 작가들과 함께 동학소설을 쓰게 되었다.

'강원도편'은 1894년 전국적으로 일어난 동학혁명의 뿌리가 되는 부분이다. 최시형 선생이 강원도 영월로 피난 와서, 원주에서 잡히기까지의 이야기이다. 늘 쫓기는 삶을 살면서도 동학사상을 생활 속에서 구체적으로 보여주었던 해월 선생의 삶은 감동 그 자체였다. 가장 낮은 자리에서 모든 생명 존재를 존경하고 모셨던 사람, 죽는 날까지 짚신을 삼거나 나무를 심거나 밭일을 했던 동학의 지도자였다.

해월 선생의 이런 생태적이고 영적인 삶은 현대의 장일순 선생에게로 이어졌다. 장일순 선생은 한살림운동을 통해 생명을 살리는 운동을 하였다. 오늘의 유기농법은 거대 자본에 편승하여 국가에서 허용하는 유기농 수치 인증을 기준으로 하고 있어 자본주의 상업화의 한계에 갇혀 있다. 진정한 생명 살림은 여러 품종을 혼합하여 농사짓는 섞어 심기 소농으로만 가능하다. 단품종 대량생산을 통해 이윤을 추구하는 기계화 농법은 공생의 생태계를 파괴한다. 땅에 휴식 없이 생산만 강요한다. 동물 집단 사육과 같이 폭력적인 농법이다. 모든 것은 서로 어울려 있다. 땅이 병들면 우리 몸도 병이 든다.

수운과 해월 선생은 오늘날과 같은 신자유주의 대량 생산 체제로 인한 생명 파괴 현상을 내다보고 그 대안을 제시하였다. 그것은 모심과 어울림의 생명 사상이다. 모든 생명은 그 안에 위대한 존재를 모시고 있으니, 서로를 존중하고 모셔야 하며, 모든 생명 존재는 어울림으로써 서로를 살려야 한다는 것이다. 이것은 '나'를 개체에 한정시키기보다는 관계성을 통해 '큰나'로 확장하도록 요구하고 있다. 그래야 우리 모두 행복하게 살 수 있다.

동학사상을 통해 자신의 참모습을 알았고, 모든 존재가 평등함을 깨달았다. 시천주(侍天主), 사인여천(事人如天), 인시천(人是天) 등으로 대표되는 하늘 사상인 동학의 풍류 정신은, 모든 존재의 영적 평등을 추구하였다. 동학은 조선 말기 세도정치와 삼정의 문란으로 인한 가렴주구로 피폐해진 백성들의 마음에 새 희망의 불씨가 되어 마침내 전국적으로 불타오르는 혁명이 되었다. 또한, 동학은 조선 봉건사회의 부정부패를 척결하고 일제의 침략 야욕에 맞서 국권을 수호하고자 하였다. 이 사상은 신분 차별을 기반으로 하던 기득권 사회와 조선을 침략하려는 일본에 큰 위협이 되었다. 동학군은 조정에 의해 탄압받고, 일본군에 의해 초토화되었다. 그러나 동학은 죽지 않고 면면히 살아서 우리 민족에게 끊임없이 부활의 힘을 주고 있다. 동학혁명에 이어 일어난 3·1운동, 4·19혁명, 5·18민주화운동은 우리 민족의 주체적 각성이요, 정신개벽의 빛이다. 동학은 현대를 살아가는 우리가 기억해야 할 소중하고 가치 있는 역사이며 문화유산이다.

이 글은 소설이자 역사이다. 실제로 지금 내가 딛고 있는 땅에서 살았던 사람들의 이야기이다. 어둠의 세월에 묻혀 버린 이야기는 어쩔 수 없이 상상력으로 공간을 메꾸었지만, 대부분의 이야기는 기록을 바탕으로 사실대로 적으려고 노력했다. 한 사람의 독자라도 글 속에서 조상들의 훌륭한 삶을 본받아 현재 자신의 삶을 변화시킬 수 있다면 더 바랄 게 없겠다. 무엇보다 자신의 내면에 한울님이 계심을 알고 자신을 소중히 여길 수 있다면 자신의 삶과 주변의 삶이 더 환해지리라 믿는다.

이 소설을 쓰기 위하여 자료를 찾고 인터뷰와 공부를 하면서 얻은 표현(문장)이 일부나마 소설 속에 인용되기도 했으나 일일이 출처를 밝히지 못하였음을 양해 바란다.

소설을 쓰는 동안 참으로 많은 분들의 도움을 받았다. 30여 년간 공부한 동학 자료를 기꺼이 제공해 주신 원광대 박맹수 교수님, 기쁜 마음으로 출판을 담당해 주신 '도서출판 모시는사람들'의 박길수 사장님, 끊임없이 격려와 용기를 불어넣어 준 도반들과 가족, 서로에게 힘이 되어 준 15명의 여성 작가 동지들, 보이지 않는 곳에서 음으로 양으로 도와준 모든 생명 존재들에게 고마운 마음을 전한다.

동학혁명 120주년을 맞아
다산 정약용 선생 숨결이 깃든 강진에서
김현옥 모심

차례

님, 모심

1. 장일순, 해월을 만나다

장일순과의 대담(1988년 5월)

치악산은 얼마 전에 연둣빛 등허리를 드러내더니 신록이 나날이 짙은 윤기를 더해 가고 있다. 꽃샘추위 뒤끝에 다사로운 봄 햇살이 밀려들기 시작했다. 환한 이팝나무가 꽃잎을 터트리자, 덩달아 찔레나무와 아카시아나무도 꽃향기를 내뿜었다. 나무는 겨우내 향기로운 잎과 꽃을 준비해 두었을 것이다. 눈 감고 가만히 숨을 들이쉬면 꽃향기가 맡아졌다.

'이런 날엔 봄맞이 소풍이 제격인데….' 유청은 잠시 생각에 잠기다가 이내 고개를 흔들었다. 오늘은 중요한 취재가 있는 날이다. 문화부장이, 원주의 장일순이라는 분이 서울 인사동의 '그림마당 민'이라는 갤러리에서 서화전을 개최한다고 취재해 오라는 엄명을 내린 터였다. 장일순? 처음 들어 보는 이름이었다. 그러나 문화부장이 꼭 취재해야 할 사람이라고 하니, 자연의 세례를 받는 것은 뒤로 미룰 수밖에 없었다. 처음에 유청이 인터뷰를 요청하자, 장일순은 단번에 거절했다. 사람들에게 널리 알릴 만한 기사는 못 된다고 했다. 기금 조성이라는 좋은 뜻을 널리 알리자는 것이라고 간곡히 사정한 다음에야, 간단히 몇 가지만 물으라며 허락했다.

한살림운동의 기금 조성을 위한 서화전은 5월 27일부터 일주일간 열린다고 했다. 한살림운동이 무엇인지, 어떤 내용의 서화인지 궁금했다.

'그림마당 민'[1]에 도착한 그녀는 깜짝 놀랐다. 전시회장 입구는 첫날부터 입장하려는 사람들로 붐볐다. 전시회장 안에도 발 디딜 틈이 없는 가운데 이름난 정치인, 종교인, 화가, 음악가 등이 여럿 눈에 띄었다. 장일순은 어떤 사람인가? 미리 장일순에 대해 조사해 보지 못한 것이 후회가 되었다. 유청은 이 전시회 기사가 내일 머리기사가 될 거라고 직감했다.

흰 와이셔츠와 검은 양복 차림의 장일순은 훤칠하고 깔끔했다. 부인은 연분홍 한복을 입어 화사하면서도 우아했다. 장일순은 손님들을 맞이하느라 바빴다. 유청은 갤러리 안을 둘러보았다. 서화는 30여 점 전시되어 있었다.

그녀는 가벼운 마음으로 서화들을 바라보았다. 힘 있고 투박한 붓글씨에, 삽화 같은 그림이 어우러져 있었다. 주로 난초를 그렸는데 꽃마다 사람 얼굴이 피어 있었다. 따스하고 밝게 웃는 꽃, 맑고 평온하게 웃는 꽃, 사색에 잠긴 듯 고개 숙인 꽃 등 다양했다.

유청은 액자 앞에서 걸음을 멈추었다. '고요한 소리'라고 쓰여 있었다. 글자를 소리 내서 읽는 순간, 마음이 고요해졌다. 한밤중에 깨었을 때 들리던 침묵의 소리였다. 그것은 심장의 울림소리이거나, 만물이 내쉬는 숨소리 같았다. 어쩌면 지구가 돌면서 부르는 노래가락인지도 몰랐다.

유청은 잠시 고요한 소리를 떠올리다 옆으로 두어 걸음 옮겼다. 가로로 길게 액자가 걸려 있었다. 글을 읽는 순간 전기에 감전된 듯한 짜릿한 소름이 온몸에 전해졌다.

'나는 미처 몰랐네. 그대가 나였다는 것을!' 그대가 나라니, 이것은 가능할까?

장일순 선생이 보통 분이 아니라는 게 느껴졌다.

또 다른 액자 앞에서 그녀는 멈추고 말았다. '이 땅의 여자들은 이제까지 주고만 갔네. 그러나 그것은 온 세계를 자유롭게 하네.'라고 쓰여 있었다. 늘 간섭만 하던 어머니가 떠올랐다. 이것저것 챙겨 주고 알려 주는 어머니에게 짜증을 내곤 했다. 어머니가 자신을 미덥지 않게 여긴다고 생각했다.

'나는 어머니에게 반항함으로써 어른이 되었음을 증명하려 했구나!' 유청은 액자의 글을 읽으면서 딸을 생각하는 어머니의 마음을 오래간만에 헤아렸다. 지금까지 어머니를 대하던 자신의 태도를 생각하니 가슴 한구석이 허전하면서 쓰라렸다. 일찍이 혼자되어 딸만 바라보던 어머니의 마음이 느껴졌다. 자신이 짜증내고 거부할 때마다 어머니 마음이 얼마나 아팠을까? 두 눈이 시큰해졌다. '이 땅의 여자들은 이제까지 주고만 갔네.'라는 문장을 보며 그녀는 오랫동안 서 있었다.

　장일순 선생은 수인사만 나누고 다소곳이 자리에 앉았다. 온몸에 봄빛을 휘감은 듯 화사한 옷을 입은 유청은 의자에 앉아 수첩과 펜을 꺼내 들었다.

　"서화 소재로 난초를 많이 그리셨네요?"

　유청은 편안한 말투로 인터뷰를 시작했다.

　"예, 난초라고 할 수도 있고, 길가에서 흔히 볼 수 있는 들풀로 볼 수도 있습니다."

　"아…!"

　"… 난초든 들풀이든 다 한가지 생명이 아니겠습니까? 저 잎사귀를 보세요. 바람에 흔들리는 것 같지 않나요? 모든 식물은 우주와 소통하며 살기 때문에 한순간도 가만히 있지 않지요. 바람과 햇빛, 하늘과 땅, 새와 사람과도 통해서 늘 흔들리고 변하면서 성장하지요. 우리 또한 우주와 순간마다 소통하며 살고 있어요."

　"우주와 소통한다고요?"

　"그렇지요. 모든 존재는 우주의 원소로 만들어졌을 뿐만 아니라, 우주와 서로 소통하며 살아요. 그래서 숨을 쉬지요. 들숨과 날숨을 우주와 주고받으며 살잖아요. 그리고 마지막에는 우주와 다시 한 몸이 되는 거지요"

"우주에서 왔다가 우주로 돌아간다…. 이런 뜻인가요?"

"네, 딱 맞는 말씀이에요. 나아가 살아 있는 생명뿐 아니라, 돌이나 물 같은 무생물조차도 사실은 우주적인 존재지요. 그리고 그것들 모두가 긴밀하게 연결되어 생명을 살리지요."

"돌이나 물이 우주적인 존재라고요?"

"사람을 비롯한 모든 존재는 서로 연결되어 큰 그림을 그리고 있습니다. 나는 우주를 형성하는 작은 조각 그림이지요. 나를 둘러싼 사회 속의 모든 사람들도 마찬가지고요. 그러니 나 혼자서는 불완전할 수밖에요. 다른 사람과 이웃 나라, 크게는 자연과 서로 어울리며 살아야 할 가장 중요한 이유이지요. 그런데 좁은 시야로 '나'만 보니까 주변 사람을 해치게 되고, 이웃 나라를 침략하고, 자연을 파괴하지요. 그러면 결국 내가 다치고 큰 그림이 망가지는데 말이에요. 서로가 서로를 모시고 살리는 삶의 진리를 모르고 있어요."

"……."

어느새 장일순의 말에 흠뻑 빠져들어 넋을 놓고 있던 유청은 몇 마디 단어만 메모해 두고 다음 질문을 이어 갔다.

"난초 꽃잎이 사람 얼굴을 하고 있는데, 무슨 뜻이 있습니까?"

"해월 선생은 풀 한 포기도 한울님을 모시고 있다고 했습니다. 사람도 누구나 한울님을 모시고 삽니다. 이런 점에서 난초나 사람이나 모두 고귀한 존재들입니다. 난초 꽃잎을 사람의 얼굴로 표현함으로

써 난초와 사람을 동격으로 나타내고 싶었지요."

"풀 한 포기도 한울님을 모시고 있다고 하셨나요?"

유청은 잘못 들은 것은 아닌가 의아해하며 장일순을 바라보았다.

"그렇습니다. 풀에도 한울님이 들어 있고, 하늘을 나는 새에게도 한울님이 들어 있습니다. 그래서 향기로운 꽃을 피우고, 아름다운 노래를 하지요. 이들 또한 사람과 똑같이 우주와 소통하며 살지요. 한울님을 모시고 산다는 점에서 모두가 똑같지요."

"한울님이란 신을 뜻하는 겁니까? 그렇다면 지금 제 안에도 신이 있다는 것인데, 그런가요?"

장일순이 호기심으로 반짝이는 유청의 눈을 깊숙이 들여다보았다. 유청은 그제서야 자기의 질문이 주제에서 벗어났다는 걸 깨달았다.

"120여 년 전 수운 최제우 선생과 해월 최시형 선생이 했던 말씀이지요."

"네, 선생님. 그 말씀은 다음에 좀 더 자세히 듣고 싶어요."

"그렇게 하세요."

"대개 한글만 쓰거나 한자만 쓰거나 하는데, 선생님 작품은 한글과 한자를 자유로이 넘나드는 것 같아요. 전통적 서예와는 다른 독창적인 느낌도 들고요."

"서화 작품에는 받는 사람의 처지에 맞게 마음에 힘을 주는 글들을 적었습니다. 성현들의 경전 말씀이나 떠오른 생각을 적었지요. 해월 선생의 말씀을 특히 많이 인용했습니다."

"해월 선생이라면 동학 2대 교조인 최시형 선생을 말씀하시는 거지요? 해월 선생의 말씀 중에 가장 대표적인 것 하나만 소개해 주실래요?"

"예, '천지는 부모요, 부모는 곧 천지이니 천지와 부모는 한 몸이니라. 자라서 곡식을 먹는 것은 천지의 젖을 먹는 것이다.' 이것은 천지 자연을 부모님으로 여기고 존경하라는 뜻입니다. 이러한 마음이 곧 한살림의 마음입니다."

유청은 취재를 하면 할수록 흥미진진해지고 알고 싶은 것이 점점 많아졌다. 그러나 우선은 취재에 충실해야 했다. 문화부장의 도끼눈이 눈앞에 아른거렸다.

"이번 전시회에는 특별한 목적이 있다고 들었는데요?"

"한살림운동의 기금을 마련하기 위한 것입니다."

"한살림운동이 무엇인지 간단히 소개해 주세요."

"한살림이란 한마디로 생명운동입니다. 땅과 사람을 살리고, 삭막해져 가는 인간 사이를 살리고, 병들어 가는 자연을 살리자는 운동이지요. 농부인 생산자는 유기농으로 나아가서는 자연농으로 건강한 먹거리를 생산하고, 소비자는 책임지고 그 농산물을 사 줌으로써 생산자가 안정적으로 농산물을 생산할 수 있도록 해 줍니다. 도시의 소비자 또한 생명 친화적인 먹거리를 먹을 수 있게 되지요. 그런데 아직 초창기라 많이 알려지지 않아서 사정이 어렵습니다. 그래서 한살림을 후원하기 위해 전시회를 열었습니다."

"'친환경 먹거리'라. 요즘 대도시에서 그에 대한 관심이 높다고 들었어요. 농촌과 도시가 서로를 살리는 좋은 운동이 될 것 같네요. 관람객들이 아주 많아서 다행입니다."

"네, 고맙게 생각하고 있습니다. 이번 전시회를 위해 여러분들이 수고해 주셨습니다. 지학순 주교와 박재일을 비롯하여 도움을 주신 분들에게 감사드립니다. 그리고 이번 전시회가 한살림 생명운동을 발전시키는 데 밑거름이 되었으면 좋겠습니다."

"네, 이번 전시회가 성황리에 잘 끝나서 한살림운동에 큰 보탬이 되기를 바랍니다. 지금까지 좋은 말씀 고맙습니다."

처음에 긴장해 보였던 모습과는 달리, 장일순 선생은 시종일관 흐트러짐이 없었다. 다소곳한 모습은 평소의 온화하고 겸손한 성품이 배어난 것이었다. 유청은 기사를 마감하는 대로 근간 선생님을 다시 찾아뵙겠노라 인사하고 전시장을 빠져나왔다.

장일순과의 인터뷰는 유청에게 신선한 충격을 주었다. 전시된 서예 작품 자체도 훌륭하고 아름다운데, 그림과 조화를 이룬 글의 내용도 가슴에 울림을 주었다. 작품의 소재들인 나무나 풀이 한울님을 모시고 우주와 소통하는 존재라는 설명을 듣고 놀랐다. 무엇보다, 자신이 한울님을 모시고 산다는 장일순 선생의 말이 머릿속을 떠나지 않았다.

'내 안에 한울님이 있다?' 유청은 문득 하늘을 우러러 보았다. 오랜만에 본 밤하늘에는 별들이 가득했다. 유청으로서는 요즘 들어 날마다 집과 직장, 취재 현장을 오가며 기사를 쓰느라 부대끼는 생활이 전부였다. 머리 위로는 언제나 우주가 열려 있건만 지금까지 관심을 갖고 살펴보지 못한 자신이 새삼 이상하게 여겨졌다. 일상생활 속에 매몰되어 바늘구멍만 보고 살아왔다는 것을 깨달았다.

"저 잎사귀를 보세요. 바람에 흔들리는 것 같지 않나요? 모든 식물은 우주와 소통하며 살기 때문에 한순간도 가만히 있지 않지요. 바람과 햇빛, 하늘과 땅, 새와 사람과도 통해서 늘 흔들리고 변하면서 성장하지요. 우리 또한 우주와 순간마다 소통하며 살고 있어요."

장일순의 말이 메아리처럼 그녀의 마음에 계속해서 울려 왔다.

기사는 예상했던 대로 반응이 뜨거웠다. 며칠 뒤에 유청은 기사가 난 신문을 들고 장일순 선생을 찾아갔다. 취재기자로서가 아니라, 개인적인 관심으로 장일순의 말을 들어 보고 싶었다. 새로운 삶에 대한 호기심과 순수한 학구열로 그녀는 오랜만에 어린애 같은 설렘을 느꼈다.

유청이 찾아가자 장일순은 반갑게 맞아 주었다. 선생의 부모님과 형제가 직접 지었다는 아담한 기와집은 정원이 넓었다. 키 큰 측백나무 옆에는 쥐똥나무와 단풍나무가 울타리를 이루고 있었다. 정원 곳곳에는 산죽나무, 배롱나무가 서 있었다. 초여름인데도 마당에는 질경이, 민들레, 괭이밥, 토끼풀 등이 납작 엎드린 채 꽃을 피우고 있다가 가끔씩 바람이 불 때마다 흔들렸다. 자갈 틈 사이에 끼어서 사람

발에 밟히지 않을 정도로만 낮은 키로 자라 꽃을 피우다니 신기했다.

유청은 꽃들을 바라보며 망설이다 말을 꺼냈다.

"선생님, 풀이나 새 속에도 한울님이 있다고 하셨는데, 그 말이 이해가 되지 않아서 다시 찾아왔습니다."

장일순은 빙그레 웃었다. 편안하고 따스한 물결이 자신에게까지 밀려오는 듯했다. 장일순의 미소에 유청의 마음도 부드럽게 풀리고 있었다.

"유 기자, 저기 흔들리는 단풍나무가 보이지?"

유청은 고개를 들어 장일순이 가리키는 손가락을 따라가서 흔들 듯 까불거리는 나뭇잎들을 바라보았다.

"자네는 나무가 흔들리는 것이 바람 때문이라고 생각하나, 나무 저 때문이라고 생각하나?"

"그거야 바람 때문이지요. 바람이 와서 흔들잖아요?"

"그럴 수도 있겠지. 그런데 죽은 나무보다는 살아있는 나무가 더 잘 흔들린다는 것을 아는가?"

"그래요?"

"북에서 소리가 나는 것은 가죽 때문이겠나, 가죽을 채우는 공기 때문이겠나?"

"공기요. 타이어도 공기를 가득 채워 탱탱하면 잘 굴러가잖아요. 북도 팽팽해야 소리가 잘 나겠지요."

"그렇지. 북을 반듯하게 펴 주는 것은 바람이지. 사람 또한 바람 기운으로 말하고 걷는다고 할 수 있지. 그렇다면 진정한 나는 이 육체일까 신체 속에 스며 있는 바람일까?"

유청은 이해한 듯도 싶고, 전혀 모르는 것 같기도 했다. 고개를 갸웃거리며 쉽게 말을 할 수가 없었다.

"모든 생명체에는 육체라는 외형이 있지. 그리고 그 안에는 마음이 담겨 있거든. 우리는 밥 먹고 숨 쉬며 살지만, 또한 이것들을 알아차리는 고요한 존재도 있단 말이야. 육체만이 나라고 강하게 말할 수가 없는 거지. 사람에게서 마지막 숨이 빠져나갔을 때 남은 시신은 과연 누구일까? 이제 우리가 몸과 마음으로 이루어져 있다는 것은 이해하겠지? 마음 중에는 모두를 위하는 하늘마음이 있는가 하면, 나만을 위하는 육체마음도 있지. 육체마음이라는 구름에서 벗어나면 본래 우리는 하늘마음이거든."

유청은 자신의 육체 속에 하늘마음이 담겨 있다는 말에 강하게 부정할 수가 없었다. 자세히 이해할 수는 없지만 구름 너머 파란 하늘이 자신에게도 깃들어 있을 것 같았다. 높푸른 하늘을 상상하자, 일상생활에 치여 사느라 답답하던 가슴이 풀리는 듯했다.

"해월 선생은 말씀하셨지. 풀 한 포기, 새 한 마리 속에도 한울님이 깃들어 있다고. 당연히 내 자신 속에도 한울님이 계시니 함부로 해서는 안 되겠지. 내 자신을 소중히 여기고 내 안에 계시는 한울님을 존중하다 보면, 다른 사람이나 생명도 저절로 아끼고 사랑하게 되거든. 누구나 한울님을 모시는 존재이니 우리는 같은 형제인 거지."

유청은 장일순 선생을 통해서 어쩌면 새로운 자신을 만나게 될지도 모르겠다고 생각했다. 장일순 선생을 자주 만나 뵙고 싶었다. 그리고 해월 선생의 말씀에 대해서도 더 깊이 알고 싶었다.

그녀가 서화를 배우고 싶다고 했더니, 장일순은 웃으며 자신은 서화를 가르치지 않는다고 했다. 그래서 그녀는 몇 달 뒤에 서화와 고미술에 관심이 많은 친구 5명과 함께 '치악고미술동우회'를 결성했다. 그리고 옛날 그림들을 찾아 다니며 감상했다. 유청은 장일순에게 그 모임의 고문이 되어 달라고 부탁했다. 그걸 구실 삼아 장일순 선생을 자주 찾아뵙고 싶었던 것이다.

그날 이후 유청은 서화를 구경한답시고 틈만 나면 봉산동 장일순 선생의 집을 방문했다. 세 번째 방문하는 날 처음으로 서재에 안내되어 들어갔는데, 많은 책으로 채워진 정면에 사진 액자 두 개가 걸려 있었다.

"이분들은 누구세요?"

유청이 사진 속 할아버지를 가리켰다.

"중절모를 쓴 분은 내 할아버지일세. 서화를 즐기고 사람 돕기를 좋아했던 따뜻한 분이셨지. 할아버지로부터 처음 붓글씨와 사람 사랑하는 법을 배웠어. 할아버지는 집에 어떤 사람이 찾아오든지 외면한 적이 없으셨지. 항상 따뜻한 밥을 대접하셨어. 그 옆에 계신 분이 서화를 가르쳐 준 차강(此江) 박기정(朴基正) 선생님. 역사와 현실을 올바르게 보는 안목을 가르쳐 주신 분이야. 이분은 총 들고 의병 활동하다 말년에는 서화를 팔아 독립 활동 기금으로 보내곤 하셨어."

장일순은 솔직하고 따뜻했다. 스스럼없이 한참 어린 자신에게도 다정하게 말씀해 주었다. 장일순 선생이 이분들의 영향을 받으셨겠구나 생각했다. 아직 존경할 만한 분이 없는 유청은 부러웠다.

유청이 훌륭한 분이라며 고개를 끄덕이는데, 저만치에 다른 사진이 보였다.

"저기 턱수염이 무성한 분은요?"

"저분이 바로 해월 선생님이시네. 내가 가장 존경하는 분."

장일순은 따뜻한 눈빛으로 잠시 해월의 사진을 응시했다.

"모든 생명을 한울님으로 모시며 노동과 밥을 신성하게 여기신 분이지. 노동은 신성한 존재에게 공양을 올리기 위한 사람의 거룩한 의무라고 하셨지. 그래서 평생 몸으로 노동을 실천하셨어. 관의 탄압으로 쫓기는 삶 속에서도 늘 기도하고 일하며 동학 교세를 키워 나가셨지."

"저분이 바로 해월 선생님이라구요?"

사진 속의 해월은 여느 시골에나 가면 쉽게 만날 수 있는 농부의 모습이었다. 사진인데도 작고 빛나는 두 눈에 기운이 생동하고 있었다. 장일순의 서화전에서 보았던 많은 글이 해월 선생의 말씀이라는 사실을 다시 한 번 상기했다.

해월 피체지 답사

날씨가 좋은 토요일이었다. 서울 인사동에서 열리고 있는 '조선 시대 여성 그림전'이나 보러 갈까 생각하고 있는데, 전화벨이 울렸다.

"유 기자, 해월 선생에 대해서 알고 싶다고 했지?"

장일순이었다. 느리고 부드러운 목소리에서 밝은 음색이 느껴졌다. 뭔가 좋은 일이 있나 보다.

"예. 지금 뵐까요?"

"아니, 열 시쯤 보세. 마늘을 심고 나서….."

"선생님께서 직접 농사도 지으세요?"

"그럼, 내 먹을 것은 내가 심어야지."

유청은 오랜만에 여유 있는 아침 시간에 곡우차를 우렸다. 창문 밖에는 붉게 물든 단풍나무 잎들이 부드럽게 흔들리고 있었다. 차를 마시며 장일순과 해월을 생각했다. 장일순은 해월 최시형을 '민족의 거룩한 스승'이라고 했다. 자주 해월 이야기를 듣다 보니 이젠 유청도 해월의 팬이 되어 버렸다. 가끔 그가 몸담은 〈강원일보〉에 해월 이야기를 실었다.

약속 시간에 맞춰 유청이 봉산동 집으로 찾아갔다. 장일순은 유청에게 호저면 송골로 간다고 했다. 30분 정도 차로 달렸다.

"저 위 농로 쪽으로 걸어가지."

마을 초입에 차를 세우고, 나락이 누렇게 익은 들길을 지나 동네 어귀의 밭에 이르렀다. 한쪽에는 콩과 들깨가, 다른 쪽에는 배추와 옥수수가 심어져 있었다. 옥수수수염이 말라 있는 것이 빨리 수확해야 할 것 같았다. 들깨 향기가 고소하게 코끝을 간질였다. 할머니 혼자 엎드려서 콩대를 낫으로 베고 있었다.

"안녕하세요?"

유청은 할머니에게 다가가 인사했다.

"누구여? 잘 모르는 색신데."

할머니는 머릿수건을 벗어 땀을 닦으며 잠시 일손을 멈추었다.

"할머니 혼자 일하세요?"

"그려, 일할 손이 있어야지. 영감은 몸이 아프다고 누워 있어."

"자녀분은 없으세요?"

"없긴, 다 도시로 나갔지. 돈 번다고."

"이 밭이 할머니네 밭이에요?"

"그려, 내년에는 농사도 못 짓겠어. 아무리 농사를 지어 봐도 돈이 돼야 말이지. 농약값, 비료 값이 더 들어."

"콩이나 들깨에는 약을 안 치잖아요!"

"고추나 배추는 약 안 치면 농사가 안 돼. 이제는 힘들어서 그것도 못해."

"이 주변 좀 둘러봐도 되지요?"

"알아서 해. 뭐 볼 게 있다고….."

할머니는 다시 엎드려 콩대를 베기 시작했다.

"그냥 구경 좀 하려고 그래요. 그럼, 안녕히 계세요."

"할머니 혼자 일하시니 힘드시겠어요."

유청은 할머니를 되돌아보며 안타까운 표정을 지었다.

"지금 농촌 현실이야. 노인들만 남아서 소규모로 농사를 짓고 있지. 몇 년 전부터 마을에서 어린아이 울음소리나 아이들 노는 소리를 들을 수가 없어."

"마을이 늙어 가고 있군요."

"그래, 순환이 되지 못하고 있어. 도시는 포화 상태고, 농촌은 텅 비고…. 언제부터 농사가 천대받는 일이 되었을까…. 한때는 농사가 천하의 근본이라고 했는데 말이지."

유청은 장 선생이 가볍게 한숨짓는 소리를 들었다.

"갈수록 농사짓는 사람들이 줄어들 텐데 큰일이군요."

"정부에서 자동차 수출한다고 쌀값을 저가에 묶어 놓으니, 생산비도 못 건지는 농민들은 도시로 떠날 수밖에 없지. 일손이 부족한 농촌에서는 제초제며 농약으로 생명을 죽이는 농사를 지을 수밖에 없고."

"이러다가는 앞으로 정말 먹을 것이 없겠는데요. 먹거리가 점점 오염되고 있으니 말이에요."

"문제는 사람들이 먹거리를 심각하게 여기지 않는다는 데 있지. 자동차는 안 타도 살 수 있지만, 먹지 않고는 살 수 없어. 그런데도 사람들은 자동차는 중요하게 여기고, 쌀은 무시한단 말이야. 이러다간 결국 선진국에 의존하는 경제 식민지가 될 수밖에 없어. 나이를 먹을수록 생명을 존중하고 모시라고 하셨던 해월 선생의 말씀이 더욱 귀하게 여겨지네."

유청은 부끄러워졌다. 자신 또한 지금까지 음식에 대해서나 농촌 문제에 대해서 심각하게 생각하지 못했다. 한살림운동을 후원하기 위해 장일순 선생이 전시회를 열었을 때도 기자로서 의무적으로 인터뷰를 했다. 오염되지 않은 먹거리 운동은 단순히 개인적 기호나 취향의 문제가 아니다. 지금까지의 삶의 방향을 전환시킬 수 있는 생명의 뿌리와 맞닿아 있는 문제인 것이다.

동네 어귀를 지나 장일순과 유청은 더 위쪽으로 올라갔다. 장일순은 산 바로 아래에 있는 밭을 가리켰다.

"원주시 호저면 송골 바로 이곳이 해월 선생이 잡혀가기 전 마지막으로 머물던 곳이야."

밭에서 옛날 집의 흔적을 찾기는 힘들었다. 그래도 이 밭의 흙과 주변을 감싸고 있는 산들은 90여 년 전 이 땅에서 일어난 일들을 기억하고 있을 것 같았다.

유청은 해월이 이곳에서 제자들과 수련하고, 관군에게 잡혀가던 당시의 모습을 상상해 보았다. 이곳을 떠나기 전 마지막으로 주변을 둘러보았을 해월의 심정을 헤아리며, 유청은 눈 아래 넓게 펼쳐진 10월의 들판을 바라보았다. 벼들이 고요히 사색에 잠겨 있었다.

"해월 선생이 은거했던 곳들을 살펴보면 공통점이 있어."

송골마을 앞 들판을 둘러보며 장일순이 말을 이었다.

"영월 직동이나 소밀원도 그렇고 단양 절골 등을 보면, 앞은 탁 트여 있어 관군이 오는 것을 쉽게 볼 수 있고, 뒤는 산으로 연결되어 있어 금방 몸을 피할 수 있는 곳이야."

장일순의 말에 유청은 앞으로 넓게 펼쳐진 논들을 바라보다 산 쪽을 보기 위해 고개를 돌렸다. 참나무와 소나무가 우거져 있었다.

"정말이네요. 송골도 그런 지형적 특성이 있네요."

"그렇지. 이렇게 지형적 특성까지 고려하여 은거한 치밀함 때문에 오랫동안 관의 체포를 피할 수 있었지. 해월 선생은 신유년(1861)에 동학에 입도하여 계해년(1863)에 동학의 도통을 이어받으셨지. 그러다 갑자년(1864) 3월 수운 선생이 체포된 그날부터 도피 생활을 시작해서 무술년(1898)에 체포되어 사형당하기까지 35년간을 정처없이 옮겨 다니셨어. 그러면서도 포교 활동은 끊임없이 하셨지."

"구체적으로 어떤 일을 하셨어요?"

"선생은 동학의 조직 체제를 정립하고, 수운 선생의 가르침을 민중이 알아듣기 쉽게 풀어서 가르치고, 많은 제자를 양성했지. 또 경전을 간행해서 동학의 기틀을 세우고 널리 포덕했어. 그 과정에서 해월 선생은 수운 선생과 당신의 가르침이 단지 헛된 이상이 아니라 현실 속에서 낱낱이 실증되는 진리임을 온몸으로 보여주셨지. 백성은 어쩌면 그런 모습에 감동되어서 더욱 동학의 교리를 믿고, 따르고, 수행에 참여하였을 거야. 말하자면 해월 선생이야말로 갑오년(1894)에 전국적으로 불타오른 동학혁명의 불씨를 도인들 가슴마다 지피신 분이야. 한편 해월 선생이 관의 체포를 피하여 천지자연과 민중의 바다에서 힘을 기를 수 있도록 도와준 곳이 강원도의 산천이자 그 속의 백성들인 것이고. 그러니 강원도에서 살아간다는 게 자랑스럽지 않나? 하긴 어느 지역에선들 사람들이 안 도왔겠어."

유청은 장일순의 설명을 들으며, 100여 년 전 강원도의 첩첩산중을 넘나들며 신성한 일과 말씀을 통해 동학을 전파한 해월의 모습을 떠올려 보았다. 장 선생님 댁에 걸려 있던 액자 속에서 해월이 걸어나와 저만치 걸어가고 있었다. 비로소 해월 선생이 한때 이 땅에서 살았던 한 인격체로 느껴졌다.

"동학을 알아 갈수록 궁금한 것이 많아지네요. 동학에서 강원도의 역할이랄까 그 의미를 조금만 더 말씀해 주세요."

"강원도는 넉넉한 어머니와 같은 곳이야. 누군가 쫓겨 오면 말없이 품어 주는 땅이지. 그래서 치악산을 모월산(母月山)으로 불렀으면 좋겠어."

"모월산이 무슨 뜻이에요?"

"모월은 '가부장은 가라'는 뜻이지. 가부장적 사고를 버리고 어머니 품 같은 자세로 살자는 거야. 어머니는 참 대단하지 않아? 임금도 안고, 남편과 자식도 안고…. 그 안에 세상이 다 안긴단 말이야. 달은 어둠 속에서 헤매는 사람들을 위해 길 안내를 하잖아. 술 취한 놈이든 도둑놈이든 가림이 없지. 남녀노소 가림이 없어요. 어머니와 달이 합쳐서 모월이야. 이 모월에 들어오면 나갈 수가 없어. 편안하고 신나니까. 강원도와 원주, 더 나아가서 이 나라와 온 세상을 그렇게 만들자는 것이지."

"혹시 그게 원 월드 운동과 관련이 있나요?"

"그걸 자네가 어떻게 아는가?"

"선생님께서 20대 초반에 아인슈타인과 편지를 주고받으며 그것을 논의한 것으로 아는데요."

"한때는 그런 꿈을 꾼 적이 있지. 세계를 하나의 연립 정부로 만들면 국가 간의 갈등이 사라질 거라고 생각했어. 그러나 그게 간단한 문제가 아니더군. 그래서 우선은 한반도 남쪽 강원도, 충청도, 경상도, 전라도 지역에서 서로 싸우며 상처받은 사람들을 어머니와 보름달의 마음으로 감싸 주자고 생각했어. 그래야 갈등이 풀리지.

"공감은 되지만 실천하기는 쉽지 않겠는 걸요.

유청은 가볍게 한숨을 쉬었다.

"쉽지 않은 일이지. 그러나 실제로 그렇게 살아온 사람들이 있어. 바로 우리 강원도 사람들이야. 누군가 쫓겨 들어오면 그가 누구든 가족처럼 안아 주고 숨겨 주었어. 조선 말기에 해월 선생과 동학 도인들은 탄압이 있을 때마다 강원도의 높고 험한 산악 지대로 숨어들었어. 최근에도 많은 사람들이 관의 탄압이 있을 때마다 원주로 숨어들어 왔지. 5·18 광주민주화운동의 진상을 알린 김현장(金鉉獎), 1982년 부산 미문화원 방화 사건의 문부식(文富軾)과 김은숙(金恩淑)도 원주로 피신했지.² 그 외에도 강원도는 쫓기는 사람, 상처받은 사람을 안아 주고 보호해 주었어."

장일순은 진지하게 열정적으로 설명했다.

"해월 선생은 이곳에서 얼마나 머물렀어요?"

"강원도에는 신미년(1871) 영해 교조신원운동 직후부터 수차례 머무셨지. 그런데 원주에는 무술년(1898) 2월에 와서 4월 초에 붙잡히셨으니까, 실제로 머문 기간은 2개월밖에 안 돼."

"동학의 역사에서 강원도는 정말로 의미가 깊은 곳이네요."

유청은 작년 해외 연수로 이스라엘에 갔던 기억을 떠올리며 말했다. 예수가 마지막으로 머물다 붙잡힌 겟세마네(Gethsemane) 동산은 성지가 되었다. 유청은 역사의 아이러니를 느꼈다. 사람들은 예수(Jesus), 공자(孔子), 소크라테스(Socrates) 등이 살아 있을 때는 외면하고 탄압하다가 죽은 후에는 성인으로 떠받들었다. 장일순도 얼마 전까지 정권으로부터 탄압받아 교도소에도 다녀오고, 사회안전법에 의해 늘 감시받아 행동이 자유롭지 못했다.

"아직 동학이나 해월 선생을 알아주는 사람이 많지 않아. 워낙 갑오년의 희생이 컸기도 했지만, 동학을 탄압했던 사람들 대부분이 일제강점기에 친일파가 되었어. 그 후 해방이 되고 제1공화국이 들어설 때까지 그들과 그들의 후손들이 여전히 정치·경제의 권력을 잡고 있어.

오늘날 우리 인간은 자본주의 경쟁 구조 속에서 화려한 물질문명

사회를 이룩했지만, 그 결과 자연환경은 물론 자신에게조차 소외되어 버렸지. 해월 선생은, 모든 생명은 물론이고 일개 사물조차 한울님을 모신 존재로 보았네. 이 도저한 생명 사상을 다시 주목해야 할 거야. 해월 선생은 우리 민족의 거룩한 성자시네."

장일순의 말을 듣다 보니, 유청은 해월을 새롭게 보게는 되었지만 성자라는 표현에는 선뜻 동의하기가 어려웠다.

"성자라고까지 할 수 있을까요? 평생 숨어 다녔다는 것, 동학의 제2대 교주라는 것 외에 공적이라고 할 만한 건 없지 않나요?"

그녀는 해월에 대해 잘 모른다는 것이 부끄러우면서도 솔직하게 물었다.

"해월 선생 기사를 썼으면서 아직도 제대로 모르고 있군. 어디 자네뿐이겠나? 사람들 대부분이 해월 선생에 대해서 잘 모르고 있어. 갑오년 동학농민혁명을 말하면, 전봉준(全琫準) · 김개남(金開男) · 손화중(孫華仲)만 말하지.

동학농민혁명 당시에는, 나랏일을 돕고 백성을 편안하게 한다는 보국안민(輔國安民), 탐관오리를 제거하고 백성을 구제한다는 광제창생(廣濟蒼生)을 강조했어. 그러나 수운 최제우(水雲 崔濟愚) 선생은 처음 동학을 포덕할 때 후천개벽을 전제로 한 '시천주'(侍天主) 사상을 중시했어. 내 마음의 한울님을 믿고 정성과 공경을 다해 모시자는 것이었지. 그러다 최제우 선생은 동학을 편 지 4년 만에 대구 감영에서 사형을 당했어. 아직 동학의 세력도 약하고 동학 조직도 갖추지 못한 상태였지.

동학의 교리를 민중 속에 퍼뜨리고 세력을 확장한 이가 바로 2대 교주인 해월 최시형 선생이었어. 그는 수운 선생이 강조한 시천주 사상을, 사람을 하늘 같이 섬기라는 '사인여천'(事人如天) 사상으로 확대했지. 그는 고비원주(高飛遠走)하라는 스승의 유훈에 따라 동학을 널리 펴기 위해 35년간이나 피해 다니며, 동학의 사상을 온몸으로 실천했어. 그 덕분에 민중은 자기 존재의 가치를 깨닫고, 모든 사람이 평등하게 존중받는 세상을 만들기 위해 일어선 거야."

한바탕 이야기를 쏟아 낸 장일순의 시선이 하늘 한 귀퉁이를 향했다.

"······."

"세상이 동학을 주목할 날이 곧 올 거야."

장일순은 유청을 돌아보며 말했다. 눈빛이 준엄했다. 해월에 대해 얘기할 때마다 장일순의 눈동자는 더욱 반짝였다.

"선생님, 해월 선생은 원주에서 붙잡힌 다음 어떻게 되셨어요?"

"원주에서 문막까지 가서 거기서 뱃길로 여주를 거쳐 서울로 끌려간 다음 압상(押上)되어 서소문 감옥에 갇히셨지. 이때 제자 중 이종훈이란 도인이 일선에서 해월 선생과의 연락을 도맡았는데, 서소문 감옥의 간수 두목 김준식을 찾아가 의형제를 맺었다고 하더군."

"보통 분이 아니시군요."

"이종훈은 동학에 입도한 직후에 보은 집회가 있었는데 큰돈을 들여 그 비용을 충당하면서 두각을 나타냈고, 일제강점기인 기미년 (1919) 3·1운동 때 민족 대표 33인으로서 독립선언서에 서명한 분이기도 하지."

유청은 호기심에 장일순 앞으로 바짝 다가갔다.

"이종훈은 여러 도인들이 모아 준 돈으로 김준식에게 접근하여 환심을 사서, 해월 선생의 편지를 몰래 받을 수 있었지. 그때 해월 선생은 돈 50냥을 넣어 달라고 해서 굶고 있는 죄수들에게 떡을 사서 나누어 주었어. 당시에는 죄수들에게 음식을 주지 않았거든. 해월은 옥에 갇힌 죄수들이 썩은 볏짚 베개를 씹으며 배고픔을 견디는 것을 보고 그렇게 한 것이지. 사형당하기 직전 해월 선생을 찍은 사진이 있는데, 옷은 찢어지고 피로 얼룩져 있어. 엄지발가락이 바닥에 닿지 못할 정도로 발등이 퉁퉁 부어 있고. 그런데도 해월 선생의 눈빛은 형형하게 살아 있단 말이야. 상대방의 거짓된 마음을 꿰뚫어보는 매서운 눈빛을 보면 가슴이 서늘해지지. 사진을 들여다보는 나에게도 묻는 것 같아. '당신은 떳떳한가? 진리를 위해서 기꺼이 목숨을 바칠 정도로 신념이 강한가?' 하고 말이야. 해월 선생 앞에 서면 한 점 거짓이라도 숨길 수가 없어."

"장 선생님 스스로 정직함을 요구하기 때문에 그런 느낌이 든 것이 아닐까요?"

"그럴 수도 있겠지. 하여튼 해월 선생은 평생 동안 하늘의 도를 추구하고 그것을 소외된 사람들과 함께 나누셨지. 육신의 쉼 없는 노동, 민중을 향한 끝없는 베풂을 통해서 말이야. 그런 점에서 해월 선생을 가장 이상적인 지도자라고 생각한다네."

"소박하고 민중적인 지도자이네요."

"언행이 일치된 참다운 지도자지. 지도자란 말로만 명령하는 자가 아니라, 가장 낮은 자리에서 행동으로 보여주는 사람이지. 앞으로 세상에서는 이런 분이 지도자가 되어야 할 거야. 그런데 해월 선생을 재판한 사람이 누군 줄 아는가?"

"누군데요?"

"판사가 조병갑이었어. 고부 군수 시절 만석보를 만들어 백성을 착취하여 동학농민혁명을 유발한 장본인이지. 전봉준 농민군이 고부 관아에 들이쳤을 때 전주로 달아나 나중에 판사가 된 거야. 재판장은 그의 사촌인 조병직이고."

"세상 참…. 어떻게 역사가 그렇게 되풀이될까요? 해방이 되자 일제강점기 시절 일제 앞잡이 노릇을 하던 조선인 경찰들이 독립운동 가들을 잡아서 빨갱이라고 고문하여 죽이던 것과 어쩜 그렇게 똑같지요?"

"지금 세상 또한 크게 다르지 않지."

씁쓸한 표정으로 장일순이 대꾸했다.

"해월 선생님이 유언은 남기지 않으셨나요?"

"미리 제자들에게는 흔들리지 말고 수행에 전념하라고 하셨어. 교수형 직전에도 한 말씀 하셨다는군, 당시 지배 세력에게."

"뭐라고요?"

"나는 죽지만은 우리 도는 영원할 것이다. 나 죽은 지 10년 안에 장안에 주문 소리가 울려 퍼질 것이니 그날부터 왜국의 국운은 기울어지리라."

"죽음 앞에서도 기죽지 않고 통쾌하게 야단을 치셨네요. 그게 마지막인가요?"

"조병직은 붉으락푸르락 화를 내며 5월 말일에 해월 선생에게 사형을 선고했고, 이틀 후에 좌포청에서 교수형을 집행했지."

"이틀 만에요?"

"당시 새로운 법에는 그렇게 할 수가 없게 되어 있었지. 그때 해월 선생은 병이 위중하여 병사할 지경이었던가 봐. 조선 조정에서는 중범죄인이 옥에서 병사하는 것은 불가하다 하여 서둘러 형을 집행한 거지.

해월 선생의 시신은 사흘 동안 그 자리에 효시되었다가 광화문 밖 공동묘지에 매장됐는데, 그날 밤 이종훈은 공동묘지에서 해월의 무덤을 찾아내었어. '동학 괴수 최시형'이라 쓴 팻말을 찾은 거야. 비가 쏟아지는 밤이었어. 효시되었을 때 원한을 품은 이가 뒷머리를 내리쳐서 으스러진 머리를 겨우 수습했다고 전해지고 있어."

"해월 선생님 묘소가 남아 있나요?"

"경기도 송파의 한 도인 집 뒷산에 매장했다가 몇 년 후 오늘날의 경기도 여주군 원적산 천덕봉 아래에 다시 이장했지."

"해월 선생님 묘소를 꼭 참배하고 싶어요."

"그렇게 하게나. 육신은 떠났어도 한울님은 여전히 살아 계시니, 참배하면 기뻐하실 거네."

"장 선생님, 원주 사람들이 나서서 송골에 표지석이라도 세워야 하지 않을까요? 세상 사람들이 반드시 알아야 할 역사적 장소이니 말이에요."

장일순은 유청의 말에 흐뭇한 미소를 지었다.

돌아오는 길에 점심 식사를 하고, 유청은 찻집으로 장일순 선생을 안내했다. 그리고 처음에 해월 선생을 어떻게 알게 되었는지 물었다.

찻잔을 앞에 둔 장일순은 한동안 말이 없었다. 장일순은 누구 앞에서든 솔직한 성격이었지만, 자신의 과거 이야기를 선뜻 꺼내기가 쉽지 않은 모양이었다. 오른손으로 턱을 괴며 잠시 생각에 잠겨 있던 장일순은 이윽고 입을 열었다.

장일순, 탄압받다(1960~1977년)

아인슈타인과 편지를 주고받은 다음, 장일순은 자신의 구상을 실천에 옮겨야겠다고 결심했다. 그때가 스물여섯 살이었다. 먼저 가족의 동의를 얻어 냈다. 그리고 전 재산을 동원하여 장윤(張潤), 김재옥(金在玉)과 함께 성육고등공민학교를 인수한 다음 도산(島山) 안창호

(安昌浩)의 맥을 잇는다는 뜻으로 '대성학교'로 이름을 지었다. 장일순은 이사장으로 추대되었다.

대성중고등학교 인가 과정은 지난하였다. 공무원들은 장일순의 나이가 어리다고 쉽게 인가를 내주지 않았다. 온갖 꼬투리를 잡아 서류를 반려하기 일쑤였다. 막걸리라도 사 줘야 일이 처리되는 현실이 안타까웠다. 정치를 통해 이런 현실을 바로잡고 싶었다. 그때는 이승만 정권이 장기 집권을 위해 부정부패를 일삼던 시절이었다.

1956년, 장일순은 원주에서 국회의원 후보로 나왔으나 중립화 평화통일을 주장하여 낙선하고 말았다. 또다시 1960년 4·19혁명 직후, 장일순은 사회대중당 국회의원 후보로 나섰다.

원주초등학교에서 후보자 합동 연설회가 있던 날이었다. 날씨가 맑아서인지 운동장에 사람들이 많이 모였다.

차례가 되어 장일순이 단상 앞으로 나갔다. 그가 잠시 조용히 서 있자, 웅성거리던 사람들도 차츰 조용해졌다.

"여러분!"

그의 목소리가 우렁차게 운동장을 채웠다. 사람들은 깜짝 놀라 그를 바라보았다.

"제가 이 자리에 서게 된 것은 여러분에게 간절하게 전할 말이 있어서입니다."

사람들은 고개를 내밀고 장일순 말에 귀를 기울였다.

"지금 정권은 북진 통일을 주장하는데, 남북한은 평화 통일을 해야 합니다. 북진 통일을 하면 또다시 피바람을 불러올 것입니다. 남북한이 서로 도우며 평화적으로 사는 것만이 우리 민족이 살길입니다. 남한은 미국의 자본주의 이념을 따르지 말고, 북한은 소련의 공산주의 이념을 따르지 말아야 합니다. 지금 우리는 힘이 없습니다. 그렇다고 언제까지 다른 나라의 간섭 속에 살아야 합니까? 자유롭고 평화롭게 살기 위해 통일을 해야 합니다."

국시와도 같은 북진 통일을 반대하는 장일순의 연설에 사람들은 깜짝 놀라 웅성거렸다. 그래도 장일순은 주저하지 않았다. 이런 그에게 용기 있다느니 무모하다느니 말들이 많았다.

그러나 그 이듬해 군사 쿠데타가 일어나고 사회대중당은 해체됐다. 며칠 후 검은 선글라스를 낀 사내 둘이 나타나 그를 막무가내로 차에 태웠다. 잠깐 가족에 대한 걱정과 두려움이 일었지만, 마음을 가라앉혔다. 자신의 행동과 말에 한 점 잘못된 것이 없으니 두려울 게 없다고 마음을 다독였다. 그들은 장일순을 허름한 건물로 데려갔다. 지하실 입구에서 선글라스 한 명이 장일순을 걷어찼다. 장일순은 계단을 굴러 지하실 바닥으로 떨어졌다.

"이 빨갱이 새끼!"

키 큰 사내가 다가오더니 몽둥이를 들어 온몸을 마구 내리쳤다. 몸 뚱이로 몽둥이세례를 고스란히 받아 냈다. 어깨뼈가 부러졌는지 오른팔이 움직여지지 않았다.

"사상이 아주 불순하구먼. 누구 사주 받고 평화 통일 주장했어?"

"누구 사주 받은 적 없소."

"북진 통일 반대하면 빨갱이라는 것 몰라? 조봉암하고 연결된 빨갱이 끄나풀 이름을 대."

"그런 사람 없소."

"오창세(吳昌世) 알아?"

"한동네 살던 형님이오."

"빨갱이 끄나풀이었지?"

"잘 모르오."

"근로인민당에 가입했다가 6·25 때 자진해서 인민군에게 부역한 걸 모른단 말이야?"

"……."

"입 다물면 안 밝혀질 것 같아? 그놈 언제 만났어?"

"……."

장일순이 끝내 입을 열지 않자 사내는 거칠게 발길질을 해 댔다. 장일순이 의식을 잃고 널브러지자 그제서야 멈추었다. 사내는 그를 짐짝처럼 던져 놓고 밖에서 문을 잠그고 사라졌다.

며칠 후 장일순은 기차에 태워져 서울로 연행되었다. 사복 경찰의 감시를 받으며 장일순이 기차에 올랐을 때, 어떻게 알았는지 아내 이인숙이 젖먹이를 업고 따라왔다. 기저귀 가방을 들고 함께 기차에 오른 아내의 눈은 붉게 충혈되어 있었다. 장일순은 아내의 눈길을 외면하고 창밖만 바라보았다. 한겨울 들판처럼 얼어붙은 마음과 달리 강원도 추월산은 눈부신 신록 빛을 띠고 우뚝 서 있었다.

'저들이 하고자 한다면 무슨 짓을 못하랴. 내 뜻이 관철될 것도 아닌데…. 마음대로 해 보라지!' 장일순은 심문 과정 내내 묵비권을 행사했다. 그 결과 그는 재판 1심에서 8년형을 선고받았다. 항소하지 않았다. 그는 서대문교도소와 춘천교도소에서 옥살이를 했다. 교도소에 있는 동안 담당 검사가 '선생님같이 훌륭한 분은 처음'이라며 곧 풀려날 거라고 했다. 하지만 반공을 국시로 한 박정희 정권은 장일순을 강원도의 반체제 인사들에게 본보기로 삼으려 했기 때문에 쉬이 석방하지 않았다.

장일순은 3년 만에 출소하여 다시 대성학교 이사장에 취임했다. 그러다 학생들이 한일 굴욕 외교 반대 운동을 한 것에 대해 책임을 지고 이사장 직에서 물러났다. 정부는 정치활동정화법과 사회안전법을 적용하여 그의 모든 활동을 철저히 제한했다. 심지어 집 앞 골목길 입구에 파출소까지 지어 놓고 감시했다.[3]

그러자 친구와 이웃들도 차츰 장일순을 멀리했다. 정부의 감시를 받고 있는 장일순 때문에 피해를 볼까 봐 친구들이 떠나갈 때, 그는 쓸쓸했다. 자신이 고립되는 것보다 사람의 약한 마음을 헤집어 버리는 정권의 잔인함에 치를 떨었다.

무엇보다 아내에게 미안했다. 그녀는 선생의 꿈을 안고 명문 사범대를 졸업했다. 그러나 교직에는 처음부터 발을 들여놓을 수가 없었다. 연좌제로 인해 사상 조회에서 늘 걸렸다. 아내는 자신의 꿈이 뭉

개졌는데도 한번도 장일순을 탓하지 않았다. 타박이라도 한다면 속이라도 편하련만 그저 쓸쓸히 웃을 뿐이었다.

"교사는 내 운명이 아니었는가 보네요."

학생들 앞에 떳떳한 교사로 서기 위해 노력했다는 아내, 피어나기도 전에 아내의 여린 꿈을 짓밟아 버린 자에 대한 분노가 끓어올랐다. 권력에 대한 탐욕 때문에 선량한 사람의 앞길을 막은 위정자들을 용서할 수 없었다. 모든 사람들을 대표해서 자신을 불태워서라도 그들을 고발하고 싶었다. 자신을 역사의 희생 제물로 바치고 싶었다. 바른 세상을 만들기 위해서 무엇이든 해야 한다는 생각에 밖으로만 돌아다녔다. 하루 종일 헤매다가 빈손으로 밤늦게 집에 오면 자신이 한없이 초라하고 무능하게 느껴졌다.

장일순이 교도소에서 나온 후 처음으로 아내와 성당에 갔더니, 평소 잘 아는 사람이 차갑게 한마디 했다.

"빨갱이가 성당에 왜 나와?"

그는 아무 대꾸도 하지 않았다. 원수까지도 사랑하라고 가르치신 예수님과 성모 마리아님을 믿는 사람이 그런 말을 하다니 서운했다. 아내는 집에 돌아와서 흐느껴 울었다. 세상인심이 너무 야박하고, 예수님조차 진실을 외면하는 것 같아 서러웠다. 무지 때문이려니 생각하면서도 가슴이 창에 찔린 듯 아팠다. 그래도 장일순은 성당에 가지 않겠다는 아내를 설득하여 계속 성당에 나갔다. 사람들이 뒤에서 손가락질하고 수군거려도 못 들은 척, 못 본 척하려 무진 애를 썼다. 의연하게 자신의 할 일만 하자고 결심했다. 그러나 끈질긴 비난은 그를 차츰 나락으로 떨어뜨렸다. 자신을 거부하는 세상을 탓하며 분노하고 방황했다. 진탕 술 마신 날은 억울하게 죽은 조봉암 선생을 생각하며 한없이 울었다.

자포자기하며 술에 찌들어 생활하던 어느 날 장일순은 거울 속에서 초라한 사내를 발견했다. 절망에 찌든 모습은 낯설고 정나미 떨어졌다. 그는 도리질을 쳤다. 이렇게 살고 싶지 않았다. 그가 원하는 삶은 밝고 환한 것이었다. 주변을 둘러보았다. 그의 손길과 눈길에서 벗어난 삶은 그의 모습만큼이나 먼지가 쌓여 삭막하게 보였다.

그는 헝클어진 마음을 정리하듯 집안 청소를 했다. 거미줄을 걷어내고 비로 쓸고 걸레질을 했다. 창고를 정리하다가 어렸을 때 썼던 먼지 묻은 붓을 발견했다. 초등학교 때 붓글씨를 썼던 기억이 되살아났다.

붓의 먼지를 씻고 먹을 오래오래 곱게 갈았다. 흰 화선지를 펴 놓고 먹물을 듬뿍 묻힌 붓을 들자 마음 한 자락이 밝아져 왔다. 어려서 하루 종일 썼던 붓글씨의 감각이 되살아나자 들뜬 마음이 차분하게 가라앉았다. 오랫동안 잊고 있었던 할아버지의 선한 눈빛과 따뜻한 음성이 떠올랐다.

장일순은 붓글씨를 다시 쓰면서 차강 선생도 생각났다. 할아버지는 당신이 글씨를 잘 쓰면서도, 손자 붓글씨 교육을 관동 지방에서 이름난 서예가인 차강 박기정에게 맡겼다. 그는 강원도 평창에서 태

어나 강릉에서 살았다. '차강'(此江)이란 강물과 강원도를 뜻한다고
했다.

장일순은 차강을 생각하며 자신의 호를 '무위당'으로 지었다. 세상
에 얽매이지 않고 자유롭고 맑게 살겠다는 뜻이다. 혼탁한 세상 속에
서 마음을 비우고 맑은 강물처럼 살고 싶었다. 무엇보다 원수를 용서
하고자 하는 간절한 마음을 담았다. 남을 탓하고 세상을 비난하기보
다는 자신의 삶부터 건강하게 가꾸어 가자고 다짐했다. 장일순은 밭
을 사서 포도를 심기 시작했다. 흙을 만지고 나무를 심는 마음이 편
안했다. 세상에 대한 원망이 가라앉아 갔다.

어느 날 장일순의 봉산동 집으로 한 신부가 찾아왔다. 지학순(池學
淳) 주교라고 했다.

"함께 일할 신도를 찾았더니 누가 '저기 빨갱이로 몰려서 농사짓고
있는 사람 있으니 만나 봐라.' 해서 왔습니다."

지학순 주교는 장일순을 향해 미소를 지었다. 오랜만에 찾아온 사
람의 목소리가 장일순의 가슴에 따뜻하게 스며들었다.

"저는 로마 교황청에서 주교로 임명받아 원주로 첫 발령을 받았습
니다. 교황님의 뜻을 함께 실천할 사람을 찾고 있습니다."

주교는 좀 더 진지하게 말했다.

"미안하지만, 저는 그럴 만한 사람이 못 됩니다. 저는 해야 할 일이
있습니다."

장일순은 고개를 저었다. 자신의 꿈은 종교적인 성자가 되는 것이

아니었다.

"그것이 무엇입니까?"

진지하게 묻는 지학순 주교의 눈빛이 어린아이의 눈빛처럼 맑았다.

"저는 사람들이 스스로 삶의 주인이라는 생각을 갖고 자유롭게 살아가는 세상을 만들고 싶습니다."

주교는 만면에 화색을 띠며 맞장구를 쳤다.

"그거야말로 제가 하고 싶은 일이고 교황님의 뜻입니다."

장일순은 그제야 주교의 눈을 깊숙이 들여다보았다. 그 눈빛은 아무런 거짓도 없이 자기를 주시하고 있었다.

"교황님의 뜻이 무엇입니까?"

비로소 장일순은 주교의 말에 관심을 두고 물었다.

"성 바오로 교황님은 자주 말씀하셨습니다. '천주교가 문 닫고 담 쌓으면 안 된다. 사회와 소통하면서 많은 사람들에게 이바지하는 데 천주교의 의미가 있다.'고요. 이런 뜻을 실천하기 위해 제2차 바티칸 공의회 문헌을 만들었지요. 저는 이 정신을 실천하고 싶습니다. 교회는 예수님이 그랬던 것처럼 실질적으로 어려운 이웃을 도와야 합니다. 교회든 절이든 구분하지 말고 모두 하느님의 자녀로서 일했으면 합니다."

장일순은 가슴속이 탁 트임을 느꼈다. 지금까지 교회의 형식과 내용에 답답함을 느껴 오던 참이었다. 종교 간의 경계를 허물어 버리는 주교의 말을 듣고 관심이 생겼다. 어쩌면 정치로 풀 수 없는 문제를 종교로 풀 수 있지 않을까?

"제가 무엇을 도와 드리면 되겠습니까?"

장일순이 긍정적으로 나오자 지 주교가 반색하며 말했다.

"고맙습니다. 제 뜻을 이해하셨군요. 저는 먼저 사회의 희망인 교회 청년들을 교육하고 싶습니다. 둘째는 교회를 쇄신하고 싶습니다. 활짝 문을 열고 다른 종교들과 협력해서 어려운 사람들을 돕는 데 앞장서고 싶습니다."

그가 사회에서 실천하고 싶었던 것을 지학순 주교가 대신 말해 주고 있었다. 전부터 그는 유영모, 함석헌 선생이 주장한 종교 다원주의에 동감하고 있었다. 38세의 장일순은 교구 사도회 회장이 되어 학교에서 못다 한 교육을 성당에서 실행하기 시작했다. 함석헌, 김찬국 등 기독교 진보 인사들은 물론 농업 전문 교수, 노동문제연구소 사회학자 등 각계 지식인들을 초청해 강연회를 열었다. 자연스럽게 원주에 지식인 그룹인 '원주 캠프'가 구성되었다.

1970년 봄, 서울 YMCA 강당에서 '삥땅 심포지엄'이 열렸다. 버스 안내양이 노동문제연구소에 편지를 보낸 것이 발단이 됐다. 노동문제연구소에서 그 안내양의 고민을 해결할 수가 없어 장일순에게 상담이 들어왔다. 장일순은 여러 번 편지를 들여다보며 어떻게 해결할까 고민했다.

"이것을 해결할 수 있는 분은 지학순 주교밖에 없습니다."

아내의 조언에 장일순은 지 주교를 찾아갔다. 지 주교는 웃으면서 시원시원하게 대답했다.

"다른 사람 없으면 나라도 하지 뭐!"

장일순은 관련 기관의 사람들, 학자들, 종교계 인물들, 정치인들을 모아 놓고 '뻥땅 심포지엄'을 열었다. 사회자는 지학순 주교였다. 그는 먼저 버스 안내양이 보낸 편지를 사람들 앞에서 읽었다.

"저는 시골에서 중학교를 마치고 서울로 올라와서 버스 차장을 하고 있습니다. 제가 하루 16시간 차장 노릇을 하면서 사는데, 차장 월급만으로는 살기가 힘들어 날마다 돈 가방에서 300환씩 뻥땅하며 살았습니다. 그 돈으로 먹을거리를 사고, 시골에 사는 어머니 아버지 생활비를 보내고, 동생 중학교 학비를 보내곤 했습니다. 그런데 돈 가방에서 돈을 뻥땅하는 것은 도적질하는 것 같아서 양심에 찔리고 괴로워서 못 살겠습니다. 제가 어떻게 하면 좋을지 그 방법을 알려 주십시오."[4]

편지를 다 읽고 나서도 회의장 안은 한동안 조용했다.

"어떻게 대답하면 좋을까요?"

침묵을 깨고 지학순 주교는 그곳에 모인 많은 사람에게 물었다. 아무도 나서서 뭐라고 대답하지 못했다. 누구든지 대답하기가 껄끄러운 문제였다. 잘했다고 칭찬할 수도 없고, 잘못했다고 비난할 수도 없는 상황이었다. 아무도 대답을 하지 않자 지 주교는 스스로 대답했다.

"나는 그 처녀에게 '네가 잘못했다. 죄인이다.' 이렇게 말할 수는 없다고 봅니다. 내가 거꾸로 물어보겠습니다. 버스 회사 박상구 사장님!"

뚱뚱한 박 사장은 자신의 이름이 불리자 움찔했다.

"당신, 월급 얼마나 탑니까? 선진국에서는 8시간만 일해도 자기 행복을 추구할 수 있을 정도로 돈을 벌 수 있는데, 이 처녀는 그 곱절인 16시간을 일해도 제 입에 풀칠을 못할 정도요. 당신은 얼마나 받소?"

박 사장은 아무 말도 하지 못하고 고개를 돌려 버렸다.

"윤준영 구청장님, 물어봅시다."

구청장은 놀라서 눈을 크게 떴다.

"당신네 구 소속 버스 회사에서 이렇게 딱하게 일하고 있는 처녀가 있는데 당신은 어떻게 생각하시오? 당신은 월급 얼마나 받소?"

윤 구청장 역시 아무 대답도 하지 못한 채 얼굴을 붉히며 고개를 돌려 외면했다. 이번에는 장관들과 국회의원들을 돌아보았다. 부르기도 전에 그들은 그 자리에서 땅속으로 숨기라도 하듯이 몸을 낮췄다.

"여러 장관님, 국회의원님들! 당신들은 무슨 일을 하는 사람들이오? 어저께 신문을 보니까 대통령께서 우리나라 수출 많이 했다고 즐거워하는 사진이 크게 찍혀 있습디다. 이 자리에 안 계시지만 대통령님께도 묻고 싶네요. 수출해서 잘살아야지요. 그런데 그렇게 수출을 많이 해도 이렇게 딱한 처녀애가 있다면 어떻게 되겠습니까? 성인도 아니고 아직 미성년자인데 하루에 16시간을 일해도 제 입에 풀칠을 못하다니 이게 어떻게 되는 일입니까? 이래서야 진정 잘사는 나라가 될 수 있겠습니까?"

지 주교의 날카로운 질문에 아무도 대꾸하지 못했다.

심포지엄이 끝나자마자 중앙정보부에서 나왔다는 사람들이 지 주교와 장일순을 에워쌌다. 검은 선글라스가 위협적인 목소리로 말했다.

"오늘 거론된 것들은 밖에서 절대 말하지 마시오. 만일 밖에서 말이 돌면 당신들 책임이오."

"오늘 문제에 대한 당신 답은 무엇이오?"

오히려 장일순이 되묻자 그들은 얼른 자리를 피해 버렸다.

이 '빵땅 심포지엄'을 계기로 장일순은 지금까지 원주 캠프에서 추구해 온 노동운동과 농민운동을 근원적으로 되돌아볼 기회를 가졌다. 지금까지는 주로 민주화운동의 구심점으로 내세운 게 '자유권'이었는데, 그것만으로는 부족하다는 것을 깨달았다. 자유권과 생존권이 같이 해결되어야 했다.

장일순은 민주화운동, 노동운동, 농민운동을 하면서 자신의 호를 '무위당'(无爲堂)으로 바꿨다. 노자(老子)의 '무위'(無爲)에서 따 왔다. 남을 돕되 뒤에서 자연스럽게 하겠다는 삶의 철학을 '무위'에 담은 것이다. 지학순 주교 뒤에는 늘 장일순이 있었다. 겉으로 나서지 않으면서 손길이 필요한 곳을 찾아 말없이 도왔다.

민주주의에 대한 압살과 경제난으로 민심이 뒤숭숭하던 한여름이 었다. 초저녁부터 내리던 비가 밤이 깊어지면서 집중적으로 쏟아지기 시작했다. 한밤중에 마을 방송이 갑자기 울려 퍼졌다.

"원주 시민 여러분, 방송을 듣는 즉시 가마니와 삽, 괭이 등을 챙겨서 마을 회관에 모여 주시기 바랍니다. 물살에 논밭이 다 떠내려가게 생겼습니다. 급하니 빨리빨리 모여 주시기 바랍니다."

이장의 다급한 모습이 눈앞에 보이는 듯했다. 장일순은 빗소리에 깨어 있던 터라 즉시 일어났다. 밖으로 나가니 검은 하늘에서 양동이로 물을 쏟아붓는 것 같았다. 손전등을 켜 들고 마을 사람들과 함께 들로 나갔다. 개천의 물이 금방 넘칠 것 같았다. 둑이 무너지지 않도록 짚 가마니에 흙을 채워 쌓아 올렸다.

날이 밝아 오도록 빗줄기는 멈추지 않았다. 남한강 대홍수로 14만 5천 명의 수재민이 생겼다. 이들에게 남은 건 수마(水魔)에 휩쓸린 황무지뿐이었다. 물난리는 삶의 터전을 쓸어 가 버렸다.

장일순은 온몸이 젖은 채 성당으로 달려왔다.

"큰일 났습니다, 주교님. 수재민들이 속출하고 있습니다. 당장 굶고 있는 사람들을 도와야 합니다."

"그렇지 않아도 해결책을 고민하던 중이었습니다."

"정부에서 지원을 못하면 해외에라도 손을 벌려야 될 것 같습니다. 전 세계 가톨릭 재단에 편지를 보내 지원을 호소하면 어떨까요?"

장일순과 지학순 주교는 해외 여러 가톨릭 단체에 편지를 보냈다.

거절의 답장만 받는 날들이 이어졌다. 장일순은 안타까움에 한숨이 저절로 나왔다. 그런데 드디어 긍정적인 답장이 왔다. 그것도 두 곳이었다. 국제 가톨릭 재단 카리타스(Caritas Internationals)와 독일 미제레올(Misereor)에서 291만 마르크(한화 약 3억 6천만 원. 당시 원주시 땅값이 평당 200~300원)의 지원금을 보내 주었다.[5]

1973년 초 원주 교구가 주축이 되어 재해대책사업위원회가 구성되었다. 이들은 수해지원금을 놓고 고민했다. 사람들이 당장 원하는 쌀을 무상으로 지급할 것인가? 쌀을 통해 사람들이 다시 일어설 수 있도록 동기부여를 할 것인가? 여러 사람의 의견을 모은 결과, 마을별로 자율적인 모임을 만들어 일한 뒤에 쌀을 지급하기로 했다. 사람들은 함께 어울려 무너진 집터를 정리하고 쓰러진 벼들을 세웠다. 그리고 땀 흘린 대가로 쌀을 받았다. 일하는 과정에서 자연스럽게 사람들은 스스로 일어서는 힘이 자기 안에 있다는 것을 깨달았다.

함께 일하면서 마을 사람들 사이에 신뢰가 생겨나고, 사람들은 차츰 공동체의 중요성을 깨달아 갔다. 그러자 장일순은 협동조합의 필요성에 대해 강연을 하며 사람들 마음을 하나로 모으기 시작했다.

"여러분, 부라보콘 값을 누가 정하죠? 그래요, 부라보콘을 만든 곳에서 정하죠. 그런데 쌀값은 누가 정해요? 농민이 정하나요? 세상에 농민이 길러 낸 쌀로 지은 밥 안 먹고 사는 사람 있어요? 이렇게 중요한 쌀값을 농민들도 정할 수 있어야 해요. 그래서 우리가 협동조합을 하자는 거예요. 농사지은 사람이 쌀값을 매기고 그걸 사 먹는 사람도 누가 만든 곡식인지 알고 먹게 하자는 거지요."[6]

장일순의 강연을 들으며 사람들은, 제 삶을 선택하고 결정할 힘이 자신에게 있음을 알게 되었다. 작은 힘들이 서로를 끌어들이며 점점 큰 힘으로 성장하기 시작했다.

장일순, 해월을 만나다

협동조합은 한편에서 점점 규모가 커지고 있었지만, 다른 한쪽에서는 농촌이 계속 허물어지고 있었다. 뭔가 이상했다. 농부가 작물의 품종을 스스로 선택하고 기계화도 많이 이루어졌다.

1977년, 수출 100억 불을 달성했다고 대통령이 신문 속에서 환하게 웃고 있었다. 노동자의 낮은 임금과 낮은 쌀값 정책으로 이룩한 경제 성장이었다. 생산비를 밑도는 쌀값 책정에 농부는 농촌을 떠나 도시의 저임금 노동자가 되었다. 잡초는 뽑아도 뽑아도 금방 무성해지는데, 농촌에는 일손이 턱없이 부족했다. 이장은 정부의 방침이라며 다수확 품종인 '통일벼'를 심고 농약을 살포하라고 적극적으로 권장했다. 이 말에 따르지 않으면 빨갱이라는 신고가 들어갔다. 사람들은 어쩔 수 없이 제초제와 비료를 선택했다. 농약 묻은 풀을 먹은 암소들은 새끼를 낳지 못하고, 농부들은 농약 중독으로 목숨을 잃었다. 땅이 병들고 있었다.

'농사는 살아 있는 생명을 길러 내는 일! 그런데 생명이 죽다니! 농약과 화학비료를 쓰지 않고, 땅을 살리고 사람과 세상을 살리는 방법이 없을까?'

장일순은 고민했다. 그러나 농약에 길든 벼는 농약 없이는 잘 자라지 못했다. 땅도 힘을 잃었다.

"몇 배로 힘을 들여 농사지어 봤자 일반 쌀값에 팔리는데, 고생만 하고 생산비도 못 건지는 무농약 농사를 누가 짓겠소?"

자연농법으로 농사짓자는 그의 설득에 사람들은 비아냥거렸다. 지금까지 '무위당'이란 호를 쓰면서, 남 앞에 나서지 않고 민중을 위해 가장 낮은 자세로 살아왔다. 그러나 무언가 빠져 있었다.

해결 방법을 고민하던 중 대학 시절 오창세가 들려 준 해월의 말이 생각났다.

"모든 생명 존재는 한울님이다."

이 말이 계속 울림을 갖고 떠올랐다. 그것은 생명을 존중하는 마음이었다. 농사를 짓든지, 정치를 하든지 그것이 바탕에 깔렸어야 했다. 모든 생명 존재를 한울님으로 모실 때 농촌도 살고, 사람들의 삶도 살아나리라 생각했다.

장일순은 대학 시절 미군 대령의 서울대 총장 취임에 반대 투쟁하다 제적당했다. 그러고는 고향 원주에 내려왔을 때였다. 천도교에 다니는 오창세 형이 해월 이야기를 해 주었다.

"해월이란 분에 대해서 들어 보았는가?"

처음 들어 보는 이름이었다.

"어떤 분인데요?"

호기심이 일어 되물었다.

"그럼, 전봉준 장군은 들어 보았어?"

"그럼요, 동학혁명을 일으켰던 고부 사람 전봉준 말이지요?"

"전봉준이 지휘했던 동학혁명이 꽃이라면, 해월 선생이 포덕했던 사상은 뿌리라고 할 수 있네."

"해월 선생은 어떤 분이신데요?"

"35년간 탄압을 받으면서도 자기 뜻을 세워 끈질기게 동학을 포덕하신 분이네."

"동학이라면 유·불·선을 하나로 합쳤다는, 그 동학 아닌가요?"

"그 정도라면 말도 안 꺼냈지. 동학은 우리나라 최고의 사상이자 종교야. 모든 생명은 한울님을 모신다고 보았지. 그것이 겉으로 드러날 때 개벽 세상이 온다고 하였네."

"개벽 세상이요?"

"수운 최제우(水雲 崔濟愚) 선생은 이전 시대 5만 년을 물질문명과 기계가 지배하는 선천시대로 보았지. 그리고 앞으로 후천시대 5만 년의 개벽 세상이 오리라고 예언했지. 그때는 모든 생명 존재가 한울님으로서 정신과 영혼이 깨어난다고 하였어. 그러기 위해서는 먼저 개개인이 깨달아야 한다고 하였네."

"개벽 세상을 선포한 수운 선생은 정말 대단한 분이군요."

"수운 선생이 동학을 포덕한 지 4년 만에 돌아가시자, 2대 교주인 해월 최시형 선생은 백두대간을 넘나들며 동학을 한반도 전역에 퍼뜨렸다네."

우리나라에 동학이 있다는 말은 들었지만, 해월이란 분이 이렇게 큰일을 했다는 것은 처음 알았다.

"해월이 의도하지는 않았지만, 이 동학이 밑바탕 되어 1894년 전국적으로 동학혁명이 일어났어. 그때 우리나라 국민 중 3분의 1이 동참했다고 해. 그중 30만 명 이상이 희생되었지. 그 뒤로 동학 도인들은 항일 의병 전쟁에 참여하고, 동학을 천도교로 개편한 후 일제강점기에는 3·1운동 같은 독립운동과 문화운동을 주도적으로 해 왔네. 어쩌면 동학이 왜 우리 역사 속에서 묻혀지고 잊혀져 왔는지 그 까닭을 찾아가다 보면, 자네가 고민하는 문제의 해답도 찾아질 거라는 생각이 드네."

장일순은 농촌운동이 한계에 부딪히자 고민했다. 그러자 오랫동안 잊고 지냈던 해월이 떠올랐다. 농촌의 위기를 극복할 방법은 해월의 생명 사상이었다. 그러나 안타깝게도 오창세는 6·25 동란 때 보도연맹 사건으로 처형당했으므로, 이제 와서 더 물어볼 수도 없었다. 혼자서 공부하려니 어려움이 많았다. 천도교에 연락했더니 한 사람을 소개해 주었다.

표영삼은 오랫동안 동학과 해월 연구를 해 왔다. 장일순에게 『동경대전』,『용담유사』와『해월신사법설(海月神師法說)』등이 수록된 천도교 경전과『천도교서』같은 동학의 역사서를 전해 주었다.

해월의 어록을 모은『해월신사법설』에는 놀라운 말들이 많았다. 그중에서도 장일순의 심장을 찌르는 말이 있었다. "천의인 인의식 만사지 식일완(天依人 人依食 萬事知 食一碗). 한울은 사람에 의지하고 사람은 먹는 데 의지하나니, 만사를 안다는 것은 밥 한 그릇 먹는 이치를 아는 데 있느니라." 낟알 한 톨이 만들어지는 데 하늘과 땅, 햇빛과 바람, 비와 이슬 등 우주 전체가 있어야 했다. 그러니 낟알과 밥이 곧 우주였다. 천지가 공양으로 서로를 살리고 있었다. 그래서 해월은 식사를 하기 전에 '한울님들 고맙습니다. 제 몸과 마음에 모시오니, 한울님 감응하옵소서. 저 또한 이웃 생명의 밥이 되겠습니다.'라고 '식고'(食告)하고 우주를 맞이하듯 식사를 하였다. 이것은 거대한 생명 공동체를 하나로 꿰뚫는 생명 사상이었다.

무엇보다 표영삼은 수운 선생이 동학을 창도하기까지 돌아다니거나 이사 다닌 지역, 해월 선생이 35년 동안 숨어 다닌 전국의 골짜기와 마을들을 일일이 찾아내서 그 역사를 정리하고 있었다.

장일순은 자신의 호를 '무위당'에서 '일속자'(一粟子)로 바꿨다. 그가 '조 한 알'로 호를 짓자 사람들은 재미있다며 궁금해했다.

"나도 사람이라 누가 추어올려 주면 어깨가 으쓱할 때가 있잖아. 그럴 때 내 마음을 지그시 눌러 주는 화두 같은 거야. '내가 조 한 알이다.' 하면서 마음을 추스르는 거지.[7] 사람은 말이지, 그저 할 수만 있으면 아래로 아래로 내려가야 해. 한순간이라도 하심(下心)을 놓치면 안 돼. 문을 활짝 열고 바닥 놈들하고 나누고 어울려야, 그래야 개인이고 집단이고 오류가 없는 거라. 해월 선생님도 늘 일하는 사람들 속에서 살았어. 본인이 직접 일하시면서 말이지."

장일순은 긴 이야기를 마치고 식어 버린 차를 마셨다. 유청은 장일순의 말을 들으면서 한 사람의 깊은 내면으로 들어갔다 나온 기분이었다.

"장 선생님, 저도 동학과 해월 선생에 대해 배우고 싶어요."

"동학에 대해서 잘 아는 분을 소개해 주지. 지금 내가 한 이야기 중에 나온 표영삼 선생님은 수운과 해월 선생을 비롯해 동학에 대해서만 30년 가까이 연구해 오신 분이야."

"고맙습니다. 열심히 배우겠습니다."

유청은 해월 추모비를 건립하는 데 앞장서겠다고 생각했다. 치악고미술동우회 회원들에게 말하면 그들도 발 벗고 나설 것이다. 원주 시민, 강원 도민, 아니 우리나라 국민 모두가 동참했으면 좋겠다고 생각했다.

집으로 돌아오자마자 유청은 해월 피체지에 대한 기사 준비에 들어갔다.

2. 벼랑 끝에서

영해 교조신원운동이 끝나고(1871~)

해월 최시형, 강수, 이필제, 김낙균 등 영해 교조신원운동을[8] 일으킨 주모자들은 살아남은 도인들과 함께 영해부에서 용화동 일월산 아래 윗대치를 거쳐 봉화군 춘양면 각화산으로 숨어들었다. 해월 일행은 숲 속에서 해가 지기를 기다렸다. 나무가 울창하여 어둡고 음침했다. 여염 사람이 쉽게 들어올 수 없을 것 같았다. 모두 말이 없었다. 신발도 꿰신지 못할 정도로 급하게 피해 온 길이다.

수운 최제우 동학 교조가 처형되자, 지배층에서 동학 도인들을 탄압하기 시작했다. 영해 지역에서도 문중과 관아의 탄압으로 수운이 직접 임명한 영해 초대 접주인 박하선이 죽었다. 그 밖에도 많은 사람들이 죽거나 잡혔다. 그러자 이필제는 영해 관아를 점거하여 스승 최제우의 억울함을 씻어 주고, 동학 도인들에 대한 탄압을 못하게 하자고 박하선의 아들 박사헌을 앞세워 영해 동학 교도들을 설득했다. 해월에게도 사람을 보냈다.

그러나 해월은 이필제의 요청을 거절했다. 아직은 때가 이르다고 생각했다. 그러자 이필제는 영해 지역이 동학 탄압은 물론, 백성에 대한 탄압과 수탈이 가장 심한 지역이니 이곳을 점령하여 본보기로 삼아야 한다고 했다. 또 한양과 멀리 떨어져 있어 관군이 쉽게 올 수 없고, 동쪽에 위치하여 동학을 상징한다고 하였다. 수운 선생이 말씀하시기를 동에서 나서 동학이라 하셨으니, 영해 지역이 우리나라 동쪽인즉, 동쪽에서 난을 일으키는 것이 당연하다는 것이다. 영해부를 점령하면 조정을 위협하여 수운 선생의 원한을 풀어줄 뿐 아니라, 백성을 괴롭히고 나라를 망치는 고을의 폐습을 고칠 수 있다고 강변했다.

많은 도인이 이필제를 신인(神人)이라고 여겼다. 관의 부정부패와 양반들의 횡포에 시달려 온 백성들은 그가 『정감록』의 진인이기를 바랐다. 이필제는 호랑이처럼 거대한 몸집, 이글이글한 눈빛, 뛰어난 언변 등을 갖고 있어 누가 봐도 예사 사람이 아니었다. 게다가 등에 일곱 개의 점, 손바닥에 왕(王) 자 표시가 있었다. 강수를 비롯한 도인들은 일제히 이필제의 뜻에 동조하여 해월을 설득했다.

결국 해월이 동의하자, 해월의 이름으로 경상 북부는 물론 남부 지역에까지 통문이 보내졌다. 거사는 최제우의 기일인 3월 10일에 영해부 관아를 공격하는 것으로 시작했다. 500여 명의 도인들이 박사헌의 집이 있는 형제봉 중턱 병풍바위에 모여들었다. 검은 관에 푸른 두루마기를 입고서 형제봉에 올라 하늘에 제사를 지냈다.

황혼 무렵 햇불과 죽창을 들고 영해 관아로 내달렸다. 영해읍에 집결해 있던 도인 100여 명이 합류하여 영해 관아를 에워쌌다. 관문을 지키던 관군이 대포를 쏘아 3, 4명이 그 자리에서 죽었다. 사람들이 놀라서 성 밖으로 피하려고 우왕좌왕했다. 지휘를 하던 이필제가 소리쳤다.

"이미 시작된 일이다. 겁먹지 말라."

다시 도인들은 횃불을 치켜들고 함성을 지르며 성안으로 몰려 들어갔다. 관문을 지키던 관졸들은 어디론가 도망쳐 버렸다. 미처 피하지 못한 영해 부사 이정을 붙잡아 관아 마당에 무릎을 꿇게 했다. 이정은 순순히 항서를 쓰지 않고 욕을 하며 대들었다. 그러자 이필제의 심복 한 명이 단칼로 그의 목을 베어 버렸다. 이에 대해 반발하는 도인들이 많았다. 사람을 함부로 죽이면 안 된다는 것이다. 앞으로의 방향에 대해서도 의견이 분분했다. 결국 지도부는 일차 목적을 이루었으니 각기 해산하자고 결정했다.

다음 날 도인들 대부분이 흩어지고, 100여 명의 지도부는 고을의 백성들에게 돈과 곡식을 나누어 준 다음 각자 흩어졌다. 그중 핵심 지도부 30여 명은 영양 일월산으로 향했다.

조정에서는 안동 부사 박제관을 토벌대장으로 임명하고 동학군 추포에 나섰다. 출동한 관군은 이필제의 발자취를 뒤쫓아 영양 윗대치까지 포위하고 공격했다.

많은 도인들이 쫓기는 도중에 붙잡혀 죽었다. 그렇게 쫓기다가 끝내는 참형을 당하거나 수십 명이 먼 지역으로 유배를 가야 했다.

몸을 피한 해월은 산속을 헤매며 통곡했다. 아까운 도인들이 생목숨을 잃고 말았다. 수운 선생이 참형된 후 거의 씨를 말려 사라지려던 동학이 이제 겨우 일어서려는데, 또다시 피바람이 불어닥친 것이다. 아니, 무지한 자신이 자초한 것이다.

겨우 관군의 추적을 피한 해월과 이필제, 강수는 단양의 정기현을 찾아갔다. 이곳에서 일행은 각기 집을 정하여 흩어졌다. 해월은 정기현의 아우 정석현의 집에서 머슴살이를 하며 관의 지목이 가라앉기를 기다렸다. 해월은 본디 부지런하기도 했지만, 밤낮을 가리지 않고 일하며 주문을 외는 것으로 밀려오는 자책감을 씻으려 애썼다. 마당을 쓸거나 짚신을 삼는 일로 번뇌를 비우려 애썼다. 그러나 이필제의 강권을 이겨 내지 못한 자신의 잘못은 쉽게 지워지지 않았다.

5월에 강수가 해월을 찾아왔다. 해월과 강수는 다시 힘을 내서 장래 도를 회복하기 위해 영월 직동 정진일의 집으로 갔다. 정석현과 한집안인 정진일은 해월과 강수의 사정을 깊이 이해하며 머물게 하였다. 영월 직동리는 백운산 자락에 위치한 두메산골이다. '직동리', 피처럼 붉은 단풍이 계곡 전체를 물들인다고 이곳 사람들은 핏골이라 불렀다. 죽은 사람의 핏물이 골짜기 물을 붉게 물들여서 그렇게 부른다고도 했다.

해월은 얼마 후 영해 교조신원운동으로 인해 부인 손씨가 포졸들에게 끌려가 밀양옥에서 조리돌림을 당했다는 소식을 들었다. 양자 최준이와 매부 임익서도 죽고 말았다. 해월은 자신 때문에 고통당하는 가족을 생각하며 하늘을 우러러 가슴을 쳤다. 넷이나 되는 딸들은 어디를 헤매고 있을까? 부인과 딸들을 구하러 가고 싶으나, 막막할 따름이었다.

거사에 참여했던 600여 명의 동학 도인 중 100여 명이 죽고 300여 명이 유배를 갔다. 해월은 밤에도 잠을 이룰 수가 없었다. 생목숨들이 꺾였구나. 한 번의 무지한 선택이 이렇게 큰 고통과 회한을 남길 줄은 몰랐다.

해월은 정진일 집에서 주인집과 이웃집의 막일을 거들며 살았다. 마당도 쓸고, 돼지 먹이도 주며, 퇴비도 날랐다. 그리고 틈만 나면 새끼를 꼬았다. 강수는 근처에 살면서 핏골 일대의 아이들을 모아 가르쳤다.

어느 날 해월과 강수가 저녁을 먹고 나서 이야기를 나누고 있는데, 웬 사람이 사립 밖에서 집 안을 기웃거려 두 사람은 깜짝 놀랐다. 경계하며 강수가 일어났다.

"누구를 찾아오셨습니까?"

훤칠한 사내는 소탈해 보였다.

"저는 박용걸(朴龍傑)이란 사람입니다. 여기서 좀 더 안쪽으로 들어가면 막골이란 외진 마을이 있는데, 그곳에 살고 있습니다."

"그런데 어떻게 오셨습니까?"

긴장한 강수는 계속 물었다.

"예, 저는 일 보러 직동에 자주 나옵니다. 그때마다 두 분 어르신이 보통 분들이 아님을 짐작했습니다. 이 깊은 산중에 들어와서 아이들 가르치는 일이나, 궂은일을 도맡아 하는 데는 어떤 사연이 있을 것으로 생각했습니다. 그래서 전부터 두 분을 찾아뵙고 싶었는데 이제야 오게 됐습니다."

"그렇습니까? 저희가 깊은 산골에 들어온 데는 그만한 사연이 있지요. 저는 강 처사, 이분은 최 처사라고만 해 두지요."

강수는 이름과 신분을 밝히지 않았다. 누군가 관심을 두고 지켜보고 있다는 것은 부담스러웠다.

"말씀하시기 곤란하다는 점 이해합니다. 깊은 속내야 말씀하지 않아도 됩니다. 다만, 어떤 사연인지는 몰라도 제 도움이 필요할 때는 언제든지 찾아와 주시면 성심껏 돕겠습니다. 저는 학식이 부족하지만, 세상 물정에는 어둡지 않은 편이라 제 나름으로 사람 보는 안목은 있습니다."

"말씀만으로도 고맙습니다."

해월은 강수가 낯선 이를 대하여 지혜롭게 처신하는 모습을 보며 안도하였다. 관의 서슬이 시퍼런 지금은 조금도 마음을 놓을 수가 없었다.

아니나 다를까, 그곳에서의 생활도 채 두 달이 되지 않아 마감해야 했다. 8월 초순, 영양 접주 황재민이 해월을 황급히 찾았다. 이필제가 정기현 등과 무리를 다시 모아 문경의 무기고를 급습하였다가 현장에서 체포되었다는 것이다. 정기현이 잡혔다면, 이곳도 무사할 수 없으리라. 해월, 강수, 황재민은 급히 산속으로 몸을 피했다. 낮에는 설익은 산앵두나 청미래 열매를 따 먹었다. 헛개나무 열매를 훑어서 씹기도 했다. 운이 좋으면 시금털털한 개복숭아 열매를 따기도 했다. 그러나 대개는 먹을 것이 없어 물로 허기를 달랬다. 밤에는 큰 바위틈에 의지하여 잠을 청하며 아침을 맞고 저녁을 보내기를 몇 날 며칠. 굶주림이 한계에 이르렀다.

강수는 더 이상 산속에 머물다가는 굶주린 채 산짐승의 먹이가 되기 십상이리라 여기며, 인가를 찾아 내려가자고 해월에게 말했다.

"또다시 어디로 가야 한단 말이오."

"얼마 전 우리를 찾아왔던 박용걸이 기억나십니까? 필요하다면 언제든지 돕겠다고 했습니다. 막골로 가십시다."

"여기가 안전하지 못하다면, 그곳인들 안전하겠소?"

"그래도 그곳은 더 외진 마을이니 여기보다 나을 것입니다. 일단 박용걸 집으로 가서 바깥 동향을 살펴보면 좋겠습니다."

세 사람은 길도 없는 산속을 헤매며 눈짐작으로 직동리 안쪽의 막골로 향했다. 그들이 당도했을 때는 사방이 깜깜한 한밤중이었다. 어둠 속에 빛나는 등불이 반가웠다.

박용걸은 반갑게 맞아 주었다. 강수는 자신들의 처지를 설명했다. 동학에 연루되어 쫓기고 있다고 반쯤은 감추고 말했다. 박용걸은 내막을 더 물어보지도 않고 세 사람을 맞아들였다.

해월 일행은 고마워하며 바깥 상황을 알아봐 달라고 박용걸에게
부탁했다.

"내일 날이 밝는 대로 바깥 사정을 알아보겠습니다. 우선은 고단한
몸을 좀 쉬십시오."

해월은 깊이 잠들 수가 없었다. 고요한 산골의 밤, 부엉이 소리가
구슬프게 들렸다. 몸을 뒤척이다가 깜빡 잠이 들었다. 멀리서 들려오
는 수탉 우는 소리에 잠이 깨었다. 벌써 새벽이었다.

아침 일찍 집에서 나간 박용걸이 정오가 넘어서 돌아왔다. 이필제
가 일으킨 문경 사변에 대한 소식을 자세히 전해 주었다.

"분위기가 살벌합니다. 포졸들이 영월 산골 길목마다 지키고 서서
일일이 사람들을 조사하고 있습니다. 선생님이 머물던 정진일 집도
난리가 났더군요. 재산은 다 빼앗기고, 그 아내는 잡혀갔답니다."

모두 긴장해서 박용걸의 설명을 듣고만 있었다.

"포졸들이 직동까지 왔다면 이곳도 안전하지 못합니다. 지금 당장
떠납시다."

박용걸이 하루쯤 더 머물기를 간청했으나 해월은 보따리를 집어
들었다.

태백산 은거 생활

음력 9월 초 태백산 산중에는 단풍이 한창이었다. 황금빛으로 물든 낙엽송이며 참나무가 푸른 소나무와 어우러졌다. 벌써 떨어진 진 갈색 나뭇잎은 산길마다 수북했다. 밟을 때마다 사락사락 소리를 냈다. 낙엽 소리는 마치 말을 거는 듯, 해월의 마음을 알고 함께 울어 주는 듯하였다. 좁은 산길로 오르고, 골짜기 암벽을 타면서 다시 태백산 깊은 산중으로 들어갔다.

해월 일행은 수운 선생의 가족이 살고 있는 영월 소밀원 근처에 당도하였다. 그 무렵 박씨 사모님 등은 장기서의 집에 의탁하고 있었다. 황재민을 산에 머물게 하고 해월과 강수는 약초꾼처럼 약초 담는 바구니를 메고 장기서의 집으로 갔다. 마침 수운 부인인 박씨와 세정, 세청 형제가 있었다. 이들이 들어서자 모두 놀라는 눈치였다.

"이필제가 다시 난을 일으켜서 잠시 피하려고 왔습니다."

강수가 사정 이야기를 하며 도움을 청하였다.

"우리는 지금 혼례가 있어 양양에 갈 예정입니다. 군식구를 거둘 형편이 되지 못합니다."

세청이 매정하게 거절했다.

"외려 잘되었네! 선생님이 말고삐를 잡고, 내가 함을 지고 감세. 그러면 누가 의심하겠는가?"

세정은 좋다고 했으나, 세청은 완강하게 거절했다.

"안 될 말입니다. 그렇잖아도 우리가 두 분 때문에 위험해졌습니다. 얼른 떠나 주시는 것이 서로를 위해 좋을 것입니다."

할 수 없이 두 사람은 하룻밤만 자고 아침 일찍 떠나기로 했다. 그런데 해월이 잠자리에 든 지 얼마 지나지 않아서 밥상이 들어왔다.

"이것이 무슨 일인가?"

"장기서 어른이 두 분을 빨리 내보내는 것이 좋다고 해서 아직 새벽이 오지 않았지만, 조반 드신 후 떠나시라고 가져왔습니다."

"뭐라고? 세상에 이런 무례한 일이 다 있나? 장기서는 우리와 무슨 원수가 졌다고 이렇게 모질게 대한단 말인가?"

강수가 밥상을 잡아 던지려고 했다.

"참게나."

해월이 강수를 붙들었다.

"마지막으로 묻겠네. 이곳을 벗어날 때까지만 동행하면 안 되겠는가?"

해월이 세청에게 물었다.

"안 됩니다."

단호하게 말하고 세청은 방문을 닫고 나가 버렸다. 해월이 한 숟갈의 밥을 떠서 입안에 넣는데 목이 막혀서 넘어가지 않았다. 강수는 통곡을 터뜨리고 말았다.

두 사람은 소밀원에서 나와 다시 황재민이 머무는 산속으로 숨어들어 왔다.

9월이라고는 하나 강원도 산간의 밤은 어느새 겨울이었다. 큰 바위 틈새 바위굴에 의지하여 지내기로 하고 굵직한 나뭇가지들을 주워다가 바위 주변을 감싸듯 땅에 박았다. 억새꽃 줄기를 끊어다가 칡넝쿨로 이엉을 엮어 울타리 삼아 말뚝에 둘러쳤다. 나뭇가지들을 칡줄기로 발을 엮어 지붕도 덮었다. 벽이나 지붕 공간마다 풀들을 듬뿍 쑤셔 넣어 바람이 새어 들지 않게 했다. 바닥에는 낙엽을 두툼하게 깔아 자리를 만들었다. 안은 그리 넓지 않았지만 훨씬 아늑해졌다. 찬바람과 서리를 피할 수 있는 키 작은 초막 한 채를 지은 것이다.

계속되는 굶주림으로 그들의 얼굴이 누렇게 떴다. 산속에는 도토리, 밤, 칡뿌리 외에는 먹을거리가 없었다. 도토리 알맹이를 깨물면 떫떠름하고 쓴맛이 났지만, 먹고 난 혀끝에는 단맛의 여운이 감돌았다. 그러나 이것도 많지 않아서 하루 종일 산을 뒤져야 했다.

해월은 초막에 앉아 조용히 눈을 감았다. 속으로 주문을 외웠다. '지극한 기운이시여, 지금 여기 저와 함께하시는 숨결이시여, 바라건대 저에게 내리소서. 정성으로 마음에 모시오니, 바깥의 한울님과 소통하여 일치하소서. 순간마다 잊지 않고 있으니 저절로 한울님의 덕을 실천하게 하소서.' 해월은 숨결을 들여다보았다. 들고 나는 숨결에 자신의 생명이 얹혀 있었다. 생명은 들숨과 날숨의 끊임없는 소통과 조화 속에 있었다. 순간마다 삶과 죽음을 반복하고 있었다. 이 숨결에는 네 것 내 것이 없었다. 모든 생명이 나눠 갖는 우주의 샘물이었다. 그러다 언뜻 창과 칼에 피 흘리며 쓰러져 간 수많은 도인들의 모습이 보였다. 숨이 거칠어지고 가슴에 통증이 일어났다. 눈물이 저절로 흘렀다.

'한울님, 스승님. 앞길을 열어 주소서. 깜깜한 길을 헤매는 저를 인도하소서.'

해월은 간절하게 심고(心告)했다. 칠흑의 어둠 너머에서 좀처럼 빛이 비춰 오지 않았다.

산속에 들어온 지 일주일이 지나자, 황재민이 견디다 못해 해월에게 말했다.

"선생님, 이제 먹을 것이 별로 없습니다. 약간의 소금과 장만 남았습니다."

"……."

초췌하게 여윈 황재민을 보고 해월은 아무 말도 할 수 없었다. 그의 고통을 충분히 공감하기에 그저 고개만 끄덕였다. 배가 고플 때마다 소금 한 알 입에 넣고 침으로 녹이며 배고픔의 통증을 견뎠다. 황재민은 무슨 말을 더 할 듯하더니 고개를 돌렸다.

10여 일이 지나갔다. 한 움큼의 소금도, 몇 숟가락의 장마저도 떨어졌다. 해월은 앞날이 깜깜하게 어두워짐을 느꼈다. 이제는 무엇인가를 선택해야만 했다. 13일째 되던 날 황재민은 영남 지방으로 간다며 떠났다. 그의 뒷모습이 쓸쓸해 보여 오랫동안 바라보았다.

해월에게 굶주림보다 더 고통스러운 것은, 아등바등 목숨을 지키려고 구차하게 피해 다니며 여러 사람들을 위태롭게 하는 자신의 처지였다. 자신 때문에 죽은 수많은 도인의 비명이 끊임없이 들려올 때도 끝내 살아남고자 했던 것은, 수운 스승님이 마지막으로 당부하신 가르침, 높이 뜻을 펼치고 멀리까지 동학의 가르침을 펴야 한다는 말씀 때문이었다. 사명감을 생각하면 함부로 죽을 수도 없었다. 스승님은 내 어떤 면을 보고 그 크나큰 일을 당부하신 것인가? 이제는 내려놓을 때가 되지 않았나?

해월은 강수와 더불어 선바위산으로 올라왔다. 산 중턱에 바위가 쇠뿔처럼 솟아 있다 해서 사람들은 선바위라고 불렀다. 선바위는 사면이 수직 절벽이었다. 산길은 절벽 아래에서 오른쪽으로 나 있었다. 위험하게 급경사로 난 옆길을 지나 더 올라가니 사방이 한눈에 들어오는 전망바위가 나왔다.

해월은 깎아지른 절벽 끝으로 다가섰다. 언뜻 죽음 앞에서도 의연하게 앉아 있던 수운이 보였다.

고비원주(高飛遠走, 높이 날고 멀리 달린다.), 그 말씀은 멀리멀리 도망하여 목숨을 부지하라는 뜻도 되었다. '스승님, 이제는 더 날 곳도 더 뛸 곳도 없습니다. 제 몸과 마음을 받아 주소서.'

해월의 몸이 벼랑 쪽으로 기우뚱했다. 옆에 있던 강수가 해월을 덮치듯 붙들었다.

"선생님, 왜 이러십니까?"

강수의 목소리가 떨려 나왔다. 가까스로 해월을 뒤쪽으로 끌어당겼다. 해월이 몸부림을 쳤다. 강수는 온몸으로 해월을 부둥켜안으며 울부짖었다.

"선생님, 왜 이러십니까? 지금까지 잘 견뎌 오셨습니다."

"길이 보이지 않네. 스승님도 더 이상 가르침을 들려주시지 않아. 이제 내 운은 다한 것일세."

"……."

해월이 비통한 울음을 터뜨렸다.

"내가 그 많은 도인들을 죽음으로 내몰았네. 그 바람에 우리 도가 멸문의 지경에 이르렀어."

"그것이 어찌 선생님 탓이겠습니까? 제가 선생님을 이필제에게 모시고 갔기 때문입니다. 이필제의 생각이 그처럼 짧은 데서 끝날 줄은 그때는 헤아리지 못하였습니다. 그 언변에 속아 마음이 어두워진 제 탓입니다. 선생님께서는 오직 저를 믿고 허락하신 게 아닙니까?"

"결국 책임(責任)은 가장 윗자리에 있는 사람에게 있지 않겠는가, 기도를 할 수가 없네. 한울님도 스승님도 기도에 감응하지 않는 듯하이…. 어찌 아니 그러겠는가! 내 죄가 한울님을 돌아서게 하였음이야."

해월의 목소리는 갈라져 있었다. 지금까지 그가 이렇게 큰 고통을 참고 있는 줄 몰랐다. 강수는 자신의 둔함을 자책하며 그저 해월을 부둥켜안을 수밖에 없었다.

강수로서도 감추어 온 속생각이 있었다. 강수는 한때 이필제가 수운을 이을 후계자일지도 모른다고 기대했다. 점점 그의 달변에 매료

되었다. 이필제는 사서삼경에 능하였고, 동학의 교리에도 막힘이 없었다. 해월보다 이필제가 후계자로 더 적임자라는 확신까지 갖게 되었다. 그러나 해월이 옳았다. 자신이 판단을 잘못한 것이다.

"이렇게 돌아가시면 수운 스승님의 도맥도 끊어지고 맙니다. 뉘라서 선생님을 탓할 수 있겠습니까? 우리 도를 살리고, 스승님의 가르침을 지켜 낼 분은 선생님뿐입니다."

해월은 이윽고 울음을 멈추었다. 이 목숨이 내 것이 아니라고 생각하자 가슴이 툭 트였다.

맑고 차가운 산바람을 가슴 가득 들이마셨다. 높은 태백산 봉우리들이 눈에 들어왔다. 굽이굽이 능선의 이쪽과 저쪽은 양지와 음지가 섞여 있었다. 빛과 그늘은 둘이 아니었다. 산봉우리들을 그윽이 바라보니 부드러운 흙 가슴으로 뼈들을 감싸고 있었다. 산봉우리들은 온몸으로 말하고 있었다. 무엇이든지 한 번에 이루어지는 건 없다고. 자리에서 일어나며 보았다. 가파른 벼랑에 군락을 이루며 서 있는 소나무들이며 회양목들이 거친 바람에도 꿋꿋하게 견디고 있었다. 바람 불면 허리를 숙였다가 지나가면 금세 허리 펴고 햇빛을 머금었다. 자기 자리에서 당당하게 살아가고 있었다.

해월은 바위 위에 앉아 조용히 눈을 감았다. 강수도 그 곁에 앉았다. 주문 암송을 시작했다.

어렸을 때 내 이름은 최경상(崔慶翔)이었다. 어머니의 친가인 경주 동촌 황오리에서 태어나 이듬해에 고향인 영일군 신광면 터일로 와 그곳에서 자랐다. 내가 다섯 살 때, 웬일인지 아버지가 밖에 나가 놀라며 등을 떠미는 바람에 동네 어귀 타작마당에서 놀고 있었다. 그때 한 아이가 집 쪽에서 오며 '너 어매가 애 낳는단다.'고 하는 소리에 집으로 달려갔다. 마당에 들어서자 방 안에서 어머니의 "아~악 아~악!" 하는 비명 소리가 터져 나왔다. 나는 무슨 일인 줄도 모르고 그 자리에 주저앉아 울음을 터뜨렸다. 그런데 아버지는 나에게 관심도 없이 왔다 갔다 서성거리고, 이웃집 아주머니도 웬일인지 기뻐하는 얼굴빛으로 분주히 방을 들락거리는 게 더 서러웠다. 얼마나 지났을까, 방에서 아주머니가 붉은 갈색을 띤 아기를 안고 나와 '울지 말고 와서 봐라. 니 동생이다.' 했다. 멀찍이 서서 쳐다본 아기는 도무지 사람 같지 않았다. 그런데 다음 날 보니 어제 그 징그럽던 살덩이가 고운 아기로 바뀌어 있어서 이상하다고 생각했다. 어머니는 여동생을 낳고는 산후 조리가 잘못되어 얼마 후 돌아가셨다. 상여가 마을에서 떠나갈 때 나는 어머니가 돌아가신 것도 모르고 아버지와 함께 상여 뒤를 촐랑촐랑 따라갔다.

아버지는 새어머니를 모셔 왔다. 정 씨라 했다. 새어머니는 나와 동생에게 먹을 것을 잘 주지 않았다. 아버지가 계실 때는 밥을 주었지만, 안 계시면 새어머니는 친척들을 데려와 자기들끼리만 먹었다. 그때마다 굶주린 배를 안고 우는 여동생을 달래곤 하였다. 아버지는 내가 열다섯 살 때 돌아가셨다. 돌림병에 걸려 온몸에 열꽃이 피더니 얼마 후에 돌아가시고 말았다. 그러자 새어머니도 집을 떠나 버렸다. 거우 다니던 서당을 그만두었다.

먹고살 길이 없어서 할 수 없이 여동생과 먼 친척 집에서 머슴살이, 식모살이를 했다. 어린 여동생이 한겨울에도 찬물에 설거지하고 빨래하느라 손등이 터져서 피가 배어난 것을 볼 때마다 마음이 아파 남몰래 울었다. 친척 집에서도 배고픔은 여전했다. 사람들은 나를 '머슴놈'이라고 부르며 마구 부려 먹고 무시했다. 배고픔이나 추위, 힘든 일은 참을 수 있었으나 머슴놈이라고 비웃는 말은 죽기보다 싫었다.

터일 안쪽 올금당마을은 닥나무가 잘 자라고 시냇물이 풍부했다. 그곳에 제지소가 있어서 겨울이면 많은 사람이 일하러 들어왔다. 열일곱 살에 제지소에 들어갔다. 행동거지가 바르고 성실하며 붙임성이 좋다고 사람들이 나를 칭찬했다. 아버지를 닮아 손재주도 뛰어나 종이를 잘 만들었다. 내가 만든 종이는 질이 좋아서 잘 팔렸다. 덕분에 주인의 신임을 얻어 홍해, 영덕, 경주 등 거래처에 한지를 날라다 주는 일을 하면서 인근에 아는 사람도 많아졌다.

열아홉 살 되던 해 홍해에 사는 과부로부터 청혼을 받았다. 일찍 청상과부가 되었는데, 재산이 많다고 혼인을 부추기는 사람들이 많았다. 그러나 '남의 덕에 갑자기 부자가 되는 것은 좋은 일이 아니다.'라고 생각해서 거절했다. 대신 먼 일가의 중매로 홍해 매곡에 사는 손 씨를 아내로 맞았다. 손 씨는 마음씨가 곱고 심지가 곧아서, 내 마음에 흡족했다.

스물여덟 살 때 경주 신광면 마북동으로 이사했다. 한두 해 지나자 마을 사람들이 내게 집강 일을 맡겼다. 정직하고 공정하게 일을 처리했다. 마을 사람들에게 억울한 일이 있을 때마다 관아를 찾아다니며 문제를 해결하고 울력이나 마을 집집의 대소사를 무난히 처리해 나갔다. 집강 일을 그만두게 되었을 때, 마을 어른들이 그간의 노고를 치하하며 송덕비를 세워 주었다. 관아를 출입하는 일이 많아지면서 관의 비리와 서리들이 부리는 농간을 알게 되었다.

마북동 땅은 척박하여 생산량이 넉넉지 못했다. 서른세 살 때 식구가 늘어나자 검곡으로 이주하여 화전을 일구며 살기로 했다. 거친 산을 일구어 한 뼘의 땅이나마 내 땅을 갖고 싶었다. 몸은 고단했으나, 방 한쪽에 쌓아 둔 곡식 자루를 보면서 마음은 편안했다.

신유년(1861) 서른다섯 살 때 하루는 친구가 찾아와 경주 용담에 신인이 나타났다는 소문을 알려 주었다. 최씨 집안의 먼 친척인 수운 최제우가 도를 깨우쳤다는 것이다. 곧 용담으로 찾아가 동학에 입도했다. 한 달에 두세 번 용담으로 찾아가 가르침을 받았다. 그 자리에는 경주 인근의 상민들은 물론이고 학식이 깊은 유생도 있었고 부유한 상인들도 있었다.

8월 중순경이었다. 수운 스승님의 제자들이 천어(天語)를 경험한 이야기들을 했다. 모두 열심히 수행하여 천어를 들었다고 했다. 나는 지금까지 열심히 주문을 외웠지만 어떤 것도 경험하지 못했다. 정성이 부족함을 느꼈다.

"이제 집으로 돌아가겠습니다."

스승님께 절을 올렸다.

"날이 저물었는데 70리 길을 어떻게 가겠느냐?"

수운 스승님이 말렸다. 그러나 밤새도록 걸어 금등골 집으로 돌아 왔다. 나도 천어를 체험하고 싶었다. 마음을 굳게 먹고 강력한 수련 을 실천하기로 했다. 아내에게 내 뜻을 설명했다. 아내는 왜 그렇게 까지 해야 하는지 이해하지 못하면서도 내 뜻에 따라 주었다.

이튿날부터 일도 하지 않고 수련에만 집중했다. 두 달간 밤낮으로 주문을 외웠으나 천어는 들려오지 않았다. 더욱 전념하기 위해 멍석 을 방문 앞에 쳐서 햇빛을 가렸다. 캄캄한 방에서 온종일 주문만 지 극 정성으로 읊었다. 한 달이 또 지났다. 그래도 천어는 들리지 않았 다. 정성이 부족한가 싶어 음식을 줄이고 수련에 몰두했다. 다시 스 무 날 동안 집중했으나 몸만 수척해졌다.

큰 보람도 없이 어느덧 12월이 되었다. 멍석을 들치고 밖으로 나오 니 보름을 며칠 앞둔 달빛이 환한 한밤중이었다. 한겨울이라고는 하 나 군불 땐 방에서 수련에 전념하다 보면 온몸은 땀으로 젖곤 했다. 그날도 계곡으로 내려갔다. 얼음을 깨고 물속으로 들어가 앉았다. 살 갗이 찢어지는 듯 머리가 깨지는 듯 아팠다. 그러나 얼마 지나지 않 아 주문 수련을 하는 동안 뜨거운 기운이 퍼지며 온몸에 온기가 돌았 다. 그때였다. 공중에서 엄중한 목소리가 울려 왔다.

"찬물에 갑자기 들어앉는 것은 몸에 해로우니라."

나는 깜짝 놀랐다. 드디어 나에게도 감응하시는구나! 감격했다. 그런데 한울님 말씀치고는 너무 평범했다.

그 뒤로는 방 안에서 수련했다. 밤낮이 없는 어둔 방 안에 있어도 마음은 온통 환한 빛 속에 있었다. 세상 살아가는 수많은 이치가 밝게 해득이 되었다. 때로는 무념무상의 시공간에 들어 꼬박 하루를 앉아 있기도 했다. 눈이 녹아 길이 열리자 영덕에서 친구가 기름 두 병을 가져왔다. 그제야 기름을 반 종지 부은 이래로 서너 달이 지났음을 알았다. 영덕의 친구에게는 아무 말도 하지 않았으나, 마음으로부터 벅찬 희열이 솟구쳐 올랐다.

봄기운이 완연한 어느 날 다시 용담으로 갔다. 그러나 지난해 겨울 스승님은 행선지를 밝히지 않고 먼 길을 떠나 용담은 인적이 끊겨 있었다. 언제 귀환할지도 알 수 없다고 했다. 관의 지목이 들끓고, 가정리 일대 최씨 문중과 수운 스승님의 부친인 근암공의 제자들이 수운의 주변에 몰려드는 사람들을 보며 질색을 하는 바람에 기약 없이 용담을 떠난 것이라 했다.

금등골로 돌아온 나는 다시 일상적인 삶과 수련을 병행하였다. 7월 어느 날 묵상에 잠겼다가 스승을 생각하자, 경주 서면 박대여(朴大汝) 집이 눈앞에 환히 보였다. 급히 행장을 꾸려 집을 나섰다.

과연 그곳에 수운 스승님이 와 계셨다. 전라도 남원 땅에서 겨울을 지내고 여름이 되어서야 경주로 돌아왔다고 했다.

"내가 여기 있음을 아무에게도 말하지 않았는데, 어찌 알고 찾아왔느냐?"

수운 스승이 놀란 표정을 지었다.

"깊은 묵념 중에 스승님을 생각했더니 문득 이곳이 보였습니다."

나는 스승에게 천어를 들은 것과 등잔 기름이 마르지 않았던 체험을 이야기했다.

"그대는 큰 조화를 받은 것이니 기뻐할 일일세."

스승님의 인정을 받으니 마음이 날아갈 듯이 기뻤다. 그런데 스승님은 잠시 뭔가를 깊이 생각하더니 천천히 말했다.

"그런데 그대가 들은 천어는 그날 그 시각 내가 남원에서 수덕문(修德文)을 지을 때 읊은 구절일세."

"예? 하오면….'"

나는 잠시 혼란에 빠졌다.

"그러면 그때 제가 들은 것은 천어가 아니었습니까?"

스승님은 가만히 웃기만 했다.

문득 깨달음이 왔다.

'제발 찬물에 목욕하는 것만은 그만두세요. 건강 해치십니다.' 얼음물을 깨고 목욕하는 것을 알고 내게 채근하던 아내의 말이 바로 수운 스승님의 말씀이 아닌가!

나는 그 자리에서 일어나 스승님께 큰절을 올렸다. 스승님은 공손히 마주 절하여 내 절을 받으셨다.

'스승님과 한울님이 둘이 아니요, 스승님 말씀이 한울님 말씀과 둘이 아니며, 나와 스승님이 또한 둘이 아닌 것을…' 천어에 마음을 빼앗겼던 지난날의 장면이 한순간 눈앞을 스쳐 지나가더니 먼지처럼 흩어져 버렸다.

천어에 대해 깨달은 바를 수운 스승님에게 말했다.

수운 스승님은 잠시 묵념을 하다가 말씀하셨다.

"그대의 경지가 한 고비를 넘어섰도다. 이제 한 걸음 더 나아가야 하리라. 그대는 영덕과 영해, 내륙 지역을 순회하며 포덕에 힘쓰라."

친구에게 벼 100석을 빌려 노자로 삼고, 7월 하순부터 포덕에 나섰다. 내가 순회하고 포덕하자 가는 곳마다 도인이 늘어났다.

용담에 다시 사람들의 발길이 차고 넘치자 이번에는 경주 관아에서 스승님을 잡아들였다. 사술로 민심을 현혹한다는 죄목을 붙였다. 최자원과 백사길, 강원보 등이 수많은 도인들을 이끌고 가서 항의하자 이레 만에 내보내 주었다. 스승님은 한동안 제자들의 왕래를 금하더니 다시 용담을 떠나 흥해 손봉조 집에 거처를 정하였다. 나는 스승님의 명에 따라 용담을 오가며 스승님의 가족들을 보살피는 한편 용담으로 찾아오는 도인들의 공부를 돕는 일도 도맡았다.

그해 섣달그믐께 스승님은 경상도 일대 각 지역을 맡아 동학을 전수하는 접주를 임명하였다. 나는 그 자리에 들지 못하였다. 오히려 스승님의 명을 받아 포덕에 힘쓰느라 다른 겨를이 없었다.

계해년(1863) 7월, 스승님은 내게 뜻밖에도 북도중주인(北道中主人)이라는 중책을 맡기셨다. 북도중주인의 뜻을 물었으나 훗날 알게 되리라 하시고, 연이어 해월(海月)이라는 호까지 내려 주셨다. 그리고 이제부터 도의 일을 신중히 하고, 더욱더 스승님의 가르침을 어기지 말라 하셨다.

말씀이 엄하고 예사롭지 않아 그 뜻을 다시 여쭙자, 스승님은 노기를 띤 것 같은 얼굴로 묵념에 들었다가 다시 편안한 얼굴로 돌아와 말씀하셨다.

"경신년(1860) 4월에, 한울님은 나를 만나 성공하였다 하셨네. 나는 그대를 만나 성공하였네. 이것은 나도 어쩔 수 없는 그대의 운수일세."

나는 수운 스승님께 큰절을 올렸다. 그날 스승님은 자리를 함께한 도인들에게 엄명을 내렸다.

"앞으로는 누구든 검곡을 거쳐 용담에 오도록 하라."

그날 이후 나는 용담에서 지내는 날이 많아졌다. 그로부터 다시 한 달이 지난 8월, 보름을 앞두고 늦은 밤에 용담에 당도하여 문안을 여쭈었다. 스승님은 좌우를 물리고 나와 독대하여 대좌하였다. 스승님은 심고로써 나와 스승님의 기운이 둘이 아님을 보이시고 스승님의 조화가 나에게 이르렀음을 일러 주신 후에 도의 운이 모두 나에게 임하였으니 힘써 지켜 나가라 하셨다. 그 시각 이후로 정좌하여 묵상에 잠긴 채 밤을 지새웠다. 나 또한 스승님과 마주 앉아 묵묵히 무념

무상의 경지에 들었다. 첫새벽 닭 우는 소리에 문득 스승님의 기척이 있어 눈을 떴다. 스승님은 우리 도가 유·불·선 세 도를 겸하여 나온 이치를 말씀하시고, 경신년 이후 스승님이 지나온 내력을 낱낱이 말씀해 주셨다. 이미 알고 있던 행적은 물론이고, 누구도 알지 못하던 은적암 이야기며 지극한 한울님의 기운을 받던 정경까지도 일일이 일러 주셨다. 그러는 사이에 훤히 날이 밝아 왔다.

11월에 스승님은 내게 그동안 필사로만 배포하던 당신의 글들을 인쇄 간행하여 널리 배포하라고 하셨다. 나는 도인 몇 명과 의논하여 판각할 일정을 잡기로 했다. 그러나 그해 12월, 용담정에서 뜻밖에도 수운 스승님이 혹세무민의 죄목으로 체포되었다. 경전 간행도 중단되고 말았다.

결국 스승님은 한양으로 압송되다가 철종이 승하하자 다시 대구의 경상 감영에 갇혔다. 내가 감옥 포졸로 변장한 뒤 찾아가니 스승님 혼자 독방에 갇혀 있었다. 희미한 등잔 불빛 속에 스승님은 온몸이 피범벅으로 얼룩졌지만 꼿꼿한 자세로 앉아 있었다. 나를 알아본 스승님에게 말없이 목례하였다. 스승님은 담뱃대를 내밀었다. 옥 밖에서 열어 보니 '고비원주'(高飛遠走)라고 써진 종이쪽지가 나왔다.

스승님의 말씀대로 북쪽 일월산으로 피신했다. 얼마 후 원통하게도 수운 스승님이 처형되었다는 소식을 들었다.[9] 계속된 관의 지목 때문에 이리저리 피해 다니며 수운 스승님의 가족을 보살폈다. 그러면서 동학을 재건해 나갔다. 그러다 이필제가 스승님의 신원을 위한 다며 거사를 도모하여 아들과 매부를 비롯하여 수많은 도인들이 죽었다. 그리고 부인 손 씨가 관에 체포되어 옥에 갇혔다고 했다.

그 후 어떻게 되었을까? 흩어진 도인들은 지금 어디에 숨어 가슴을 졸이고 있을까? 가족과 도인들에게 생각이 미치니 가슴에 예리한 통증이 느껴졌다. 고개를 저어 생각을 털어 냈다. 수운 스승님은 도의 앞날이 이처럼 험난할 것을 예견하면서도 나에게 도통을 전수한 것일까?

눈을 감고 떠올려 보는 지난 40여 년이 한순간 같았다. 앞으로의 삶 또한 한순간처럼 사라질 것이다. 하루를 10년, 100년처럼 살 수는 없을까? 수운 스승님은 도의 깨우침으로 후천개벽 5만 년을 준비했다. 스승님은 도를 깨우친 뒤 4년 만에 돌아가셨지만, 영원히 사는 길을 보여주었다. 살고 죽는 것이 중요한 것이 아니다. 무지몽매하게 사느냐 깨달음으로 사느냐가 중요하다.

마음이 고요히 집중되었다. 더는 두렵지 않았다. 수염을 흔드는 바람이 한울님의 입김이요 생명 기운이었다. 바람은 우주 허공의 모든 생명을 쓰다듬고 내 속으로 들어왔다가 나갔다. 들숨과 날숨이 파도처럼 경계 없이 안팎을 넘나들었다. 어느 순간 몸은 사라지고 지금 이 순간 알아차리는 존재만이 남았다. 과거도 미래도 없고, 이곳과 저곳, 너와 나의 경계도 사라졌다. 햇빛처럼 무한 허공의 자유, 환한 기쁨만 가득 찼다. 주변 풍광이 천연색으로 선명했다.

움직이는 기척에 강수는 눈을 떴다. 옆에 있는 해월을 바라보니, 눈빛이 달라져 보였다. 눈빛이 또렷하고 고요해졌다. 두려움이나 슬픈 빛은 보이지 않았다. 호수 속인 듯 평온하고 깊었다. 강수의 마음속에 한 차례 전율이 일었다. 강수의 마음도 두려움이 사라지고 차분해졌다.

"가세!"

해월이 몸을 일으키며 말했다. 목소리가 힘 있고 밝았다.

"예?"

"박용걸 집으로 가세나."

해월이 이렇게 확신에 차서 말한 경우는 처음이었다.

"박용걸 집으로요?"

"그렇다네. 박용걸 집으로 가서 일어날 궁리를 해 보세나."

해월이 앞장서서 걸었다.

"선생님!"

강수는 자신도 모르게 해월을 불렀다. 그리고 무릎을 꿇고 절했다.

"앞으로 선생님을 제 형님으로 모시고 언제든지 따라다니며 돕겠습니다."

"어서 일어나게나. 고맙네. 나도 강 접장을 동생으로 여기고 의지하겠네. 우리 함께 동학을 되살리세나."

해월이 다가와 강수를 일으켰다. 두 사람은 뜨겁게 손을 맞잡았다.

3. 품어 주고 숨겨 주는 가슴

박용걸 형제의 입도식

"주인장 안에 계십니까? 계십니까?"

한밤중 외딴 산골 집 밖에서 소리 죽여 부르는 소리에 장봉애(張奉愛)는 깜짝 놀라 잠에서 깨었다.

"여보, 누가 왔어요. 어서 일어나시오."

남편 박용걸을 깨웠다. 박용걸은 놀라서 벌떡 일어났다. 주섬주섬 옷을 걸쳐 입고 밖으로 나가더니 인사하는 소리가 두런두런 들렸다. 장봉애는 재빨리 옷을 갖춰 입었다. 이불 갤 틈도 없이 손님 두 사람을 방 안으로 모셔왔다. 보름 전인가 들렀던 사람들이었다. 그동안 얼마나 고생했는지 볼은 홀쭉해지고 광대뼈만 튀어나왔다. 그러나 쑥 들어간 두 눈에서 범접할 수 없는 기운이 품어져 나왔다.

해월과 강수의 무명 저고리와 바지가 얇아서 몹시 추워 보였다. 그동안 제대로 간수하지 못한 상투는 헝클어졌고, 옷은 찌든 때에 절어 있는데다가 군데군데 찢어져 살갗이 드러나 보이기까지 했다.

"죄송합니다. 이렇게 밤늦게 찾아와서 실례합니다."

키가 크고 마른 체격의 강수가 들어오며 인사말을 했다. 이마가 넓고 수염이 텁수룩한 해월도 고개 숙여 인사하고 그녀를 바라보았다. 맑은 눈이 마음속까지 들여다보는 것 같았다.

"어서 오십시오."

박용걸이 아무렇게나 구겨져 있는 이부자리를 한쪽으로 밀어 놓았다. 해월과 강수에게 큰절을 올리려고 하자 두 사람도 무릎을 꿇고 맞절을 했다.

"방 안에 들어오니 따뜻한 기운이 온몸에 스며들어 비로소 살 것 같습니다."

강수가 활발하게 말하자, 해월도 고개를 끄덕이며 웃었다. 등잔불에 비친 그들의 모습이 몹시 지치고 허기져 보였다. 장봉애는 급히 부엌으로 들어갔다. 저녁에 먹고 남은 강냉이죽이나마 챙겨서 상을 차렸다.

"늦은 밤 신세 지는 것도 미안한데, 이렇게 식사까지 대접해 주시니 고맙습니다. 잘 먹겠습니다."

두레상 앞에서 식고를 드린 다음 먹기 시작했다.

"… 이제야 살 것 같습니다."

"맛있게 잘 먹었습니다."

해월이 고개 숙이며 말했다.

"두 분께서는 그동안 어디에서 지내다 이제야 오셨습니까?"

박용걸은 두 사람이 숟가락을 내려놓고 숭늉 마시기를 기다렸다가 물었다.

"태백산 함백산 깊은 산중을 헤매다 왔습니다."

강수가 14일간 산속에서 지낸 이야기를 간추려 말해 주었다. 9월 밤은 쌀쌀했다. 그런데 이불도 집도 없이 산속에서 10여 일을 지냈다니 그야말로 죽을 고비를 넘긴 셈이라고 장봉애는 생각했다.

"가족끼리 오순도순 모여 부지런히 일하고 세 끼 굶지 않고 사는 것, 이것이 행복한 삶이라는 것을 이번 산속에서 깨달았습니다."

"이렇게 평범한 삶도 쉽지 않습니다."

박용걸은 지난 삶을 떠올리며 말했다.

"이곳 형편은 어떻습니까?"

해월이 조심스럽게 물었다.

"관의 감시와 탄압이 조금 느슨해졌습니다. 직동까지 나오던 포졸들이 며칠째 보이지 않습니다."

"다행입니다. 한시름 놓겠습니다."

강수가 느긋한 말투로 말했다.

"그래도 아직은 안심할 때가 아닙니다. 조심해야 합니다."

해월이 신중하게 말했다. 그때 강수가 해월을 한번 보더니 박 씨 내외를 한참 쳐다보았다.

"박 처사님, 사실 이분은 동학 북도중주인 해월 선생님이십니다. 그리고 저는 이분을 보필하는 강수입니다. 그동안 속여서 죄송합니다. 수운 대선생이 대구 감영에서 참형 당한 이후로 우리 동학 도인들은 늘 관의 지목을 받고 쫓기며 살아왔습니다. 그 뒤로도 이필제가 벌인 영해 교조신원운동이며 문경 사변으로 수많은 우리 도인들이 희생당했습니다. 그래서 어쩔 수 없이 잠시 속였으니 용서해 주시기 바랍니다."

"용서할 게 뭐 있겠습니까? 처음 두 분 선생님 뵈올 때 예사 분이 아님을 짐작했습니다. 이제는 어디 가지 마시고 이곳에서 기거하십시오."

"말씀은 고맙지만, 함께 지낼 수는 없습니다. 만일 여기서 우리가 겨울을 나게 되면 나를 아는 동리 사람이 많으니 두 분이 난처해질 것입니다."

해월이 고개를 천천히 좌우로 흔들었다.

"안방에 있으면 누가 알겠습니까? 걱정하지 말고 계십시오."

박용걸이 장봉애에게 눈을 찡긋했다. 박용걸의 말에 장봉애는 서운함을 감출 수 없었다.

'밥과 빨래는 누가 다 한담. 끼니마다 무슨 반찬 내놓을까 걱정하는 안사람 생각은 조금도 안 하다니….'

"그럴 수는 없습니다."

"온몸에 노독이 깊이 쌓였을 것입니다. 부디 마음 편히 지내면서 풀기 바랍니다."

"하면…."

"……."

"친척도 아닌데 안방에 있기가 미안하니 박 처사님과 제가 형제의 의리를 맺으면 어떻겠습니까?"

"저야 귀인과 형제가 되는 것이니 영광입니다. 그러나 갑작스러운 제안이라 뭐라고 대답해야 할지 모르겠습니다. 잠시 말미를 주시지요."

그렇게 해서 안방을 해월과 강수에게 내주고 장봉애와 박용걸은 건넌방으로 왔다.

"당신은 저 어른들을 우리 집에 머물도록 권하시는데, 집에서 손님 대접할 제 생각은 조금도 하지 않는군요."

장봉애가 불편한 마음을 털어놓았다.

"당신 마음 이해하오. 그러나 두 분의 입장을 한번 생각해 보구려. 사지를 넘어 우리 집으로 오신 분들이오. 우리 집에 머물 두 분은 또 얼마나 마음이 불편하겠소?"

"그걸 저라고 어찌 모르겠어요. 하지만 뜻밖의 손님을 겨우내 모실 생각을 하니 여간 걱정이 아니에요."

"아버지와 어머니는 살아생전에 궁지에 빠진 사람이 있으면 무조건 도우라 하였소. 그래서 당신도 나와 만나지 않았소?"

갑자기 장봉애는 지난날이 떠오르면서 부끄러움을 느꼈다. 시아버지 덕분에 자신이 이렇게 살아 있는 것이다.

"알겠습니다. 늘 어려운 사람을 돕고자 하는 당신과 부모님 뜻을 생각한다면 어려움을 이겨 내야지요. 당신 뜻대로 하세요."

"고맙소. 훌륭한 사람을 모신다는 것은 기쁜 일이오."

박용걸은 장봉애의 두 손을 꼭 잡아 주었다.

장봉애는 양양 오대산 자락에서 부모님을 비롯하여 일곱 형제자매와 함께 살았다. 그곳의 물은 오대산 가마소 계곡과 두로봉에서 발원하여 법수치리 계곡, 남대천을 지나 동해안으로 흘러갔다. 양양 사람들은 남대천을 모천, 즉 어머니 강으로 불렀다. 황어, 은어, 연어 떼가 시기별로 산란하기 위해 바다에서 돌아오는 풍족한 강이었다. 그러나 강에 고기가 많아도 그녀 가족에겐 그림의 떡이었다. 남대천을 비롯하여 양양에 있는 하천들은 다 관아에서 관리하여 물고기도 마음대로 잡을 수 없었다. 그래서 다른 산간 지방처럼 풀뿌리를 캐고, 한 뙈기 밭농사에 온 가족이 매달려 살았다.

그녀는 장녀로 태어났다. 연년생으로 태어난 동생들 때문에 어머니 젖은 늘 말라 있었다. 그래서 어머니는 그녀에게 어린 동생을 먹일 수 있도록 생쌀을 씹으라고 했다. 쌀이 가루가 되도록 씹어 뱉어서 끓인 죽이 암죽이었다. 한 번은 쌀이 정말 먹고 싶어 꿀꺽 삼키다가 들켜, 부지깽이로 종아리에 피가 나도록 맞았다. 어른들은 쌀을 못 먹어도 젖먹이 동생들은 암죽을 먹고 자랐다. 그녀는 그 많은 동생을 업어 키웠다. 어머니는 집안 식구들 먹을거리를 대느라 늘 밭매고, 채소와 곡식을 가꾸느라 바빴다.

어느 해 보릿고개 때였다. 장봉애의 집도 먹을 것이 없어 쑥과 옥수숫가루로 쑨 말간 죽으로 하루하루 힘겹게 버티고 있었다. 된장국과 멀건 죽밖에 없어 부모와 형제들은 누렇게 부황이 들었다. 부모님이 텃밭을 일구고, 자신은 부지런히 나물을 뜯고, 소나무 껍질을 벗겨 와도 허기졌다. 곡기와 기름진 것은 구경도 하지 못하고 풀만 먹었다. 솔잎을 찧어 가루로 만들어 쪄서 먹었더니 시고 떨떠름한 맛이 먹을 만했다. 그것을 먹고 난 동생들은 똥구멍이 막혔다. 아버지가 억지로 막대기 꼬챙이로 파다 똥구멍이 찢어졌다.

그날 밤중 아버지 장필생(張必生)은 지게를 짊어지고 나왔다. 어둑한 길을 한참 걸어 남대천에 도착했을 때는 한밤중이었다. 시린 물소리가 크게 들렸다. 날씨도 추웠지만, 장 씨 몸이 유난히 더 떨린 것은 두려움 때문이었다. 보릿고개 때는 황어가 돌아왔다. 알을 낳기 위해 강을 거슬러 오르는 황어의 습성을 그는 알고 있었다. 그는 미리 준비해 둔 대나무 살을 굽이도는 여울목에 쳤다. 하류 방향에 살을 엮어서 치면 한번 들어온 물고기들은 빠른 물살에 다시 빠져나오지 못했다. 기다리는 동안 시간은 유난히 더디게 갔다. 다른 때는 집 구들장에 등만 댔다 하면 아침이 왔는데, 그날 밤에는 시간이 늑장을 부리는 것 같았다. 장 씨는 시린 손을 비벼 대며 추위 속에 서너 시간을 왔다 갔다 했다. 어느새 새벽이 오려는지 주변의 윤곽이 희뿌옇게 보였다. 장 씨가 댓살을 살펴보니 황어와 쏘가리 등 열대여섯 마리가 펄떡거리며 물살을 튕겼다. 그의 심장은 벌떡벌떡 뛰었다. 장 씨는 손발 시린 줄도 모르고, 살막이 안에서 피해 다니는 물고기들을 두 손으로 잡아 뚜껑 달린 짚 바구니에 담았다. 여남은 마리 정도 넣으니 바구니가 묵직했다.

이만하면 됐다 싶어 짚 바구니를 지게에 졌다. 장 씨는 주변을 살피며 부지런히 걸었다. 부리나케 남대천을 벗어나 법수치리 계곡에서 가마소 계곡으로 난 좁은 산길로 들어섰다. 건너편에서 포졸 두 명이 오고 있었다. '아차!' 그는 어디 숨을 곳이라도 없나 둘러보았으나 위아래가 다 절벽으로 막혀 있어 피할 곳이 없었다. 가슴이 벌렁벌렁 뛰고 땀이 나고 다리가 후들거렸다. 장 씨는 아랫배에 힘을 넣고 태연하게 걸어가는 수밖에 없다고 생각했다. 겨우 두 사람이 스쳐 지나갈 정도의 좁은 길에서 두 포졸과 만났다. 장씨는 그들에게 거친 숨소리가 들릴 것 같아서 천천히 숨을 쉬었다. 일부러 고개를 푹 숙이고 그들 옆을 지나갔다. 포졸 둘은 새벽까지 술을 마셨는지 그들이 지나가자 술 냄새가 확 풍겼다. 그들을 막 지나쳐 안도의 한숨을 쉬려는데, 지나쳤던 포졸 한 명이 그를 불렀다.

"어디 갔다 와?"

배가 나온 포졸이 되돌아보며 물었다.

"예, 제사 지내고 돌아오는 길입니다요."

그는 속이 뜨끔해서 떨리는 목소리로 대답했다.

"그런데 왜 아래옷이 다 젖었어?"

배불뚝이 포졸이 그를 유심히 보더니 또 물었다.

"오다가 그만 강에 빠졌습니다."

할 말이 탁 막혀 그는 더듬거리며 말했다. 바로 걸렸구나 싶었다.

"강에 빠지면 윗도리도 젖어야지. 이리 와 보게."

"왜 그럽니까요?"

장씨는 울고 싶은 심정으로 반문했다.

"잔말 말고 오라면 어서 와!"

배불뚝이가 반말로 명령했다. 다른 뚱보 포졸도 뭔 일이냐고 물었다.

"몸이 젖어서 곧 얼어 죽게 생겼습니다. 빨리 가야 하는데요."

장 씨는 사정하듯 말했다. 빨리 이 자리에서 벗어나고 싶었다.

"잠깐 오라는데 잔말이 많군. 아무래도 이상한걸."

그들은 다시 장 씨에게 되돌아왔다.

"바구니 안에 있는 것은 뭔가?"

"제사 지내고 남은 음식입니다."

"요즘 춘궁기에 제사 지내는 집도 있나? 게다가 제사 음식을 싸 줄 정도로 부자여? 아무래도 이상한데? 지게에서 내려 열어 봐!"

"안 됩니다."

장 씨는 빨리 자리를 피해야겠다고 생각했다. 그는 걸음을 빨리 옮겼다. 그러자 포졸들이 달려와 그 앞을 가로막았다. 이리저리 피하려고 하였지만, 결국 포졸들이 바구니를 획 낚아챘다. 그 순간 짚 바구니가 땅에 떨어지며 뚜껑이 열려 버렸다. 황어와 쏘가리들이 길바닥에 쏟아지면서 펄떡거렸다. 몇 마리는 낭떠러지 아래로 떨어졌다.

"안 돼, 내 거야."

그는 소리치며 물고기를 잡으려고 애썼다. 그가 엊저녁 내내 추위에 고생하며 잡은 고기들을 다 뺏길 것 같았다.

"이게 뭐야? 이거 어디서 났어?"

포졸들은 장 씨에게 추궁하기 시작했다.

"이것은 제사 지내고 남은 물고기입니다."

"어디에서 제사 지냈는데?"

"우리 형님 집에서요."

"형님 집은 어딘데?"

"……."

장 씨는 그만 말이 막히고 말았다.

"그 집이 어디야? 이놈 처음부터 수상했어. 이놈을 관아로 끌고 가자."

"저는 아무 잘못도 없습니다.

장 씨는 보내 달라며 애원했다.

그러나 포졸들은 끈질기게 추궁했다. 장 씨는 순간 굶어서 파리해진 얼굴에 두 눈만 덩그러니 커진 자식들이 눈앞에 떠올라 눈물이 핑돌았다. 자식들에게 먹이지 못하고 다 뺏긴 것이 원통했다.

"……."

그는 더 할 말이 없었다.

"이 물고기들 남대천에서 잡아 왔지? 이거 도둑질해 왔구먼. 남대천 물고기는 다 주인이 있다는 것 몰라? 나라님 물고기야."

포졸들은 그를 인정사정없이 때리고 발로 찼다. 지게는 부서지고 그의 온몸에 멍이 들었다. 장 씨는 포졸들에게 질질 끌려가 양양옥에 갇히고 말았다.

다음 날 장봉애 아버지 장필생은 양양옥 관아 뜰에 놓인 형틀에 묶여 곤장 십여 대를 맞고서야 결국 실토할 수밖에 없었다. 그녀와 어머니에게 면회가 허락되었을 때는 엉덩이 살이 짓물러지고 터져서 양양옥 멍석 바닥에 엎드려 신음하고 있었다. 그녀는 옷 한 벌과 돈 30냥을 가져다 속전으로 바쳤다. 딸 시집 밑천으로 모아 둔 돈이었다. 그러나 관아에서는 아버지를 내보내지 않았다. 어머니와 그녀는 날마다 감자며 조밥 등을 해 왔다. 잘 먹어야 장독에 걸리지 않는다는 말을 듣고 이웃집에서 빌린 돈으로 곡식을 샀다. 집에 있는 그녀 동생들은 굶어서 누리끼리한 얼굴로 물배만 커져 있었다.

"저…. 남편을 언제쯤 내보내 주시는 겁니까?"

장봉애 어머니가 옥을 지키는 포졸 눈치를 살피며 조심스럽게 물었다.

"나라 물건을 훔친 것은 중죄이기 때문에 쉽게 내보내 줄 수가 없다."

포졸은 냉정했다.

"그래도 언제라는 기한이 있을 것 아닙니까?"

"그건 모른다. 형방 어른에게 물어봐라."

형방을 찾았더니 형방이 더 기막힌 소리를 했다.

"돈 50냥을 죗값으로 더 내놓으면 풀어 주겠다."

"이미 30냥을 바치지 않았습니까?"

"그것으로는 부족해. 네 남편 죄가 얼마나 무거운 줄 모르느냐?"

형방의 말을 전해들은 장 씨는 버럭 소리를 질렀다.

"이제 우리 집에는 돈 한 푼도 없습니다. 굶어 죽어 가는 자식들 살리려는 것도 죄가 되오? 물고기 몇 마리 잡았다고 그것이 80냥이라니요. 차라리 저를 죽여주시오."

"죗값을 치를 방법이 전혀 없는 것은 아니다. 이방이 네 딸을 보고 반한 모양이다. 네 딸을 소실로 보내는 것이 어떠냐?"

형방이 은근한 목소리로 물었다.

"그게 무슨 말입니까? 그럴 수는 없습니다. 제가 살자고 딸을 팔다니요."

"누가 팔라고 했단 말이냐? 이방의 소실로 가면 귀염받고 호의호식할 것이다."

"첩으로 가는 신세가 어찌 귀염받는 것이라 하십니까? 그렇게는 못합니다. 차라리 제가 죽겠습니다. 어떻게 키운 딸인데….."

"에이, 그놈 고집 한번 세군. 고생하고 싶으면 마음대로 해. 쉽게 나갈 수는 없을 테니까."

다음 날 그녀와 어머니는 아버지만 바라보다 돌아갔다. 이 소문은 이웃 마을까지 퍼졌다. 다행히도 장 씨와 절친한 박 씨가 도움을 주려고 50냥을 들고 찾아왔다. 논 사려고 모아 둔 돈이라고 했다. 장 씨가 양양옥에서 나온 뒤 장봉애는 그 집 둘째 아들과 결혼했다. 그가 바로 박용걸이다. 시집와서 알았다. 시부모가 적극적으로 자신을 도왔다는 것을. 그 뒤로 양양옥 이방이 박용걸에게 자꾸 시비를 걸어 그는 결국 공부를 포기하고 이 깊은 산속 영월로 이사 오고 말았다.

장봉애는 아침밥을 짓기 위해 물동이를 이고 동네 우물로 나갔다. 이웃집들은 멀리 띄엄띄엄 있지만, 산골에 동네 우물은 하나였다. 아낙네들은 이곳에 모여서 세상 소식을 주고받았다. 벌써 삼척댁과 인제댁이 물을 긷고 나서 이야기를 늘어놓고 있었다.

"어서 오시오. 오늘은 웬일로 늦었소? 밤일을 찰떡지게도 했구먼."

아침부터 농담이었다.

"자기 한 일을 나한테 덮어씌우네그려. 아침부터 자랑하고 싶어 입이 근질근질한가? 서방님 잡아먹고 싶지 않거든 아껴 가면서 써."

받은 만큼 농담으로 되돌려 주었다.

"양양댁 말하는 품 좀 봐. 말 한번 잘못했다가는 큰일 나겠네그려. 뭔 일 있소?"

저 여편네의 예민한 직감에 놀라며 장봉애는 입을 조심해야겠다고 생각했다. 사실 엊저녁에 온 두 양반에 대해서 수다를 떨고 싶어 입이 근질근질했다. 그러나 자칫 잘못되면 남편이 다칠 수 있다.

"일은 뭔 일. 아무 일도 없어. 쓸데없이 말 만들지 말고."

딱 잡아떼었다.

그러나 아낙네들 눈치가 여간 빠른 게 아니었다. 게다가 입은 가볍기가 그지없었다.

"양양댁이 오늘 아침에는 이상하구먼, 괜스레 날이 선 것이…."

더 말하다가는 스스로 무슨 말이 튀어나올지 몰랐다. 장봉애는 물동이를 이고 얼른 들어와 버렸다.

그녀가 부엌에 동이를 내려놓자 남편이 대접에다 막 떠온 물을 담아서 안방으로 들어갔다. 벌써 안방이 말끔히 치워져 있었다.

"한울님께 고하겠습니다. 두 분은 앞에 서 주십시오."

강수의 말에 해월과 박용걸이 옷을 바르게 하고 의젓하게 섰다.

"한울님, 해월 선생님과 박용걸 처사가 인연이 깊어 형제가 되었습니다. 나이 많은 박용걸 처사가 형이 되고, 나이 적은 해월 최경상 선생이 동생이 되었습니다. 앞으로 두 분은 형제로서 기쁜 일, 슬픈 일을 함께할 것입니다. 오늘의 소중한 인연을 길이 이어 가게 해 주십시오. 그래서 두 분이 서로 화합하여 큰일 이루는 데 보탬이 되도록 이끌어 주십시오. 정성스러운 마음으로 고합니다."

해월과 박씨는 합장하며 절했다. 형제가 된다는 약속으로 청수를 나누어 마셨다.

그날 이후 해월과 강수는 박용걸의 안방에만 머물렀다. 해월은 하루 종일 자리에 앉아 주문을 낭송하거나 묵상을 했다. 강수는 곧잘 자리에 앉아 수련을 하다가도 수시로 일어나 밖에 귀를 기울였다. 침착하지 못했다.

"왜 이렇게 마음이 수선스러운가?"

해월이 한마디 했다.

"태백산에서는 먹고 자는 것이 힘들더니, 지금은 방 안에 가만히 있는 것이 힘듭니다. 불쑥불쑥 가슴이 방망이질하고 바깥세상 소식이 궁금해집니다."

"마음과 바깥이 둘이 아닐세. 강 접장 마음이 편안하면 바깥세상도 편안해질 것이네. 마음과 기운이 화하면 한울님이 강림하시어 같이 화하는 모습을 보일 것이네. 그것을 궁을 부도(弓乙 附圖)라 하네. 자네의 마음이 그 부도로 가득 차야만 천도가 다시 살아나고 세상의 모든 백성을 건질 수 있게 될 것이네."

"한울님이 강림하시는 모습⋯?"

"그렇다네. 일찍이 스승님께서 네 몸에 모셨으니 멀리서 찾지 말라 하지 않으셨는가."

해월의 소리는 저 깊은 동굴에서 울려 나온 듯 시원하면서도 차분하였다.

"저는 아직 도를 깨우치지 못했습니다."

강수가 길게 한숨을 내쉬었다.

"아닐세. 누구나 본래 한울님이니, 바깥으로 향하는 마음을 안으로 돌리고 조용히 기다리면 반드시 감응하실걸세."

"그런데 가만히 있기가 쉽지 않습니다. 자꾸 잡념이 떠오릅니다."

"스승님께서도 잡념이 일어나는 것을 두려워하지 말라고 말씀하시지 않았나. 그 마음은 그대로 내버려 두고 오직 한울님 마음을 향하여 정진하기만 하면 되네."

"……."

"이 방은 나와 자네를 가두고 있는 것이 아니라 보호하고 있는 것아닌가. 그렇다고 나와 자네를 잡으러 오는 관졸의 추적이 두려운 것이 아닐세. 사나운 범이 무서운 것도 아니요, 벼락이 치는 것이 무서운 것도 아닐세. 오직 두려워할 것은 한울님의 마음일세. 세상 사람들이 다 나를 비방하고 원망한다 해도 한울님께서 나의 앞길을 열어 주신다면, 내 어찌 주저함이 있을 것인가. 그러니 자네나 나나 이곳에 있는 동안 오직 힘쓸 것은 우리의 마음 기둥이 한울님의 가르침을 받아 지탱할 수 있을 만큼 튼튼히 하는 일일세. 그것이 수련 아니겠는가?"

"마음 기둥이 무엇입니까?"

"스승님께서도 마음 기둥이 튼튼해야 도의 맛을 알게 된다고 하시지 않았는가? 또 이어서 오직 한 생각을 한결같이 하여야만 모든 일이 뜻과 같이 이루어진다 하셨네. 마음 기둥이란 우리 몸을 지탱하는 뼈대와 같아서 자신이 애초에 먹은 마음을 포기하지 않도록 지탱해 주는 힘이지. 그 기둥이 튼튼하여 흔들림이 없어야 비로소 한울님이 그 마음먹은 바를 이루도록 도와준다네. 몸을 써서 일하는 이가 잔병 치레를 하지 않듯이, 마음 수련을 튼튼히 해서 흔들리지 않아야 한울 님이 강림하시는 법일세."

해월은 말을 마치고 벽을 향해 돌아앉아 묵상에 들었다. 강수도 벽을 향해 자리를 고쳐 앉아 주문을 외우기 시작했다. 풍랑 치듯 어지럽던 마음이 차츰 잦아들고 몸도 반듯하고 조용해졌다.

이날부터 해월과 강수는 먹고 자는 최소한의 시간을 빼고는 수련에 임했다. 49일 수련은 수운이 천성산 내원암에서 49일 기도를 한 데서 유래했다. 강수는 49일 기도를 하면서 지금까지 알지 못했던 자신의 내면에 더욱 집중하였다. 거대한 파도와 같은 희열이 밀려왔다가 사라지고 무수한 잘못의 파편들이 회초리가 되어 온몸을 매질하는 고비를 넘어, 오직 주문만을 생각하며 다시 한 걸음 나아갔다. 어느 순간 잡념이 사라지고, 잡념을 생각하는 마음도, 몸도 사라졌다. 그러므로 희열도 참회의 심정도 사라지고 없었다. 오직 환한 허공 외에는 아무것도 없었다.

49일 기도가 끝났다. 그 새벽에 해월과 강수는 아무 말 없이 일어나 서로를 향하여 큰절을 했다.

찬바람이 부는 11월, 순흥에 사는 박봉한이 찾아왔다. 그는 박용걸처럼 키가 크고 뼈대가 굵었다.

"이 사람은 제 집안 형님입니다. 동학을 깊이 알고 싶어 하기에 오라 하였습니다."

박용걸이 얼른 두 사람을 안심시켰다. 박봉한이 절하자 강수와 해월도 함께 절했다.

"놀라게 해서 미안합니다. 동생으로부터 두 분 말씀 들었습니다. 평소 궁금한 점이 있어서 찾아왔습니다."

"그것이 무엇입니까?"

"동학 도인들을 나라에서 탄압하는 이유가 무엇입니까?"

박봉한의 질문에 강수가 잠시 생각에 잠겼다가 대답했다.

"동학을 처음 만드신 스승님은 일찍이 유학을 제대로 공부한 수운 최제우라는 분입니다. 젊은 시절 벼슬에 뜻을 두지 않고, 온 나라를 두루 돌아다녔습니다. 그 결과 이 나라 백성이 고통받는 상황 속에서 일본과 청나라 사람들이 제멋대로 우리나라에서 날뛰는 것을 보고, 나라의 운명이 위태로운 것을 낱낱이 알게 되었습니다. 그리하여 나라와 백성을 구원할 길을 찾고자 십여 년을 구도한 끝에 보국안민하는 도로서 동학을 창도하였습니다. 그러나 동학의 도를 알지도 못하는 조정에서는 스승님을 서학의 무리로 여겨 교수형에 처하고, 스승님을 따르는 저희를 지목하여 뒤쫓고 있습니다."

강수가 길게 설명했다.

"그러면 동학은 유학을 공부하는 것입니까?"

박용걸이 끼어들었다.

"유학의 이치도 들어 있으나 유학은 아닙니다. 마찬가지로 불학이

나 선도 또한 동학의 일부라 할 수 있습니다. 동학은 오직 수운 스승님께서 새로운 시대 운수와 더불어 처음으로 드러내어 밝힌 동국의 도학입니다. 이는 인위로 된 것이 아니요, 수운 스승님께서 한울님으로부터 전해 받은 것입니다."

해월이 대답하였다.

"한울님이라 하셨습니까?"

"그렇습니다. 우리 조상들이 자기도 모르게 하느님이라 부르던 천지의 주인인 한울님이, 실은 저 하늘 끝에 계시는 것이 아니라, 우리의 마음과 몸에 계십니다. 한울님이 일러 주시고, 수운 스승님께서 깨달아 알게 된 것이 동학의 출발점입니다. 지금 고통에 처한 조선의 백성이 사람답게 살려면 자신 속에 한울님이 계심을 깨닫고, 한울님의 기운을 길러서 어떤 상황에서도 자부심을 갖고 살아야 합니다. 사람뿐 아니라 모든 살아 있는 존재들과 조화롭게 어우러져 살아야지요. 이것이 우리 동학의 뜻입니다."

"저도 동학의 도를 배우고 싶습니다."

박봉한의 말에 박용걸도 함께 동학을 배우겠다고 말했다. 장봉애는 동학이 궁금하면서도 그것은 남자들이 배우는 것인가 보다 짐작만 했다.

"동학을 공부하고, 동학의 가르침으로 살아가는 길은 어려운 길입니다. 가족과 헤어져 굶주림과 추위 속에 피난 갈 수도 있습니다. 나 한 사람으로 인해 가족이 험한 꼴을 당하기도 합니다. 심지어 목숨을 잃기도 하지요."

해월의 말끝에 더부룩한 수염이 파르르 떨렸다.

'무슨 영화를 바라고 그 위험한 길을 가려는 걸까?'

장봉애는 걱정스러운 마음으로 듣고만 있었다.

"동학의 길이 쉽지 않음을 알겠습니다. 그러나 이만큼 살고 보니 더 넓고 깊은 이치를 공부하며 하루라도 바른 삶을 누리며 사는 것이 얼마나 소중한 일인지 어렴풋이 짐작하는 바가 있습니다. 가르쳐 주신다면 저희도 또한 기꺼이 그 길을 걷고자 합니다."

"고맙습니다. 두 분 형제 덕분에 새로운 힘이 생깁니다."

보름 후에 박용걸 형제의 입도식이 있었다. 그 사이에 두 사람은 언행을 삼가며 몸과 마음을 바로 하는 금기의 시간을 보냈다. 주변 사람들 눈도 있고 해서 청수 한 그릇 떠놓고 조용히 의식을 치렀다. 목숨을 담보로 동학 도인이 되겠다고 한울님께 고하는 입도식은 비장하고 경건했다. 해월이 두 형제에게 스물한 자 주문을 암송하게 하였다. 해월과 강수 그리고 박용걸 형제는 동학 도인으로서 바르게 살겠다는 뜻을 확인하고 다짐하며 청수를 한 모금씩 나누어 마셨다.

"이제 두 분은 동학 도인이 되셨습니다. 늘 깨어 있는 마음으로 정성스럽게 주문을 외고 심고하여 한울님을 바르게 모시고 살아가기를 바랍니다."

해월의 마무리 당부로 입도식이 끝났다.

"심고란 무엇입니까?"

박용걸이 물었다.

"내가 하는 일을 한울님께 고하여 감응을 받는 것입니다. 가고 오는 것, 자고 깨는 것, 말하고 생각하는 것, 마실을 가고 밭을 일구는 것 모두 시작하고 끝맺는 것을 한울님께 고하십시오. 그리하면 어느 일 하나도 이치에 어긋나지 않을 것입니다. 한울님은 우리의 부모님과 같은 분입니다. 우리가 바깥을 드나들 때 부모님께 알리는 것이나, 잠자리와 음식을 보살펴 드리는 것과 같은 것입니다. 특히 밥을 먹을 때의 심고를 식고라고도 하는데, 이는 내가 먹는 밥을 한울님도 함께 드시라고 고하며 또한 밥이 지금 내 앞에 이르기까지 베풀어 준 은혜에 감사하는 것입니다."

"일거수일투족을 빠짐없이 아뢰어야 합니까?"

"그렇게 할 수만 있다면 좋겠지요. 아뢰는 순간 한울님과 하나로 통하게 되니까요. 심지어 걸어 다닐 때 '왼발 듭니다, 오른발 듭니다.' 아뢰고, 방 안에 앉아서도 '숨이 나갑니다, 숨이 들어옵니다.' 이렇게까지 아뢸 수 있다면 늘 함께 있는 것입니다."

"아이고, 그러다가는 아무 일도 못하겠습니다."

박봉한이 고개를 살래살래 흔들었다.

"어린아이가 어머니 옆에서 떨어지지 않되 자기 하고 싶은 것을 하고 놀 듯이, 익숙해지면 한울님께 늘 고하면서도 다른 일을 자연스럽게 할 수 있습니다."

해월은 오늘 두 사람의 입도식을 치르면서 감회가 새로웠다. 영해에서 참변을 겪고 난 후, 이제 도의 맥이 영영 끊어지나 싶어 걱정했다. 그러나 이렇게 다시 하나의 씨앗을 뿌리고 보니 스승님 생각이 새롭고 간절하였다. 문답을 끝낸 이후에 해월은 다시금 자세를 바르게 하고 앉아 한울님과 수운에게 발원을 했다.

'이대로 동학의 불꽃이 꺼질 수는 없습니다. 생사를 초월한 한울님은 영원하시기 때문입니다. 이제 동학은 되살아날 것입니다. 많은 사람들이 본래 마음자리를 되찾아 갈라 터진 세상의 기운을 하나로 하고, 조화 속에서 서로를 모시고 살리며 모두가 행복하기를 바랍니다.'

입도식 이후 박용걸 형제가 해월과 강수에게 예물로 옷을 한 벌씩 선물했다. 새 무명옷을 만지니 포슬포슬 소리가 났다. 해월은 새 옷의 감촉을 손으로 쓰다듬어 보면서 새날이 환하게 밝아 오는 듯한 느낌을 받았다.

강원도 사람들 방문

창밖이 환했다. 벌써 아침인가 하고 깜짝 놀라 방문을 여니 하얗게 눈이 쌓여 있었다. 최인선(崔仁善)은 마당으로 내려섰다. 눈이 많이 내린 날은 집 안에서 꼼짝없이 갇혀 지내야 했다. 그러나 오늘 남편이 길을 나서는 데는 무리가 없을 것 같았다.

최인선*은 남편 유인상(劉寅常)이 영월로 해월을 만나러 간다는 이야기를 듣고 아침밥을 일찍 지었다.

"해월 선생이 어떤 분이시기에 이렇게 의관까지 갖추고 나가십니까?"

최인선은 남편의 두루마기를 챙기며 물었다.

"도를 깨우쳤다고 하는 분이오."

유 씨는 다정하게 대답했다.

"그런 분이 영월에는 무슨 일로 와 계신답니까?"

최인선은 호기심을 느끼며 남편을 바라보았다.

"부인만 알고 있으시오. 박용걸이란 사람 있지 않소."

비밀이라는 듯 유 씨는 소리를 낮춰 속삭이듯 말했다.

"영월 직동인가 막골인가 하는 곳에 사는 분 말인가요?"

"그렇소. 며칠 전 그가 나한테 다녀갔소. 자신의 형과 함께 동학에 입도했다는구려."

"저 경주에 사는 최수운이라는 사람이 만들었다는 동학 말씀인가요?"

최인선이 아는 체를 하자 유 씨가 놀라서 물었다.

"당신이 어떻게 그걸 알고 있소?"

---

* 남녀평등을 강조한 동학에서 여성의 참여가 있었으리라고 예측하여 최인선이라는 가상인물을 통해 여성으로서의 깨달음의 과정과 여성의 주체적 자각에 의한 혁명 참여를 에피소드로 표현했다.

"저도 눈과 귀는 열려 있답니다. 그런데 동학이란 도대체 어떤 것일까요?"

최인선이 진지한 표정이 되었다.

"조정에서는 서학과 같은 것이라 하여 금한다고 하는데, 굳이 동학이라는 이름으로 부르는 것은 그와 다른 무언가가 있기 때문일 거요. 허나 지금으로선 뭐라고 단정 지을 수가 없소. 그래서 오늘 정선 지인들과 함께 직접 영월로 가서 만나 보려 하오."

"조심하시어요. 관에서는 동학을 금한다 하지 않았습니까?"

"부인 말씀 명심하리다. 그러나 관이란 데가 백성 속사정을 한 번이라도 어루만져 준 때가 있었소? 도와주기는커녕 백성의 재물을 빼앗아 자신들 잇속 챙기는 수단으로만 이용하지 않았소?"

유인상의 목소리가 커졌다. 부당한 일에 대해서는 늘 목소리 높여 바로잡고자 하던 남편이었다.

"그러게 말입니다. 당신 같은 분이 목민관이 되면 선정을 많이 베푸실 텐데요."

안타까운 듯 최인선이 말했다.

"나는 이제 벼슬길을 접었지 않소. 박용걸 생원도 마찬가지요. 온전히 실력과 품성으로 벼슬아치를 뽑는 게 아니라 돈으로 사고파는 시대가 되었소. 이런 썩어 빠진 세상에서 벼슬하는 것 자체가 욕이오."

유인상은 작년까지 과거를 준비해 왔다. 몇 차례 과거를 보았지만, 번번이 낙방했다. 결국은 돈이 문제였다. 과거에 급제하려면 시관(試

官)에게 뒷돈을 몇 백 냥 싸다 주어야 한다는 소문이 돌았다. 영월 향교 아헌관을 지낸 부친은 아들이 과거를 통해 벼슬하기를 바랐지만, 유인상은 과거를 포기했다. 대신 산삼, 도라지, 영지버섯 등 약초를 캐어 약재상에 내다 파는 일로 시간을 보내고 있었다.

"그동안 공부한 당신의 노고가 아까워서 하는 말이지요."

최인선이 부드럽게 말했다.

"고맙소. 그렇다고 뜻마저 버린 것은 아니오. 오늘 해월이라는 분을 만나려는 것도 이러한 깜깜한 시대에 과연 어떻게 살아야 할지 방법을 찾기 위해서요. 하여튼 내 다녀와서 이야기해 드리리다."

유인상은 설피를 신고 서둘러 집을 나섰다. 다래 덩굴에 피나무 껍질로 만든 설피를 신으면 눈에 빠지지 않고 걸을 수 있었다. 눈은 그쳤으나 어젯밤에 내린 눈으로 길이 미끄러웠다. 짚신 속으로 눈이 스며들까 봐 설피를 신었는데 걷기에 불편했다. 정선 지인들과 고갯마루에서 만나기로 했다. 이들은 낮에는 농사를 짓고 밤에는 유학을 공부하는 선비들이다. 유인상이 박용걸로부터 동학 소식을 듣고 나서 이들에게 이야기했다. 다들 새로운 공부에 관심이 많은 터라 해월을 찾아가기로 한 것이다.

화절령 고갯마루 아래 이르렀다. 선비들은 바람막이 절벽 아래 옴팡진 곳에 모여서 몸을 웅송그리며 그를 기다리고 있었다. 미끄러운 길을 생각하고 유인상처럼 설피를 신은 이도 있고, 짚신에 새끼줄을 감은 이도 있었다. 정선 사람들 대여섯 명과 특별히 강릉에서 온 맹진석(劉澤鎭) 진사 등이다.

유인상이 다가서자 모두 인사했다.

"빨리들 오셨습니다그려."

사람들을 둘러보며 유인상이 인사했다.

"눈이 와서 일찍 출발했습니다."

"맹 진사님은 아주 일찍 출발하셨겠습니다."

유인상은 함께 공부한 맹진석을 돌아보며 웃었다.

"예, 대관령 고개를 넘으려고 새벽 일찍 출발했습니다."

"아직 못 온 분이 있습니다."

"그러면 조금 더 기다리지요."

유인상은 급하게 오느라 차오른 숨을 가라앉혔다.

"해월 선생님은 어떤 분인지요?"

김해성이 유인상에게 물었다.

"경주 동학 선생 최제우로부터 도통을 받은 분이라고 합니다."

"그런 분이 우리를 만나 줄까요?"

유학자 맹진석이 걱정스러운 얼굴로 물었다.

"글쎄요, 신분을 드러내 놓고 활동하지 않은 걸로 봐서 우리를 환영하지 않을 수도 있습니다. 그래도 우리가 박용걸 생원을 아는 처지이니 모른 체하지는 않을 것입니다."

"박 생원의 말로는 해월이란 분은 참으로 겸손하고 부지런하다고 하더군요."

유인상이 그의 걱정을 덜어 주려는 듯 말했다.

"그렇다면 걱정하지 않아도 되겠습니다. 동학의 뜻을 전하는 데 사람을 가리겠습니까?"

드디어 최중섭(崔重燮)이 도착했다. 차가운 날씨에도 그들은 흥분된 얼굴로 마지막 고갯길인 화절령으로 올라섰다.

화절령(花折嶺)! 정선과 영월 사이에 백운산이 있는데 그 사이에 가로놓인 고갯길을 사람들은 '꽃꺾기재'라고 불렀다. 여인들이 이곳에서 핀 진달래꽃을 많이 꺾었다고 해서 붙인 이름이라고 했다. 봄날 바람이 불면 고도가 높고 사방 막힌 곳이 없는 이곳의 꽃들이 모두 떨어졌다 해서 붙여졌다고도 했다. 그래서 어떤 이는 이 길을 '바람길'이라 불렀다. 봄만 되면 어디에 숨었다가 나오는지 산은 꽃 빛으로 화사했다. 그러나 지금은 흰 눈으로 덮여 어디에도 꽃은 없었다. 꽃들의 숨결이 땅속에 숨어 있을 터였다.

처음 박용걸로부터 비밀스럽게 동학 이야기를 들었지만, 유인상도 자세한 내용은 몰랐다. 그런데 박용걸로부터 동학에 대해 들을수록 새롭고 놀라웠다. 동학에서는 자신의 마음을 한울님으로 본다고 했다.

박용걸은 열성적으로 말했다.

"신성한 분은 바로 내 안에 계십니다. 그런데도 왜 못 만나느냐? 내 마음이 탁하여 생명 바탕을 보지 못하기 때문입니다. 또한 밖에도 계십니다. 안팎에 기의 형태로 가득 차 있습니다. 육체가 참다운 내가 아니고, 텅 빈 듯하나 어디에나 가득 차 있는 이 기운이 바로 진정한

나입니다. 그러니 이분이 상하지 않도록 늘 정성스럽게 돌보는 마음
이 필요하지요. 더 자세히 알고 싶으면 해월 선생님을 만나 뵙도록
하십시오."

'신성한 분이 내 안과 밖에 계시다고? 그분이 참나라고? 그렇다면
지금의 나는 누구인가? 그것은 음양의 기운과 같은 것인가, 다른 것
인가?'

유인상은 박용걸을 만난 뒤 끝없이 솟아나는 의문으로 마음이 혼
란스러웠다. 하루빨리 해월을 만나고 싶었다.

마침내 영월 직동을 지났다. 영월은 정선 못지않게 산이 높고 험준
했다. 박용걸이 산다는 막골은 정말 막바지 산동네처럼 직동에서도
깊숙이 5리는 더 들어간 곳에 있었다.

주인을 찾는 소리에 장봉애는 문간으로 나갔다. 자신을 유인상이
라고 밝힌 사람과 선비들 서너 명이 박용걸을 찾았다. 박용걸은 한달
음에 뛰어나가 일행을 맞이하여 해월 선생과 강수가 머물고 있는 안
방 문 앞으로 안내했다.

"선생님, 멀리 정선에서 손님들이 왔습니다."

강수가 마루로 나왔다.

"일전에 말씀드렸던 분들이 해월 선생님을 뵙겠다고 찾아왔습니
다."

손님들이 방으로 들어간 것을 보고, 장봉애는 광으로 들어갔다. 정

선에서 왔다면 새벽 일찍 출발했을 터였다. 지난가을에 따서 말려 둔 강냉이가 벽에 걸려 있었다. 급한 대로 몇 개 내려 알을 훑어 낸 다음 맷돌에 갈았다. 이것을 반죽하여 뜨거운 물에 흘려 내리니 주룩주룩 솥 안으로 떨어지는 대로 소용돌이를 치며 익어 갔다. 여기에 배추김 치 송송 썰어 넣고 간장으로 간을 맞추었다. 장봉애가 누구 못지않게 잘 만들어 내는 올챙이국수다. 이것 한 가지만 내기가 아쉬워서 메밀 가루를 반죽해 전을 부치고 김치를 양념하여 볶아 속에 넣어 돌돌 말 아서 메밀전병을 곁들여 놓았다.

장봉애는 조심스레 박용걸을 불러내 상을 보았음을 알렸다. 박용 걸이 안으로 들어가더니 곧 다시 나와 함께 상을 들고 들어갔다. 뜻 밖에도 푸짐한 점심상을 대하고 손님들은 눈이 휘둥그레졌다. 배가 고픈데다가 예사롭지 않은 솜씨로 만든 국수와 전병을 먹느라 한동 안 조용했다. 식사 후에 다들 고맙다고, 잘 먹었다고 인사하여 장봉 애는 낯이 뜨거워지면서 가슴이 뿌듯하였다.

점심상을 물리고 해월 선생의 동학에 대한 이야기가 계속되었다. 장봉애도 얼른 정리를 마치고 방으로 들어왔다.

"누구나 마음속에는 한울님이 계십니다."

해월이 카랑카랑한 목소리로 시천주의 뜻을 풀어 말씀하는 중이었 다. 이제는 장봉애도 알게 된 말이지만, 모든 이치를 유학에 비추어 생각하는 데 익숙한 정선 손님들은 여전히 해월의 말이 이해되지 않 았다. 그들은 선도의 '옥황상제'나 불도의 '부처' 등에 대해서 듣기는 하였지만, 그것은 다 허무맹랑한 소리라 여겼다. 그들이 생각할 때 중요한 것은 현실의 삶에서 '수신제가치국평천하'(修身齊家治國平天下), 자신의 몸과 마음을 바르게 수양해서 세상에 덕을 펼치는 것이었다.

"마음에 한울님이 계시다는 것이 이해되지 않습니다. 양명이 말하는 양지(良知)와 같은 것입니까?"

맹진석이 해월을 바라보았다.

"양지와 비슷하지만 같지는 않습니다. 양지처럼 밝은 마음이지만, 또한 선악은 물론 사람의 마음마저 넘어선 지극한 존재입니다. 한울님은 삶과 죽음이 없으며 너와 나의 구별이 없고, 이 세상 모든 존재를 사랑합니다."

"그렇다면 사람 마음속에 한울님이 있다는 것은 무슨 뜻입니까?"

"이 존재는 우주적인 존재이지만 또한 사람 마음속에 깃들어 모든 존재를 살리고 있습니다. 우리가 사는 것은 이 한울님이 우리 안에 계시기 때문입니다. 그러므로 동학을 바르게 하자면 나를 제대로 하는 것이 중요하지요."

"유학에서는 무극에서 태극이 나왔고, 다시 음양으로 나뉘어 세상 만물이 나왔다고 합니다. 동학에서는 이 세상이 생겨난 유래를 어떻게 설명하고 있습니까?"

"이 세상 만물은 한울님의 조화로 생겨난 것입니다. 그러므로 한울님을 모셨다고 하는 것입니다. 한울님은 천지 만물의 부모요, 천지 만물은 한울님의 아들딸입니다. 한울님은 신성한 기운입니다. 이 기운이 모이고 흩어지기를 거듭하며 태어나고 환원하는 것이 이 세상입니다. 그러므로 이 세상에는 영원한 것이 없는 듯하지만 알고 보면 영원하지 않은 것이 없습니다. 너와 나, 이것과 저것은 모두 한울의 소산으로 잠시 개체의 형태를 갖추고 있을 뿐입니다. 때가 되면 다시 허공의 기운으로 흩어지지요. 그러나 본디 한울로부터 와서 다시 한울로 돌아가는 것이니 무궁한 한울 속에서 우리의 생명 또한 무궁한 것입니다."

"참 이해하기 어렵군요. 그러면 음양의 기운과 같은 것입니까? 유도에서도 모든 것이 음양의 기운으로 만들어졌다고 합니다."

"그럴 수도 있지만 똑같지는 않습니다. 기운인 것은 같지만, 이것이 내 자신이기도 하고 한울님이기도 하지요."

"그러면 내가 한울님이란 말입니까?"

큰 소리로 김해성이 물었다.

"그럴 수도 있고 그렇지 않을 수도 있지요."

"그런 대답이 어디 있습니까?"

"수행을 열심히 해서 한울님과 만날 수도 있고, 그렇지 못할 수도 있다는 뜻입니다."

해월이 웃으며 대답했다.

"어떻게 해야 제가 한울님과 만나게 될까요?"

무은담에서 온 유인상이 진지한 표정으로 물었다.

"한울님은, 고요히 알아차리는 마음입니다. 사사로운 생각이 없는 공평무사한 마음이지요. 또한 밖으로는 다른 생명 존재를 나 자신처럼 여기는 마음입니다. 그런 다음이라야 자신 안에 모신 한울님답게 살 수 있고, 삶 전체가 변하게 됩니다. 그러니 내 안에 고요히 귀를 기울이면서 지금 이 순간에 머물면 한울님과 만날 수 있습니다."

"그런데 지금은 왜 한울님과 만날 수 없습니까? 하루빨리 만나려면 어떻게 해야 할까요?"

다시 유인상이 물었다.

"마음자리를 바르게 해서 나로부터 멀어진 한울님을 다시 가까이 하고 시들어 버린 한울 기운을 돌이켜 살려 냅니다. 동학 주문 21자를 지극정성으로 외우고, 내가 하는 모든 일을 한울님께 고합니다. 무엇보다도 자신과 다른 사람을 존경해야 합니다. 허공에 가득 찬 우주 의식과 내면 깊숙이 간직된 우주 의식이 하나로 될 때 한울님이 온전히 드러날 것입니다. 그러니 우주 의식을 가로막는 개체의 육체 의식이 옅어질 수 있도록 '나'를 작게 하는 겸손한 마음이 필요합니다. 무아(無我)가 될 때까지 말입니다."

장봉애는 알아듣기 어려운 말들이 많아 답답함을 느꼈다. 그래서 말하는 사람들의 모습을 자세히 살펴보았다. 해월의 풍채는 말랐으나 강단지고 위엄차 보였다. 목소리는 카랑카랑하여 때로는 쇳소리가 났다. 무성한 수염, 광채 있는 눈빛. 말할 때 한 사람 한 사람을 가만히 응시하였다. 강수는 해월보다 키가 크고 목소리는 낮으면서도 분명했다. 입을 꼭 다물고 말이 적은 편이나, 한번 말하면 샘물처럼 줄줄 멈추지 않고 했다. 정선에서 온 사람들은 집중하여 듣다가, 어려운 내용이 있으면 질문했다.

장봉애는 해월의 말 중에, '동학 주문을 지극한 정성으로 외우면 내 안의 한울님을 만날 수 있다.'는 말이 특히 마음에 남았다. 그녀는 동학 주문이 무엇일까 궁금했다. 지금까지 그녀는 친정 가족과 시집 식구들 봉양하느라 공부할 엄두를 내지 못했다. 하루하루 먹고사는 일에 급급했다.

그런데 해월과 강수가 오면서 오랫동안 굳어 있던 그녀의 마음이 흔들리기 시작하더니, 차츰 그녀의 고정관념이 깨지기 시작했다. 그녀는 정선 손님들이 돌아가면 남편에게 동학 주문에 관해 물어봐야겠다고 생각했다.

맹진석은 박용걸 집에서 머물기로 하고, 나머지 정선 사람들은 길을 떠났다. 밤이 깊었지만 각자 생각에 잠겨서 말이 없었다. 발소리만 어둠의 정적을 깨우고 있었다. 유인상은 발걸음이 가벼웠다. 어서 부인에게 해월에 대한 이야기를 들려주고 싶었다.

집에 도착하니 밤이 깊었는데도 최인선은 잠자리에 들지 않고 있었다. 창호지 문에 바느질하는 아내의 모습이 비쳤다. 아마도 어린 것들의 옷을 깁고 있을 것이다. 아들들은 먹성도 좋고 활달하여 옷이 금방 해지곤 했다.

"부인, 돌아왔소."

금방 방문이 열리고 최인선이 마루로 나왔다.

"다녀오셨습니까? 날씨가 차갑지요?"

유 씨가 안방으로 들어서자 아늑한 온기가 느껴졌다. 아내에게서는 항상 따뜻한 기운이 느껴졌다.

"오늘 해월 선생을 만나 보니 어떻던가요?"

들어오자마자 묻는 것을 보니 많이 기다렸던 모양이다.

"해월 선생 말씀이, 사람은 누구나 한울님을 모시고 있으니 남녀노소가 모두 평등하다고 하오."

"그렇다면… 양반도 종도 어른도 아이도 모두 평등하다 하면 이 세상 법도가 무너지지 않을까요?"

"부인이 그렇게 말씀하니, 이해가 안 되는 부분도 있구려. 종이 주인의 분부를 받지 않고, 신하가 임금님의 뜻을 받들지 않는다면 세상에 난리가 나겠구려."

유인상은 아내 최인선의 날카로운 질문에 놀라면서도 흐뭇한 표정으로 웃었다.

"해월 선생님이, 사람은 누구나 다 한울님을 모시고 있다고 하셨나요?"

최인선이 이해가 안 된다는 듯 고개를 갸우뚱하며 물었다.

"그렇소."

"한울님이란 어떤 존재일까요?"

"아직은 잘 이해할 수는 없지만, 지극하고 신성한 기운이라고 하오. 이것은 내 안팎에 두루 있어서 모든 생명을 만들어 내는 부모와 같다는 것이오. 이 한울님은 죽음도 삶도 넘어선 존재라고 하오.”

“내 안에 그런 존재가 계시다는 것을 한 번도 들어 본 적이 없는데요.”

“나도 그렇소. 해월 선생에게 이 말을 처음 들었을 때는 충격을 받았소.”

“이런 한울님이 내 안에 있는지 없는지 어떻게 확인할 수 있지요? 내 안에 있었다면, 왜 지금까지 한 번도 내게 나타나지 않았을까요?”

“글쎄, 그게 이해되지 않는 점이오. 그래서 물어보았소. 어떻게 하면 내 안에 있는 한울님을 만나 뵐 수 있는지….”

“뭐라고 말씀하시던가요?”

유인선이 다급하게 물었다.

“21자 주문을 열심히 외우고, 자나 깨나 모든 일을 한울님께 아뢰어야 한다고 하였소.”

“21자 주문이 뭐예요?”

“그것까지는 미처 묻지 못했소. 앞으로 차츰 알아볼까 생각 중이오. 그리고 한울님이라는 존재가 양반에게만 있는 게 아니고 모든 사람 속에 있다고 하는데, 그것도 이해할 수 없는 일이오.”

“한울님은 서로 다르지 않을 테니, 모든 생명 존재 안에는 한울님이 똑같이 계신다는 뜻이 아닐까요?”

“믿어지지는 않지만, 그렇게 봐야 할 것 같소. 그래서 해월 선생은 모든 생명을 존경하고 소중히 여기라고 하였소. 심지어 물건까지도 아끼라고 하였소."

"한울님이 종놈에게도, 어린애, 여자, 심지어 하찮은 풀 속에도 있다고 하셨지요? 지금까지 이들은 부족한 존재로 여겨져 왔어요. 그렇지 않나요?"

"……"

갑자기 최인선의 목소리가 높아졌다. 따지듯 말하는 아내의 격한 목소리에 유인상은 놀라서 아내를 똑바로 바라보았다.

"지금까지 여자는 사람으로서 제대로 대우받아 본 적이 없는데, 해월 선생님은 여자를 남자와 똑같이 귀한 사람으로 보고 계시네요. 지금까지 여자는 인격이 없는 존재로 여겨져 왔잖아요. 도대체 여자가 그렇게 부족한 존재였어요? 족보에 이름도 올리지 못할 정도로?"

어느덧 최인선의 눈에 눈물이 맺혀 있고, 목소리에는 울음소리가 스며들었다.

"……"

유인상은 아무 말도 못하고 최인선만 바라보았다.

"최제우란 분이 왜 참형을 당하셨는지 알겠어요. 하인에게도, 여자에게도, 어린애에게도 심지어 풀과 새 속에도 한울님이 계시다고 주장했으니, 양반들이 어떻게 생각하겠어요? 지금까지 이들을 무시하고 부려먹으며 양반 남자들의 권리를 누려왔는데, 이제는 큰일 났구나 하고 생각했겠지요. 모두 동등한 존재라고 자기 주장을 하고 나설 테니 뒷감당이 어렵겠다고 느꼈겠지요. 그래서 아예 뿌리를 뽑아 버리려고 했던 것이 아닐까요?"

"지금까지 당신에게 그렇게 내가 잘못한 것이 많소?"

"당신이 그렇다는 것이 아니에요? 지금까지 우리가 너무 양반 남자 중심으로 살아왔음을 새삼스레 알게 되어서 화가 난 것뿐이에요. 최제우란 분은 우리 사회의 문제점을 제대로 파악하신 거예요. 그리고 억압당한 존재들에게 스스로를 존중하며 살라고 자존감을 키워 주고 있어요."

"당신이 그렇게 말하니, 이제야 수운 선생이 펼치려는 뜻과 해월 선생의 말씀이 이해되는구려. 내 안에 한울님이 계시다는 것은 현재 내 자신 자체로 이미 귀한 존재임을 드러내는 말이 아니오? 그리고 모든 존재가 다 한울님을 모시고 있다는 것은 모든 존재가 다 평등하다는 걸 온 세상에 천명하는 것이고."

유인상은 새삼스럽게 깨달음을 얻은 듯 환한 목소리로 말했다.

"맞아요. 내 안에는 한울님이 계시는데, 지금까지 너무나 많이 무시를 당하며 살아왔어요. 단지 여자라는 그 이유 하나만으로."

최인선도 눈물을 글썽이며 환하게 웃었다.

"아, 이제야 내 존재의 진정한 의미를 알 것 같소. … 내 안에 거룩한 한울님이 계시다니…. 그동안 막혔던 가슴이 뻥 뚫리는 기분이오. 지금까지 과거에 몇 번 낙방하고 나서 그까짓 과거 더는 안 보겠다고 했지만, 내심 과거에 떨어진 자신이 한심스럽게 여겨졌소. 그런데 귀

중한 존재가 바로 내 안에 있다는 생각이 들면서 과거 시험에 대한
미련을 모두 떨쳐 버릴 수 있을 것 같소."

"그렇게 말씀하시니, 그동안 억눌러 왔던 제 과거의 일에 대해 말
씀 드리고 싶군요."

"그것이 무엇이오?"

"당신도 알다시피 저는 어려서부터 부모님으로부터 천덕꾸러기로
키워졌습니다. 딸만 다섯인 집에 다섯째로 태어나 갖은 구박을 받았
지요. 그러다 여섯째로 남동생이 태어났습니다. 아들이 태어나자 부
모님은 모든 관심을 남동생에게만 주었습니다. 가장 견딜 수 없었던
것은 제가 공부하려고 책을 펴면 무섭게 야단치곤 하셨던 거예요. 동
생에게는 마음껏 공부를 시키면서 저는 책 가까이에도 못 가게 하셨
지요. 동생이 서당에 갈 때마다 얼마나 부러웠는지 모릅니다. 그래서
아궁이 재가 식으면 그 재 위에다 그림을 그리거나 쉬운 글자를 써
보곤 했습니다. 아들을 위한 부모님 심정을 이해 못한 것은 아닙니
다. 그러나 너무 차별하시니 마음에 깊은 상처를 받았습니다. 그래서
부모님이 원망스러웠고, 남동생이 정말 미웠습니다."

"지금까지 그런 말씀 한 번도 한 적이 없지 않았소?"

"어떻게 부모님과 형제 험담을 할 수 있겠습니까? 그리고 그것이
어찌 제 부모님과 동생만의 흉이겠습니까? 이 조선 땅 어느 집이 여
식에게 마음껏 공부하게 놔두겠어요. 그런데 오늘 모든 사람 속에는
한울님이 계시다는 말씀을 듣고 더는 누구도 미워하면 안 되겠다는

생각이 들었습니다."

"그래서 처가에 갈 때마다 늘 내켜 하지 않았구려."

"친정에 갈 때마다 어렸을 때 받은 상처가 생각나서요. 그래도 당신 덕분에 저는 상처를 이겨 내고 이렇게 꿋꿋하게 살고 있습니다."

"날이 따뜻해지면 강릉에 한번 다녀옵시다. 장인 장모님은 돌아가셨어도 처남은 그곳에 살고 있으니."

"그래야겠어요. 용서를 빌고 싶어요. 지금까지 부모님과 동생을 미워했던 마음을요. 저는 오늘 다시 태어난 기분이에요. 제 안에 계시다는 한울님을 어떻게 하면 잘 모실 수 있을지 배우고 실천하고 싶어요."

"기회가 되면 해월 선생님을 모셔 오도록 합시다."

"고마워요. 제 뜻을 이해하고 도와주시니…."

"나야말로 고맙소. 내가 하려는 것을 부인이 공감해 주니 기쁘오. 그렇지 않아도 해월 선생님 말씀을 듣고, 진정한 삶의 길은 동학에 있다고 생각했소. 나라를 구하고, 자신과 주변 사람들을 구하기 위해서는 동학을 제대로 알고 실천해야겠다고 생각했소. 그러려면 해월 선생님을 가까이 모시고 많이 배워야겠소."

"그래요. 당신 덕분에 해월 선생님과 동학을 알게 되어서 정말 기쁩니다."

"나도 그렇소. 허허허."

유인상은 유쾌하게 웃었다.

4. 맵찬 바람 앞에서

세정, 양양옥에서 옥사

깊은 산골인 영월 소밀원은 하루해가 짧았다. 정월 초 해월은 박용걸과 함께 수운 부인 박필례에게 인사하러 왔다. 며칠째 박씨 부인은 앓아누워 있었다.

"언제부터 이렇게 편찮으셨습니까?"

해월이 걱정스러운 눈빛으로 안부를 물었다.

"몸살감기가 들더니 떨어지지 않는군요. 시간이 지나면 낫겠지요. 저, 혹시 지난해 일로 마음 상하지 않았습니까?"

작년 8월 문경 사변으로 해월이 이곳까지 쫓겨 왔을 때 도와주지 못한 것을 박씨 부인은 아직도 미안하게 생각했다.

"지난 일을 서운하게 여겼다면 이렇게 제가 찾아왔겠습니까? 다 잊었습니다. 저는 오직 수운 선생님의 뜻에 따라 살고자 할 뿐입니다. 그리고 그 은혜를 잊지 않고 있습니다. 사모님께서 이렇게 편찮으신 것은 제 잘못이 큽니다. 진작 보살펴 드려야 했는데, 늘 쫓기느라 무심했습니다."

해월은 고개 숙여 예를 표했다. 박씨 부인은 해월이 살아남아 버팀 목이 되어 주니 고마웠다.

"아들 부부가 양양 김덕중 집에 숨어 지내고 있는데, 어떻게 지내고 있는지 걱정이 됩니다."

"너무 걱정하지 마십시오. 알아서 잘 피하고 있을 겁니다."

화창한 봄날 해월이 밭 가에 나무를 심고 있는데, 임도생(林倒生)이 뛰어와 다급하게 말했다.

"큰일 났습니다. 세정이가 방금 잡혀갔습니다."

해월은 깜짝 놀라 영월 소밀원으로 급히 갔다. 박씨 부인이 통곡하고 있었다.

"어떻게 된 일입니까?"

"양양 관아에 누가 일러바쳤답니다. 김덕중이가 동학 도인들과 어울려 다닌다고. 그래서 관아에서 먼저 김덕중을 잡아 심문한 결과 포졸들이 귀둔리 소물안골까지 몰려갔습니다. 더군다나 큰며느리와 둘째 딸까지 잡혀갔습니다."

소식을 듣고 유인상과 강수도 달려왔다. 세청은 이들을 보자 지난 일을 떠올리며 고개를 숙였다.

"저번에는 죄송했습니다."

"우리는 선생의 뜻을 받들어 모신 지가 오래네. 어찌 제 앞가림만

하려고 남의 위험을 모른 체하겠는가? 앞으로는 서로 힘을 합쳐서 위기를 벗어나도록 하세."

"알겠습니다."

해월이 부드럽게 타이르자 세청이 고개를 끄덕였다.

"어서 피해야 합니다. 포졸들이 언제 소밀원까지 몰려들지 모릅니다."

강수가 재촉했다.

"세정이가 잡혔는데, 어디로 피한단 말인가요. 그냥 여기에서 잡힌들 어떻습니까? 큰아들이 지금 관아에서 고통당하고 있습니다. 그런데 어미가 살겠다고 도망을 간단 말입니까? 아들부터 구해야 합니다."

"서럽고 아픈 사모님의 심정을 어찌 모르겠습니까? 그러나 나머지 가족도 생각하셔야 합니다. 일단 여기를 피한 다음 세정이 구할 방법을 생각해 봅시다."

박씨 부인은 울어서 퉁퉁 붓고 충혈된 눈으로 해월을 보았다.

"박용걸 집으로 옮기면 어떨까요? 이곳에서 멀지 않습니다. 영월 직동 막골이란 곳입니다."

유인상이 추천했다.

"그렇게 합시다."

강수도 권유했다.

"중요한 것만 챙겨 당장 출발합시다. 여인들은 모두 남장하십시오.

그래야 신분을 숨기고, 빨리 걸을 수 있습니다."

유인상의 말에 세청 아내가 작은 소리로 말대꾸했다.

"남부끄럽게 남정네 옷을 입는단 말입니까?"

"지금은 체면 차릴 때가 아닙니다. 생명이 위급하니 남장하는 게 좋겠습니다."

해월의 말에 세청 아내 김주옥은 아무 말도 못했다.

이웃 사람들 눈을 피하려고 저녁 어둠이 깔린 이후에 집을 나섰다. 동네 입구를 빠져나온 해월과 수운 가족 일행은 험준한 산길로 접어들었다. 정선과 인근 도인들이 수운의 가족을 보살펴 왔지만, 박씨 부인과 어린 두 딸은 고단한 피난살이에 여월 대로 여위어 있었다. 강수는 막내를 업었다. 셋째인 세린이가 자꾸 발을 헛디디는 것을 보고, 해월은 세린이를 업었다. 그믐달이 떴지만, 산길을 걷기에는 어두웠다. 나무숲이 먹물을 칠한 듯 깜깜했다. 물소리가 크게 들리고, 어두운 숲 속에서는 부엉이 우는 소리가 들렸다.

"무서워요."

세린이가 작은 몸을 떨었다.

"무서워하지 말거라. 네 마음이 한울님이다. 무서우면 주문을 외우렴. 도와주실 거다."

작은 소리로 주문 외우는 소리가 들렸다.

"아저씨, 하늘의 별이 예뻐요."

해월이 하늘을 올려다보니 어둠 속에서도 하늘은 환했다. 별들이 하늘 가득 보석처럼 박혀 있었다.

"그렇구나, 별들이 예쁘구나."

"낮에는 별들이 어디 갔다가 왔어요?"

"아니다. 별들은 늘 그 자리에서 우리를 비춰 주고 있단다."

"그런데 낮에는 왜 안 보여요?"

"어둠이 없기 때문이다. 빛나고 아름다운 것들은 늘 어둠이 받쳐 준단다. 저 하늘에서 네 별을 하나 정해 두렴. 그리고 혹시 네가 어둠 속에 있을 때 그 별을 찾으렴. 네 별을 더욱 아름답게 빛내기 위해 어둠이 있단다."

"그래요? 저기 반짝이는 별 두 개를 제 것과 동생 세아 것으로 할래요."

"어디에 있느냐?"

"저기 국자 모양 별과 한 줄로 선 3개의 별 사이에 있어요. 그것이 제 것과 세아 것이에요."

"쌍둥이별이구나. 국자 모양 별은 북두칠성, 나란히 있는 별 3개는 삼태성이라고 부른단다. 북두칠성과 삼태성 사이에 세린이랑 세아 별이 나란히 있구나."

"저는 언제나 동생 세아와 함께 있을 거예요. 저 쌍둥이별처럼요."

"그렇게 하려무나."

밤이 깊어 가자 기온이 떨어졌다.

"아저씨, 저 추워요."

얇은 옷만 입은 세린은 가는 뼈가 만져질 정도로 야위었다. 문득
손 씨 부인과 함께 있을 아이들 생각에 가슴이 아렸다.

"조금만 가면 따뜻한 집이 있단다."

해월은 슬픈 마음을 들키지 않으려고 일부러 밝게 말했다.

"아저씨, 저 무거워요?"

"아니다, 괜찮다."

어린아이가 어른스러웠다. 철든 모습이 오히려 짠하게 여겨졌다.
어린아이 때는 아무 걱정도 하지 않으면 좋겠다고 해월은 생각했다.

"우리 오라버니, 잡히면 죽어요?"

해월로서는 당황스러운 질문이었다. 죽음을 묻기에는 어린 나이였
다.

"죽음이 무엇인지 아니?"

해월의 질문에 아이는 가볍게 대꾸했다.

"봉숭아꽃이 지는 거요. 밤나무에서 열매가 떨어지는 거요."

"나무가 아프겠구나."

"꽃이 지지 않으면 열매가 열리지 않잖아요. 열매가 떨어지지 않으
면 어린나무가 싹트지 않고요."

"그렇구나. 그래도 나무는 아프겠지?"

"예, 아버지도 열매로 떨어졌대요. 그래서 수많은 어린나무가 자란
대요."

"누가 그러더냐?"

놀라서 물었다.

"세정 오라버니가 그랬어요. 우리 오라버니 죽어요?"

가슴속이 꽉 막혔다.

"아니다. 그렇지 않다."

해월은 자신에게 확신시키듯 강하게 부정해 보았다.

"세정 오라버니 살 수 있지요?"

세린은 밝은 목소리로 확신하듯 물었다.

"그럼, 살 수 있고말고."

해월은 세린의 질문에 대답하기가 괴로웠다. 10리 길을 걸어 소밀원에서 막골 박용걸 집으로 들어왔다.

장봉애는 수운 대선생의 가족을 맞이하기 위해 낮부터 먹을거리를 준비했다. 수운 사가(師家) 식구들이 온다고 하니 무엇을 준비할까 고민하며 광에 들어가 살펴보았다. 부엌 광에 고구마가 들어 있고, 마루 광에 강냉이 말린 것, 팥과 강낭콩, 봄에 심을 씨감자 두 바구니가 들어 있었다. 처마에는 시래기가 걸려 있어 바람에 카슬카슬 소리를 냈다. 뒷마당에는 동치미와 김장김치가 익어 가고 있었다.

한밤중이 되어서야 수운 가족, 해월, 강수, 유인상이 왔다. 강냉이 수제비와 감자떡을 내놓으니 모두 좋아하며 잘 먹었다. 박씨 부인은 장봉애에게 큰아들이 잡힌 이야기를 하며 눈물을 흘렸다. 장봉애도 눈물을 닦아 냈다.

이 많은 사람들이 안방과 건넌방에서 어떻게 잘까 장봉애는 걱정했는데, 다들 사이사이 끼어 잘 잤다. 다음 날 해월, 강수 등은 유인상 집으로 가고, 새로운 집이 생길 때까지 수운 가족만 며칠 더 집에 머물기로 했다.

장봉애는 수운 부인이 자신과 동갑임을 알고 놀랐다. 그런데도 어린 딸들이 있었다. 자신은 딸만 셋 낳아 시집보내고, 지금 바깥양반과 둘이만 살고 있었다. 수운 박씨 부인은 장성하여 결혼한 자녀가 셋, 아직 결혼하지 않은 자녀가 셋 있었다. 수운 부인이 들려준 지난 생애 이야기는 기가 막혔다.

"나는 울산에서 태어났으나 일찍 부모를 잃고 친척 집에 얹혀 살았지요. 갖은 구박을 받으며 부엌데기로 살다가 일가의 중매로 열일곱에 두 살 위인 그 어른과 혼인했답니다. 경주 가정리에서 살았는데, 집에 불이 났지요. 잠시 동안은 용담에 들어가 살았으나, 온전히 농사만 짓고는 살 수 없는 남편은 저희 가족을 울산 친정에 맡겨 놓고, 포목과 약재로 장사한다고 전국 방방곡곡을 10년간 돌아다녔습니다. 돈이 조금씩 모일 때마다 사들인 논이 여섯 마지기쯤 되었어요. 잠시 농사를 짓더니만 그것도 내버려 두고, 여시바윗골·내원사·천성산 원효암 등을 찾아다니며 기도만 합디다. 사람들이 뭐라 생각하겠어요. 미쳤다고 하지. 흉보고 손가락질하고 난리였어요. 그러다 논을 잡히고 돈을 빌려 철점 사업을 했는데, 그만 쫄딱 망해 버렸지요.

할 수 없이 다시 경주 용담으로 돌아왔는데, 남편은 이곳에서도 어려운 백성 구제할 길을 찾는다면서 이름을 최제우로 바꾸고 밤낮으로 도 닦는 공부만 하더군요. 기도하고 절하느라 하룻밤 지나고 나면 새 버선코가 다 닳아질 정도였어요. 자식들은 배고파 보채는데, 이 양반은 도만 닦고 있으니 내 심정이 어떠했겠습니까? 한 번은 너무 화가 나서 '도 닦는다고 밥이 나오느냐? 이 많은 자식들을 굶겨 죽일 셈이냐?' 큰소리쳤지요. 이 양반은 이런 나에게 화내기는커녕 무던히도 기도만 하더군요."

"애구, 사모님 눈물이 납니다. 누구라서 그 지질한 고생을 알까요? 우여곡절을 겪고서야 우리가 오늘 이토록 귀중한 가르침을 얻게 되었으니, 이 속에는 사모님의 노고도 들어 있는 셈입니다."

박씨 부인은 눈물 어린 미소를 지으며, 하염없이 눈물을 찍어 내는 장봉애를 지긋이 바라보다가 말을 이었다.

"하루는 남편이 조카 생일에 초대받아 갔는데, 이상한 병에 걸렸는지 식은땀을 흘리고 온몸을 떨면서 겨우 기어왔지요. 얼마나 놀랐는지 정신없이 신세 한탄만 나오더라고요. 그때 제 모습을 남편이 후에 글로도 남겼지요.

'애고애고 내 팔자야 무슨 일로 이러한고. 애고애고 사람들아, 약을 줘도 소용없네. 칠흑 같은 이 밤중에 누구에게 말을 할까. 놀라서 우는 자식 구석마다 끼어 있고, 젖은 행주치마 헝클어진 내 머리에 정신도 하나 없네. 엎어지고 자빠지며 종종걸음 우왕좌왕 여보시오이 양반아, 정신 좀 차려 보소. 남편의 거동 보소. 첩첩산중 무정세월 기도공부 하더니만 정신이 혼미하여 헛소리만 지껄이네! 꿈일런가 잠일런가 허공과 횡설수설 밤낮없이 이야기하네! 귀신 소리 천제 소리 천지가 진동하고 온몸을 떨어 대니 놀랍고도 무섭구나.'

아무튼, 그날 이후 남편은 상제님을 만났다며 헛소리를 하기 시작했어요. '사람 속에는 누구나 한울님이 있다.' '여자와 어린아이도 다 귀중한 사람이다.' 그러면서 나에게 절을 하기 시작하더군요. 아이고, 불쌍한 사람. 단단히 미쳤는가 보다. 내 인생이 서러워 한탄만 나옵디다. 나 혼자 자식들하고 실성한 사람 데리고 살려고 생각하니 앞날이 암담했습니다. 이 양반은 나에게 '네 속에 있는 한울님을 믿어라, 도를 닦아라.' 하며 어찌나 지극한 정성으로 절하는지…. 그때마다 '도 같은 것은 필요 없다.' 거절했습니다. 그래도 끈질기게 설득해서 나중에는 화를 냈지요. '당신이 정말 그러시면 나는 물에 빠져 죽겠습니다.'

저는 한밤중에 자다가 꿈에서도 너무나 황망하고 깜깜하여 벌떡 일어나 물가로 뛰어가곤 했습니다. 그러면 남편이 곧 쫓아와서 차근차근 설명했습니다. 이렇게 한 달 동안 절하고 설득해서 결국 나도 감동하고 말았답니다. 그다음에 남편은 두 여종을 가족으로 삼았습니다. 한 명은 딸로 삼고, 다른 한 명은 며느리 삼았습니다. 그런데 며느리는 지금 인제옥에 갇혀 있어요."

그 대목에서 장봉애는 그만 흑흑 흐느껴 울기 시작했다. 박씨 부인도 장봉애를 따라 한동안 눈물을 쏟아내다가 다시 이야기를 이었다.

"신유년(1861) 여름부터 소문이 났는지 경주 용담으로 사람들이 몰려들기 시작했지요. 딸, 며느리와 함께 하루에 30여 명의 음식을 대접하느라 손목이 빠질 정도였습니다. 그러다 관에 지목되어 남편이 이리저리 피해 다니는 동안, 나는 집에서 자식들 키우며 관의 협박에 시달리며 살았습니다.

결국 남편이 대구 장대에서 사형당하고 보니 밝은 세상이 깜깜해졌습니다. 처음에는 남편이 불쌍하더니 차츰 나 자신과 자식들이 더 걱정되더군요. 남편 없이 어린 자식들 어떻게 키울까, 목숨이나 살릴 수 있을까 두렵고 걱정되어 눈물밖에 안 나왔습니다. 가족을 잡으려는 포졸들 눈이 사방에서 번쩍이는데, 갈 곳이 없어 늘 가슴을 졸이며 살아야 했습니다. 자식들은 배고프다 우는데, 잡힐까 봐 마음대로 일할 수도 없어, 먼저 떠난 남편이 정말 원망스러웠습니다. 쫓겨 다니며 남모르게 사는 고통이야 이루 말로 표현할 수도 없지요. 그래도 다행스럽게 남편 제자들과 도인들이 양식이며 피난처를 마련해 주어서 늘 고맙지요. 특히 해월 선생님에게 많은 신세를 지고 있습니다."

긴 이야기를 마치고 나서 박씨 부인이 한숨을 쉬었다. 잔주름이 많은 얼굴이 험난한 세월을 그대로 보여주었다. 장봉애는 박씨 부인의 기구한 운명에 눈물이 글썽해졌다.

"그 어려운 삶을 용케도 참아 내고 살아왔군요. 수운 어른께서 10

여 년간 장사 다닐 때도 가족 생계는 부인이 다 꾸리셨겠네요?"

"닥치는 대로 일했지요. 그때는 관에 쫓기지 않아서 일이라도 할 수 있었는데, 지금은 갈 곳이 없군요. 정이 들려고 하면 살던 곳에서 도망 나와 낯선 곳으로 옮기곤 했습니다."

쓸쓸한 눈빛으로 말하는 박씨 부인을 보며 장봉애는 언제까지나 자기 집에 함께 살아도 좋다고 생각했다. 많은 식구가 북적거렸지만, 장봉애는 불평 한마디 없이 정성껏 뒷바라지했다.

해월은 박용걸 가족에게 미안함과 고마움을 느꼈다. 박용걸을 도와주던 영월 관아 이방 지달준이 삼척으로 옮겼다. 박용걸은 관의 지목이 걱정되어 영춘 의풍 노루목으로 이사했다. 그리고 사가(師家)의 가족도 그곳으로 옮겨 살기를 바랐다. 유인상을 비롯한 정선 도인들과 박용걸이 돈을 모아 노루목 깊은 산중에 집과 텃밭을 마련했다.[10] 사가 가족을 이주시키느라 훌쩍 두 달이 지나 버렸다.

해월은 세정의 소식을 알아내려고 다방면으로 노력했다. 강수에게 지달준이 소개해 준 양양 포졸을 만나게 했다.

"관에서는 세정을 심하게 다루고 있는 것 같습니다. 몇 번 고문 중에 까무러치곤 했답니다. 정신력은 강한데, 몸이 잘 견뎌 낼 수 있을지 걱정입니다."

5월 12일 양양옥에서 세정은 심문 끝에 장형을 받고 있었다. 3개월이 넘는 수감 생활과 잇따른 고문으로 세정의 몸과 마음은 이미 이 세상 사람의 것이 아니었다. 볼기짝은 여러 번의 장형으로 살이 짓물러졌다가 덧나고 부풀었다. 상처의 고통으로 세정은 잠을 이루지 못했다. 앉을 수도 누울 수도 없었다. 장형을 받을 때마다 장대에 피고름이 엉겨 붙었다. 상처가 너무 심해 장형을 집행하는 집달사령이 때릴 때마다 주춤거릴 지경이었다.

양양옥에서는 나머지 가족들과 해월 일행이 있는 곳을 대라며 곤장을 쳤다. 어머니와 가족들의 행방을 말할 수는 없었고, 해월이 어디에 있는지는 세정도 알지 못하였다. 세정은 결국 장형을 받던 도중에 눈을 감고 말았다.

양양 포졸은 명석에 세정을 두루루 말아서 지게에 지고 시장통에 던져 두었다. 소문은 금방 퍼졌다. 사람들이 시신을 구경하려고 몰려들었다. 엉덩이와 다리 등에 덧난 상처가 찢어진 옷 틈으로 보였다. 홑바지가 상처에 엉겨 붙었다. 저고리에도 여기저기 피가 묻어 있었다. 찢어진 옷 틈으로 보이는 등은 멍이 들어 푸르죽죽했다. 겉에 드러난 상처마다 파리들이 붙어 있었다.

해월은 비통한 마음을 참을 수가 없었다. 강수를 시켜 영춘 노루목으로 소식을 보냈다. 사흘째 되는 저녁에 세청과 김병내, 김연국이 시신을 수습하러 양양 시장터로 오니 시신이 사라지고 없었다. 그들은 여기저기 시신의 행방을 수소문하였으나 끝내 찾을 수가 없었다.

해월은 세정에게 좀 더 관심을 기울이지 못한 점이 미안하고도 안타까웠다. 세청은 형님마저 잃게 된 비통함과 공포감으로 제정신이 아니었다. 박씨 부인에게 세정이 곤장에 맞아 죽었다는 것과 시신이 없어졌다는 말을 하니 그 자리에서 혼절해 버렸다. 그나마 다행히도 세정 아내와 둘째 딸이 인제옥에서 무사히 돌아왔다. 인제옥 포졸이 많이 도와주었다고 했다.

수운 박씨 부인과 세청의 죽음

5월에 세정이 죽은 뒤 관아의 지목이 미칠 것을 염려하여 9월에 강수가 유인상 도인과 의논하여 사가를 영춘 노루목에서 정선 싸내로 옮기기로 했다. 큰아들 세정이 죽은 뒤로 박씨 부인의 몸과 마음은 급속도로 기울어졌다. 싸내까지 가는 동안 너무도 힘들어서 무은 담 유인상 집에서 며칠 머물렀다가 겨우 싸내에 도착했다. 가는 도중에도 여러 번 쉬어야 했다. 하늘 길로 가는 듯 끝없이 이어진 고갯길을 절뚝거리며 걸었다. 결국 주저앉아 부르튼 발을 부여잡고 박씨 부인은 통곡을 터뜨렸다.

"하늘은 왜 나를 이다지도 시험하는고?"

걷는 데 이골이 난 해월이지만, 박씨 부인을 도와주지 못해 안타까웠다.

해월과 일행들은 관의 지목이 잠잠해질 때까지 서로 왕래를 삼가기로 하였다. 그로부터 1년여가 지난 이듬해 섣달, 무은담으로 유인상을 찾아간 해월은 박씨 부인의 부고를 들었다. 굶주림과 영양실조로 허약해진 몸을 돌이키지 못하고 환원했다는 것이다. 최중섭 형제가 도인들을 찾아다니며 곡식을 걷어서 보살펴 드렸지만, 늘 양식이 부족했다. 도인들도 모두 어렵게 살림을 하고 있었다. 해월은 급히 싸내로 갔다. 인제 도인 김계원이 와 있었다.

"이 사람이 응급 처방을 해 보았으나…."

세청의 처가 사모님 환원 당시의 정경을 이야기했다. 세청이 마지막 순간에 단지까지 하였으나 끝내 숨을 거두고 말았다는 것이다.

"도인들이 십시일반으로 곡식을 모아다 주기는 했으나 거칠고 찰기가 없어 늘 허기를 채울 길이 없었습니다. 시난고난 자리를 보전하고 누우시더니 그나마 곡기를 넘기지 못하시다가 그만…."

세청은 울음을 삼키며 설움을 토해 냈다.

"미안하네. 자주 찾아뵙고 보살펴 드렸어야 했는데…."

해월 또한 말을 끝맺지 못했다. 사모님이 영양실조로 돌아가신 것이 자신의 잘못만 같았다. 당장 사모님 시신을 어떻게 해야 할지 난감했다.

"땅이 얼어 있고, 관의 지목도 심하니, 도인들에게 부음을 전할 형편이 못 되네. 장례는 형편을 보아서 다음에 치르는 것이 어떻겠나?"

세청은 고개를 끄덕였다. 김계원이 박씨 부인 시신을 염했다. 몸을 수건으로 닦고 깨끗한 속옷으로 갈아입혔다. 수의가 없어서 부인이 시집올 때 입고 왔던 제일 좋은 옷으로 갈아입혔다. 살아서는 갖은 고생 다 하더니, 죽어서는 편안한 모습이었다. 굶주리다 돌아가셔서 몸이 말랐다. 해월은 가슴이 아팠다.

집 근처 헛간에 부인의 시신을 임시로 매장했다. 세청이 밤낮으로 어머니 무덤에 예를 올리며 슬퍼했다. 해월은 조용히 기도한 다음 떠나며 말했다.

"굶어 돌아가신 박씨 부인을 위해 도인들에게 고기와 술, 담배를 금하도록 해야겠네."

다음 해 한식날, 해월은 정선과 영월 도인들 도움으로 박씨 부인의 장례를 치렀다. 싸리재 양지바른 곳에 모셨다. 관에서 지목할까 봐 도인들은 마음껏 울지도 못했다. 세청 아내는 친정으로 떠나고, 둘째 딸 최완은 인제옥 포졸에게 시집을 갔다. 세청 부부와 어린 두 딸만 남았다. 그런데 얼마 후 둘째 아들 세청도 단양 영춘 처가 가는 길에 영월 소밀원 장기서 집에 들렀다가 병을 얻어 갑자기 사망했다는 연락이 왔다. 형과 어머니의 죽음에 충격을 받고 약해진 터에, 늘 굶다시피 하다가 장기서 집에서 음식을 먹고 탈을 일으킨 것이 원인이었다. 해월은 이 소식을 듣고 사가 가족의 잇따른 불행에 기가 막혔다. 고아로 남은 수운의 어린 두 딸을 어떻게 할까 고민했다.

자매는 서로 부둥켜안고 울었다. 해월은 이들을 시집보내기 위해 많은 노력을 했다. 그런데 자매는 서로 헤어지기 싫다며 꼭 껴안고 떨어지지 않았다. 해월은 안타까운 마음으로 달랬다.

"너희가 얼마나 슬프겠느냐? 그러나 어쩔 수가 없구나. 당분간 떨어져 지내다가 서로 보고 싶으면 가서 볼 수도 있단다."

주위 도인들도 위로했다.

"그럼, 멀리 떨어진 것도 아니니, 너무 서러워 마라. 어머니 아버지 제사 때도 볼 수 있고⋯."

"그래도 나는 언니랑 함께 있을 거야."

세린은 세아를 꼭 껴안았다.

"동생은 내가 돌봐 줘야 해요. 내가 언니인걸."

서로 떨어지기 싫어하는 자매를 억지로 떼어 민며느리로 보내는 마음이 아팠다. 세린은 김해로, 세아는 청주로 시집을 보냈다.

해월은 제자들과 함께 수운의 제사를 모셔야겠다고 생각했다. 이듬해 봄, 수운의 사위들이 힘을 모아 박씨 사모님의 묘와 세청의 묘를 단양 영춘 노루목으로 이장했다.

5. 되살아나는 불꽃

농사는 한울님을 키우는 일

해월과 강수는 정선 무은담 유인상 집에 머물고 있었다. 집 앞으로 고한 갈래천에서 발원된 물줄기가 흘러내리고 있었다. 아침에 일어나면 개천에서 물안개가 피어올라 앞산 봉우리를 휘감고 있었다. 그 풍광이 무릉도원처럼 아름다웠다. 이곳 지명이 '무은담'이라 불리는 이유를 짐작할 수 있었다.

해월은 박씨 사모님이 굶어 돌아가신 뒤로, 늘 쫓겨 다니는 동학 도인이라도 식량을 자급자족할 수 있도록 그 방법을 찾기 위해 고심했다. 농민들도 관아의 과도한 세금 착취로 먹고살기가 힘들기는 하지만, 나름대로 생계를 꾸려 나갈 방법을 찾아 실천하고 있었다.

해월은 기도하고, 제자들과 함께 틈틈이 밭일을 하였다. 정선 무은담은 다른 지역과 떨어져 있어 조용히 농작물을 가꾸기에 좋았다. 집 아래로 넓은 텃밭이 펼쳐져 있었다. 해월은 농작물을 보살펴 키움으로써 한울님과 오롯이 만나는 기쁨을 누리곤 하였다.

그날도 해월은 무은담 텃밭에 나가 일하고 있었다. 밭에는 고추, 들깨, 콩, 옥수수, 오이, 배추, 열무 등 여러 채소와 곡식들이 심어져 있었다. 한여름 햇볕을 받은 푸른 옥수숫대들이 하루가 다르게 쭉쭉 커 가고 있었다. 해월은 옥수수 사이사이에 심은 오이와 콩을 돌보고 있었다.

이때 유인상의 큰아들 택종이가 바가지에 물을 담아 가지고 왔다. 어머니 최인선이 심부름을 보냈다고 했다.

"선생님, 궁금한 것이 있습니다."

아직 어린데도 예의 바르게 택종이 물었다.

"선생님이라고 부르지 말고, 아저씨라고 편하게 부르렴."

해월이 택종을 향해 부드럽게 웃었다.

"어머니가 선생님으로 부르라고 했어요. 한울님을 깨우쳐 주신 훌륭한 분이시라고요."

"괜찮다. 너와 나만 있을 때는 아저씨로 부르렴."

"알았습니다. 선생님, 아니 아저씨, 왜 콩과 옥수수를 섞어 심었어요? 전에 어머니는 콩만 심으셨는데요."

"옥수수와 콩은 둘 다 좋은 식량이 된단다. 그런데 콩은 땅을 기름 지게 하기 때문에 섞어 심으면 옥수수 수확량이 훨씬 늘어난단다."

"아, 그런 뜻이 있어요? 그런데 왜 오이는 옥수수 밑에 심었어요?"

택종은 호기심어린 눈으로 해월을 바라보았다.

"옥수수는 키가 커서 그늘이 많지? 옥수수는 햇빛을 좋아하고, 오이는 그늘을 좋아한단다. 그래서 옥수수 사이에 땅으로 뻗는 오이를 심어 둔 거야."

"그러면 들깨와 고추를 섞어 심은 것도 이유가 있나요?"

영리한 택종은 그 옆에 심은 고추와 들깨를 손가락으로 가리켰다.

"그럼, 고추를 파먹고 사는 담배나방이는 들깨 향을 싫어한단다."

"아, 아저씨는 어떻게 그런 것을 다 아세요?"

신기하다는 듯이 택종이 눈을 반짝였다.

"여기 보렴."

해월은 옥수수 잎과 잎 사이에 걸린 거미줄을 가리켰다. 거미줄에는 나비 한 마리와 수많은 날벌레들이 묶여 있었고, 한가운데에 거미가 조용히 엎드려 있었다.

"거미는 훌륭한 농사꾼이란다. 거미가 모기나 벌레들을 잡아 줘서 농사를 잘 지을 수 있지. 자연을 잘 관찰하면 어떻게 해야 농사를 잘 지을 수 있는지 알 수 있단다. 채소와 곡식, 그 속에서 살아가는 굼벵이나 지렁이, 무당벌레, 진딧물은 서로 잡아먹기도 하고 도와주기도 한단다. 사람도 자연과 어울려야 잘 살아갈 수 있는 거지."

"아저씨, 여기 무당벌레가 있어요."

택종이 배추 잎 위에 붙은 무당벌레를 가리켰다.

"무당벌레가 무엇을 하고 있니?"

"진딧물을 잡아먹어요."

"그렇지. 무당벌레는 진딧물의 즙을 빨아 먹고 산단다. 이 세상에는 나쁜 것도 좋은 것도 없단다. 서로 어울려서 살아가는 거지."

"아저씨, 옥수수가 익으면 새가 쪼아 먹어요. 새는 나쁜 거 아닌가요?"

"아니지, 새도 뭔가를 먹어야 살지. 밭을 일구기 전에 이곳에는 새의 먹이가 되는 나무 열매들이 있었다. 나무를 베어서 사람들이 곡식을 심은 것이니, 새들에게도 나눠 주는 것이 당연한 게다. 본래 이 땅속에 살던 벌레들도 마찬가지지. 그래서 일부러 한 구멍에 세 알씩 심었단다. 한 알은 땅속의 벌레를 위해서, 한 알은 하늘에 사는 새를 위해, 그리고 한 알은 우리가 먹기 위해서지. 조금 전에 말했듯이 콩이나 무당벌레뿐 아니라 햇볕과 바람, 비 등 보이지는 않지만 온 천지 만물이, 옥수수 알을 여물게 하고 배추를 키우기 위해 서로 돕고 있단다. 농부만이 농사를 짓는 것은 아니란다. 모두가 키우는 것이지. 그러니까 함께 나눠 먹는 거란다."

"진딧물이 배추를 먹는데, 왜 한울님은 진딧물을 싫어하지 않아요?"

"무당벌레나 진딧물 속에도 한울님이 계시기 때문이지. 모두가 나와 같단다. 한울님은 함께 어울려 있으면서 서로를 먹기도 하고 먹이기도 한단다."

"어렵지만 알 것도 같아요. 저도 제 음식을 동생과 나눠 먹을래요."

"그렇게 하렴. 좋은 일이다. 농사뿐 아니라 우리가 하는 좋은 일이 다 한울님을 모시는 일이란다."

해월은 택종에게 고개를 끄덕여 주고는 이마의 땀을 수건으로 닦아 내며 바가지의 물을 마셨다. 물맛이 시원했다.

적조암 49일 기도

무은담 유인상 집으로 정선 도인들이 찾아왔다. 해월은 이들에게 동학 교리와 도인의 도리를 이야기해 주었다. 갈수록 늘어나는 도인들을 위해 중간에서 지도할 접주가 있어야겠다고 느꼈다. 접주를 키우려면 좀 더 체계적으로 동학을 조직해야 했다. 수운 스승님도 도인 50명에 접주 한 명씩 두지 않았던가.

해월은 강수를 불러 좋은 기도처를 알아보라고 부탁했다. 며칠 후 강수가 적당한 기도처를 발견했다고 전해 주었다.

"정선에 있는 정암사에 딸린 암자인 적조암이 수련 장소로 좋다고 합니다."

"빨리 좋은 장소를 찾았구려."

해월이 수염을 쓰다듬으며 웃었다.

"예, 그곳을 잘 아는 김해성과 맹진석 도인이 추천해 주었습니다."

"수고했소. 고맙소."

해월도 만족했다.

"옛날부터 정선 군수가 임금을 위해 치성을 올린 곳이지요. 그곳에서 기도하면 수련의 효과가 클 것입니다."

유인상도 동의했다.

"그렇게 좋은 곳이 있다니 잘 되었소. 강수 도인은 미리 가서 수련할 수 있는지 알아봐 주구려."

해월은 잠시 오른손을 턱에 괴고 생각했다. 언제 출발할까? 몇 사람이 참여하면 좋을까? 적조암 49일 기도를 통해 해월은 동학 조직을 새롭게 구상하고 싶었다.

임신년(1872) 10월 15일, 해월 일행이 적조암 산길에 오를 때는 참나무 단풍이 산을 붉게 물들이고 있었다. 벌써 떡갈나무는 갈빛으로 변해 잎을 떨어뜨리고 있었다. 조심스럽게 걸음을 옮겨도 고요한 산길에 쌓인 떡갈나무 잎 밟는 소리가 크게 났다. 가파른 산길을 5리쯤 올라가니 산 중턱에 자리 잡은 적조암이 나타났다. 암자 뒤에는 높은 산봉우리가 솟아 있고, 주변에는 아름드리 자작나무와 참나무가 우거졌다. 암자 앞에 서니 탁 트인 시야 저 멀리로 백운산과 두위봉이 아득히 바라다보였다.

49일 기도에는 강수, 유인상, 전성문 등이 함께 참여했다. 강수와 전성문은 수운이 살아 있을 때에 입도한 제자이고, 유인상은 새로 입도했다. 이번 적조암 기도 준비는 유인상 도인과 그 부인이 도맡아 주었다.

암자에 일흔은 넘어 보이는 스님 한 분이 앉아 있다가 이들을 맞이

했다.

"어서 오십시오. 기다리고 있었습니다."

"기도할 수 있게 허락해 주셔서 감사합니다."

해월 일행이 합장하며 인사했다.

"소승은 철수좌(哲首座)라는 중이오. 필요한 것이 있으면 언제든지 말씀하십시오."

"고맙습니다."

"이곳은 인적이 드물어 위험한 산짐승이 많습니다만, 조용해서 기도하기에 좋은 장소입니다."

이튿날부터 네 사람은 각자 자리를 정해서 가부좌하고 앉았다. 허리를 펴고 눈은 코끝을 바라보았다. 손으로 염주를 돌리며 소리 내어 주문을 외는 현송과, 호흡을 고르게 하여 마음으로만 주문을 외는 묵송을 번갈아 하며 밤낮을 잊고 수련에 임하였다. 본래 마음자리로 다가갈수록 고요하고 밝았다. 그 자체가 한울님이었다. 때로는 주문을 다 함께 소리 맞춰 낭송했다. 여러 가닥의 울림은 제각각 빛깔을 지니면서도 무지갯빛처럼 아름답게 어울렸다.

천의봉 높은 산 중턱에 자리 잡은 적조암은 음지에 있었다. 눈은 내리는 대로 쌓여서 한 뼘이 넘었다. 사람의 왕래는 뚝 끊기고, 밤낮으로 주문 소리만 들렸다.

해월은 식사 후 산책할 때에도 주문을 읊었다. 걸음걸음 옮길 때마다 주문을 읊으면 호흡에 맞았다. '지기금지'를 부르면 여기 함께 있는 한울님이 느껴졌다. '원위대강'을 외우면 드넓은 우주의 기운이 밀물처럼 가슴 안으로 밀려왔다. '시천주'를 부르는 순간 어느새 안에 깃든 한울님이 대답하는 듯했다 '조화정'을 기원하면 안과 밖이 생동하는 기운으로 소통했다. '영세불망'을 읊으며 순간마다 잊지 않겠다고 결심했다. 내쉬는 숨결에 '만사지'를 알아차리니 뜻하는 일마다 이루어지겠다는 확신이 생겼다. 한울님께 고마운 마음이 저절로 들었다.

해월은 좌선하여 주문을 외울 때 자신의 소리에 집중했다. 자신의 소리를 듣는 또 다른 귀가 생겼다. 주문 낭송은 한울님께 바치는 공양이었다.

언젠가 해월이 주문을 낭송하는 이유에 대해 수운에게 질문한 적이 있었다.

"사람을 위시한 이 우주 삼라만상은 모두 한 덩어리 기운의 소산이니라. 그 기운은 바로 한울 기운이니, 주문은 지극히 한울님을 위하는 말씀이니라. 우리가 잃어버린 부모님을 만나면 울음을 울 듯이, 우리 몸의 기운이 본래 기운을 만난 감동으로 사무치면 몸이 떨리고, 그 파동으로 인해 다른 존재들도 함께 울려 하나로 어우러지느니라."

해월은 강령주문과 본주문 21자를 외울 때마다 염주를 한 알씩 넘겼다. 기도하는 시간은 한울님과 함께하는 시간이었다. 주문을 낭송할수록 환희심이 샘물처럼 솟아났다. 때로는 본주문만 빠르게 낭송하기도 했다. 그러면 더욱 집중이 잘 되었다. 빠르게 팽이를 칠 때 팽이 위의 화려한 무늬가 오직 한 점으로 모이는 것과 같았다. 마음의 허공이 그대로 한울님이었다.

12월 5일 아침, 드디어 49일 수련이 끝났다. 날씨는 쌀쌀했으나 하늘은 깊고 파랬다. 천의봉을 바라보니 골짜기부터 산봉우리까지 쌓인 눈으로 온통 하였다. 파란 하늘과 흰 산이 선명한 대조를 이루었다. 나뭇잎 끝마다 구슬 같은 고드름이 달렸다. 막 떠오른 아침 해가 비추자 영롱하게 빛을 튕겨 냈다. 바람이 가지를 흔들자 옥구슬 소리를 냈다.

해월은 49일 기도에 대한 소감을 시로 지었다. 동학 조직에 대한 미래 구상이기도 했다.

태백산 49일 기도 끝에
여덟 마리 봉황 얻어
주인을 각기 정하였네.

천의봉 눈꽃 온누리에 피었으니,
오늘에야 푸른 옥 같아
가야금 줄을 울렸네.

적조암에서 진창길 벗어났으니

뜻있게 마쳤구나.

49일 기도를.[11]

해월은 전성문과 유인상을 먼저 집으로 보냈다. 사흘간 더 강수와 함께 적조암에 머물면서 부도 그리는 연습을 했다. 옆에서 이 광경을 본 철수좌 스님이 감탄했다.

"소승이 비록 식견은 얕지만, 영험한 그림이 틀림없습니다."

"그림의 영험이 보이십니까? 여전히 저희 스승님께는 미치지 못하여 부끄럽습니다. 기도하는 동안 여러 가지 보살펴 주셔서 고맙습니다."

"아닙니다. 저야말로 여러분을 만나서 기쁩니다. 여러분과 제가 만난 것은 우연이 아닌 것 같습니다. 소승은 본래 계룡산 중으로서 조그만 암자에서 불공을 드리며 지냈습니다. 꿈에 부처님께서 나타나 '태백산으로 가라.'고 했습니다. 마음이 이상하여 이곳에 와 보니 암자는 황폐하게 비어 있어 손질했습니다. 그러다 며칠 전 꿈속에 두 사람이 찾아와 불전에 절하였습니다. 공부할 사람이 찾아오려나 보다 생각했습니다. 이제 보니 두 분이 바로 꿈에 보았던 분들입니다. 그래서 '아, 부처님의 뜻이구나!' 생각했습니다."

강수는 스님의 이야기를 듣고 신기하게 생각했다. 자신도 꿈을 꾸었던 것이다.

"저도 입산 첫날 밤 꿈을 꾸었습니다. 공중으로부터 신선이 내려와

벽상에 앉으므로 절했습니다. 지금 보니 여기 모셔져 있는 부처님 모습과 똑같습니다."

해월도 웃으며 꿈 이야기를 했다.

"참으로 신기한 일입니다. 저도 역시 입산한 첫날 밤 꿈을 꾸었습니다. 하늘에서 봉황 여덟 마리가 제 앞에 내려와 앉았습니다. 그중 세 마리를 품에 안으니 옆에 있던 사람들도 한 마리씩 품에 안아 다섯 마리를 안았습니다. 그러자 공중에서 이 봉황 다섯 마리는 제각기 주인이 있으니 잘 간직했다가 훗날 주인을 찾아 줘야 한다고 했습니다."

"아, 그래서 봉황을 소재로 하여 시를 쓰셨군요."

"저도 기도를 마치고서야 의미를 짐작했습니다. 훌륭한 제자를 얻게 될 모양입니다."

"아무래도 동학이 크게 발전할 모양입니다."

"모두 스님의 배려 덕분입니다."

"적조암은 승려로서 이승에서 마지막 머무르는 집입니다. 제가 죽기 전에 여러분에게 조금이라도 도움이 되었다면 이것도 다 부처님 뜻일 것입니다. 후세에는 반드시 선도와 불도가 합쳐질 것입니다."

"그때는 스님의 공로를 알아줄 사람이 있을 겁니다."

"고맙습니다. 앞으로도 좋은 일만 있기를 바랍니다."

해월은 철수좌 스님이야말로 진정한 수도인이라고 생각했다. 49일 기도를 마치고 나니, 영해 교조신원운동으로 말미암아 불어닥친 동학의 위기 상황을 극복할 수 있겠다는 자신감이 들었다.

11월 10일, 해월은 강수와 함께 무은담으로 내려왔다. 유인상과 최인선이 반갑게 맞아 주었다.

그 뒤로도 해월은 자주 적조암에 올라가 철수좌 스님과 대화를 나누었다. 형제처럼 서로 마음이 통했다. 해월은 철수좌 스님과 대화하면서 가끔 수운을 생각했다. 한번은 차를 마시는 동안에, 수운이 남원 은적암에 머물 때 송월당 노스님과 나눈 대화를 들려주었다.

송월당 스님이 수운에게 물었다.

"선생은 불도(佛道)를 연구하십니까?"

이는 수운이 손에 염주를 들고 있는 것을 보고 물은 것이었다. "예, 나는 불도를 좋아합니다."

"그러면 어찌하여 중이 되지 않으셨소?"

송월당 스님은 의아한 듯이 물었다.

"중이 아니고서도 불도를 깨닫는다면 또한 좋지 않겠소?"

"그러면 유도(儒道)를 좋아하십니까?"

수운의 복식은 선비의 옷차림이었으므로 그리 물은 것이다.

"나는 유도를 좋아하지만, 유생(儒生)은 아닙니다."

"그러면 선도(仙道)를 좋아합니까?"

"선도를 하지는 않지만 좋아는 하지요."

"그러면 무엇이란 말씀입니까? 아무것도 하는 것 없이, 아무것이나

다 좋아한다 하니 그 말의 뜻을 알아들을 수가 없습니다."

스님은 답답하다는 듯이 큰 소리로 말했다. 그 말을 들은 수운이 스님에게 물었다.

"스님은 두 팔 중에 어느 팔을 배척하고 어느 팔을 사랑하는지요?"

"……."

의외의 반문에 잠시 할 말을 잃고 묵상에 잠겼던 송월당이 이윽고 입을 열었다.

"예, 알겠습니다. 선생은 몸 전체를 사랑하는 분이시군요!"

수운은 그의 말에 빙긋이 웃으며 다음과 같이 답했다.

"나는 오직 우주의 원리인 한울님의 도(道), 천도(天道)를 좋아하고 행할 뿐입니다."

이 말을 들은 송월당 스님은 비로소 고개를 끄덕였다.

훗날 제자들이 왜 은적암 노승에게 도를 전하지 않았는지를 물었다.

수운은 '이미 물든 종이에는 새로운 그림을 그리지 못하는 법이다. 노승은 이미 물든 종이이다. 억지로 고치려면 찢어질 뿐이니 그대로 두는 것이 옳지 않겠느냐?'라고 대답했다.

해월은 수운 스승님과 송월당 스님 이야기를 통해 '아름다운 거리'를 생각했다. 함께 있되 거리를 갖는 것. 어디 도의 세계뿐이랴? 가까운 사람일수록 아름다운 거리가 필요했다. 절 기둥들이 한 지붕을 받치면서도 서로 떨어져 있고, 참나무와 소나무도 서로에게 그늘을 드리우지 않을 정도로 떨어져 있지 않은가. 따뜻한 바람이 통할 정도의 아름다운 관계를 철수좌 스님과 유지하고 싶었다.

새해 정월을 보낸 해월은 유인상을 데리고 적조암을 찾았다. 특별히 유인상은 스님에게 드릴 무명 솜옷까지 준비했다. 해월이 추운 날씨에 스님이 걱정된다고 말하자, 최인선이 솜을 두텁게 넣어 만들었다.

해월과 유인상이 적조암에 가니, 스님은 며칠째 앓았다며 자리에 누워 있었다. 불 때지 않은 방이 춥고 썰렁했다. 스님을 보니 눈 아래가 검게 변했고, 입술이 바짝 말라 있었다.

"스님, 어디 편찮으십니까? 스님 드리려고 솜옷을 가져왔습니다."

해월은 따뜻한 눈빛으로 철수좌 스님을 바라보았다.

"일부러 찾아와 주셔서… 고맙습니다. 이제… 이승과의 인연도… 다해 가나 봅니다."

철수좌는 힘없이, 그러나 초탈한 듯 쓸쓸히 웃었다.

"태어남과 죽음이 사람 마음대로 되는 것은 아니지만, 그래도 사는 날까지 최선을 다하는 것이 도리가 아니겠습니까?"

"맞는 말씀이지만… 이런 말도 있지요. 나이 들면… 세상에 대한 집착에서 벗어나야 한다고…."

철수좌는 말을 하고 나서 숨이 가쁜지 한동안 숨을 몰아쉬었다. 그러더니 다시 말했다.

"혹시… 갈 곳이 없으면… 단양 도솔봉 아래… 절골로 가십시오.

그곳은… 조용히 머무르기에… 좋은 곳입니다.”

“그곳은 어떤 곳입니까?”

“그곳은 소백산 산골로… 경상도 풍기와 예천이 만나는… 교통의 요지입니다.”

가래 섞인 목소리가 자주 끊어졌다 이어지기를 반복했다.

“고맙습니다. 찾아가도록 하겠습니다.”

“…일이 잘되기를 바랍니다. …나무…아미타불…관세음…보살….”

띄엄띄엄 간신히 말하더니 철수좌 스님은 더는 눈을 뜨지 못했다. 아무 소리도 들리지 않았다.

적조암 빈터에서 철수좌 스님의 시신을 화장했다. 정암사 스님들이 목탁을 치며 극락왕생을 빌 때, 두 사람은 한울님께 심고를 드린 다음 동학 주문을 외웠다.

해월은 앞으로 적조암을 동학 수련 장소로 이용하겠다고 생각했다. 동학 조직을 굳건하게 세우려면 접주들의 마음을 일치시키고, 지도자로서 자질과 자신감을 키워 줘야 했다. 그러기 위해 49일 기도를 동학 수련 전통으로 만들 필요가 있었다. 이것은 수운이 〈을묘천서(乙卯天書)〉를 받은 이후 꾸준히 실천해 온 동학의 수련 방법이었다.

해월은 철수좌 스님이 알려준 도솔봉 아래 절골이 어떤 곳일까 궁금했다. 그곳은 소백산 산골이라고 했는데…. 해월의 마음은 벌써 단양 송두둑 도솔봉으로 날아가고 있었다.

새로운 제례 의식

해월은 철수좌 스님의 말에 따라 갑술년(1874) 4월 초에 단양 대강 면 절골로 이사했다. 그곳에서 그는 도인 권명하의 소개로 안동 김씨 여인과 재혼했다. 그녀는 권명하의 인척으로 오래전에 홀몸이 되어 어린 딸 하나와 살고 있었다. 손씨 부인의 행방을 알 수 없게 되자, 도인 부인들이 돌아가며 해월의 뒷바라지를 해 왔다. 이런 형편인지 라 도인들이 적극적으로 재혼을 추진했던 것이다.

도인들이 많이 찾아오자, 을해년(1875) 2월, 단양 송두둑 도솔봉에 새 집을 지어 이사했다. 이곳에서 해월을 중심으로 동학 조직을 단일 화했다. 그리고 집단 제례 의식으로 도인들을 결집했다.

그 후 8월 보름에 새 출발을 다짐하는 제사를 지냈고, 10월에는 하 늘제사를 지냈다. 정선 도인들이 2백여 금을 모아 줘서 제사 비용과 순회포덕 활동에 필요한 경비로 썼다.

그해 가을 해월은 새로운 제사 의식을 정했다. 제례복을 입고 향을 피우며 차를 올리게 했다. 제례복은 미리 김씨 부인과 정선 도인 부 인들이 만들었다. 쪽물 들인 무명천으로 두루마기를 짓는 것은 쉬운 일이 아니었다. 여름에 무성하게 자란 쪽풀을 베어다 커다란 항아리 에 넣고 잿물을 부어 보름쯤 두면 쪽물이 우러났다. 여기에 흰 무명 천을 적셔서 말렸다가 다시 적셔 말리기를 반복했다. 몇 번을 넣느냐에 따라 파란빛의 색감이 달라졌다. 쪽빛의 무명천을 바라보니 하늘빛이 그대로 천에 스머든 것 같았다.

최인선은 남편 유인상과 함께 단양으로 가서 제례 의식에 참여했다.

유인상이 제사 음식으로 쇠고기를 올리자 해월은 급히 쇠고기를 물리라고 했다. 유인상이 깜짝 놀라 돌아보았다. 해월이 평소에 제사 음식으로 고기는 사용하지 말라고 했으나, 아직 지켜지지 않고 있었다.

"내가 전에는 제수를 성대히 준비하여 제사를 지냈으나, 그것은 당시의 풍속에 따른 것이었습니다. 앞으로는 제사 지낼 때 나를 향하여 위를 베풀고 맑은 물 한 그릇만 올리는 날이 올 것입니다."

해월의 말에 도인들은 눈을 크게 뜨고 의아스럽다는 듯이 바라보았다. 해월은 설명을 덧붙였다.

"지금 당장 이해하기는 어렵겠지만 차츰 이해될 때가 있을 것입니다. 부모는 첫 조상의 혈기와 정성을 이어받아 자식에게 전해 줍니다. 자식 속에는 부모의 혈기와 정신이 살아 있으므로, 나를 향해 제사를 받드는 것입니다. 제사는 마음속으로 부모의 뜻을 생각하며 공덕을 이어가는 것이 중요합니다. 청수 한 그릇이라도 정성을 다하는 것이 옳습니다. 그러나 아직은 때가 이르지 못했으니, 당분간 음식은 준비하되 고기는 쓰지 않는 게 좋겠습니다. 고기는 사람의 기운을 무겁고 흐리게 합니다."

최인선은 나를 향해 제사를 지낸다는 말이 이해되지 않았지만, '물 한 그릇만으로 제사를 지낸다.'고 말한 해월의 마음을 헤아려 보았다. 도인들 마음을 하나로 모으기 위해서 제사를 자주 지내야 하는데, 끼니를 거르는 도인들에게는 부담스러운 일이었다. 해월은 이런 도인들의 어려움을 덜어 주려고 한 것은 아닐까.

제사를 마치고 해월은 '용시용활'(用時用活)에 대해 설법했다.[12]

"도(道)라는 것은 때에 맞게 때를 잘 활용하는 데 참된 뜻이 있습니다. 달밤 삼경에는 만물이 고요하고, 해가 동쪽에서 솟으면 모든 생명이 움직입니다. 새것과 낡은 것이 변천하니 천하가 다 움직이는 것입니다. 때란 하늘 기운의 움직임입니다. 중심 뜻을 지니되, 늘 예민하게 대세를 읽고 그에 맞춰 행동해야 합니다. 지금은 어떤 때인가? 이 상황 속에서 나는 어떤 행동을 할 것인가? 늘 고민해야 합니다."

해월은 아무리 좋은 내용도 지금 여기의 상황에 맞지 않으면 죽은 것과 다름없다고 했다. 불교, 유교, 천주학 등이 좋은 내용임에도 불구하고, 때와 장소에 맞지 않기 때문에 수운이 동학의 가르침을 이 땅에서 펴게 되었다고 하였다.

"그러므로 '용시용활'을 잊지 않기 위해 특별히 나를 비롯하여 뜻을 같이한 여러 사람들의 이름을 고치고자 합니다. 먼저 내게 열두 시(時) 자와 열두 활(活) 자가 있으니, 우선 세 사람 이름을 개명하겠습니다. 나 경상은 시형(時亨), 강수 도인은 시원(時元), 유인상 도인은 시헌(時憲)으로 고치겠습니다. 모두 때에 맞게 자신의 역할을 다해 주기 바랍니다. 특히 새 이름을 받은 분들은 더욱 힘써 주길 부탁합니다."

유시헌! 최인선은 남편 이름이 바뀌자 조금 낯설어졌다. 해월이 남편 이름을 바꾼 데에는 무슨 중요한 뜻이 있을 것이다. 수운은 지금을 선천의 시대가 가고 후천의 시대가 시작되었다고 했다. 그러나 아직도 현실에서는 동학이 탄압받고 있지 않은가? 그렇다면 남편 이름이 요즘 상황과 어떤 관련이 있는 것일까?

"시헌이란 무슨 뜻일까요?"

최인선이 남편 유시헌을 다정하게 바라보았다.

"때에 맞게 가르치라는 뜻으로, 해월 선생님은 나에게 한울님의 존재를 빨리 깨달으라고 하신 것 같소. 요즘처럼 어려운 시기를 헤쳐 나갈 수 있도록 도인들을 가르치라고 말이오."

유시헌은 자신의 이름 뜻을 정확히 파악하고 있었다.

"그렇다면 '용시용활'이란 무슨 뜻일까요?"

최인선이 다시 물었다.

"해월 선생님이 말씀하셨듯이 때를 이용해서 때에 맞게 세상을 살린다는 뜻 같구려. 도(道)라는 것이 근본 뿌리가 있어도 고정된 것이 아니지 않소? 그때그때 상황에 맞게 옳은 방향으로 실천하라는 뜻 같구려. 그러려면 바른 안목으로 세상을 보고, 자신의 역할에 맞게 빨리 적응해야 할 것이오."

"당신이 해월 선생님에게 인정을 받아서 기쁩니다."

"고맙소. 한울님은 누구에게나 있다고 했으니, 당신도 도인이 되면 깨달을 수 있을 것이오."

최인선은 가슴이 두근거렸다.

"아직 여자 도인이 있다는 말은 못 들었는데요."

최인선이 자신 없는 목소리로 대답했다.

"도를 깨닫는 데 남녀의 차이가 있겠소? 그러니 당신도 도인 공부를 하면 좋겠소."

최인선은 자신을 인정해 주는 남편이 고마웠다.

11월 13일, 정선 무은담에서 하늘에 제사를 지내는 날이다. 최인선이 마당으로 내려가니, 도인들이 제단을 차리느라 바빴다. 어떤 이는 차일을 치고, 어떤 이는 멍석을 깔고 있었다.

부엌으로 들어서니 고소한 음식 냄새가 풍겼다. 어린 자식놈들이 부엌을 들락거리며 눈치를 살폈다. 하늘, 땅, 사람을 상징하는 삼색 나물을 준비했다. 지난봄부터 뜯어 말린 고사리와 취나물은 물에 불려 들기름에 볶고, 무채와 도라지는 소금으로 간하여 살짝 볶았다. 감자떡을 찌고 두부전을 부쳐 냈다. 맷돌에 간 도토리 가루 앙금으로 만든 도토리묵, 메밀을 갈아 만든 국수, 가을에 따서 보관해 둔 대추를 냈다. 강원도에서는 귀한 흰 쌀밥 대신 차진 오곡으로 밥을 지었다. 엿기름으로 발효시킨 단술까지 만드니 음식이 푸짐했다.

제사상이 차려졌다. 도인들은 동쪽 태양을 상징하는 청색의 제례

복으로 갈아입었다. 그리고 머리엔 삼층관을 쓰고 제사상 좌우에 섰다. 자주색 삼층관 앞뒤와 옆에 둥근 잎사귀가 달렸다. 그것은 하늘을 향해 날아오르는 날개였다. 태양의 기운을 온몸으로 빨아들이는 푸른 나뭇잎이었다. 청색의 두루마기가 파란 하늘과 잘 어울렸다. 그것을 바라보는 최인선의 마음에 쪽빛 하늘이 담겼다.

제례 의식에 앞서 해월은 강시원을 도차주(道次主)로, 유시헌을 도접주(道接主)로, 김계원(金啓元)을 인제 접주로 임명했다. 앞으로 커질 동학 조직을 튼튼히 하기 위해서였다. 도접주란 덕망과 통솔력으로 여러 접주를 지도하고 관리하는 도인이다.

맹진석은 깜짝 놀랐다. 유인상이 도접주에 임명되다니…. 자신도 유인상과 비슷한 시기에 동학 도인이 되었다. 그런데 해월은 자신에게 관심이 없었다. 처음 적조암 49일 기도 때도 자신은 빼고 유인상을 참여하게 하여 화가 났다. 그래도 그때는 유인상이 기도 준비 비용을 다 댔다고 해서 그러려니 했다. 그런데 얼마 전에 유인상을 유시헌으로 개명해 주더니, 오늘은 도접주에 임명한 것이다. 자신과 비교해서 유인상만 파격적인 대우를 하는 해월을 이해할 수가 없었다. 자신은 유인상보다 더 많이 공부를 했고, 진사에 합격한 사람이다. 그리고 동학 도인으로서 의례에도 열심히 참여했건만, 해월은 자신에게 무관심했다. 서운했다.

김해성 도인의 집례로 제례가 시작됐다. 심고를 올린 다음 모든 도인들이 절했다. 김연순과 김연국이 제사상 앞에 정중하게 무릎을 꿇고 향불을 올리고 촛불을 켰다. 날마다 드나들던 일상의 집이 성스러운 공간으로 변했다. 해월이 첫 잔을 올리고, 강시원이 둘째 잔을, 전성문이 마지막 잔을 올렸다.

유시헌이 앞에 나와 축문을 엄숙하게 읽었다.

"도를 받드는 제자로서 한울님의 은혜를 입었습니다. 수운 대선생의 가르침으로 좋은 성품과 덕을 기르며, 참된 마음공부를 하고 있습니다. 경신년(1860) 여름 수운 대선생이 천명을 받았으나, 갑자년(1864) 봄에 참형을 당하니 억울하기 그지없습니다. 한울님의 가르침과 거룩한 기운이 수운 대선생에게 강령했듯이 저희 제자들에게도 강령하기를 간절히 기원합니다. 제자로서 정성스럽게 제수를 마련하여 제례를 모시오니 감응하옵소서."

모두 두 번 절하고 나서, 심고를 끝으로 제사는 끝났다. 긴장을 푼 도인들이 둘러앉아 음식을 먹으며 세상 돌아가는 이야기로 분위기가 활발해졌다. 어느덧 가족처럼 가까워진 도인들이 열띤 대화를 했다.

"왜놈들이 지난 8월에 운양호를 강화도 부근에 띄워 놓고 연안을 정탐하자, 강화도 초지진에서 포격했답니다."

새로운 소식에 귀 밝은 신석현이 말문을 열었다.

"그래서 어떻게 되었답니까?"

도인들이 놀라서 모두 관심을 보였다.

"운양호에서 왜놈들이 맹포격으로 대응해 와 포격전이 벌어졌는데, 포의 성능이 뒤떨어진 우리 초지진 진영이 박살 난 모양이에요.

군사들이 여럿 목숨을 잃었답니다. 그뿐만 아니라 왜놈들은 초지진에 병사들을 상륙시켜 닥치는 대로 불을 지르고 귀중한 보물들을 마구 노략질해 갔답니다."

"저런 죽일 놈들! 임진왜란 때도 이 나라 강토를 짓밟고 수많은 우리 백성을 죽이더니, 오늘날 또다시 그런 짓을 저지르다니."

성질 급한 최기동(崔箕東)이 화를 냈다.

"그 뒤에는 어떻게 되었습니까?"

전성문이 물었다.

"관군은 전사자 35명, 포로 16명을 내고 많은 무기를 빼앗겼습니다. 그러나 왜군은 경상자 2명을 냈을 뿐입니다. 그런데도 왜놈들은 이 포격전의 책임을 조선 측에 뒤집어씌워 우리나라 개항과 일본 상인들의 상권을 보장해 달라고 주장한답니다."[13]

신석현의 설명에 다들 분개했다.

"이 나라가 앞으로 어떻게 되려고 왜놈들이 마음대로 휘젓고 있는지 모르겠습니다."

"다 힘없는 죄이지요. 나라에서는 그것을 알고도 허락했답니까?"

"왜놈의 무력을 당해낼 수가 없답니다. 자칫 하다간 포탄이 한양 도성에 떨어질까 봐 조정에서는 눈치만 보고 쉬쉬한다고 합니다."

"조정 대신들이 어디 이 나라 사직이 무너질까 봐 그러겠습니까? 자기 집 곳간에 포탄이 떨어지고 불이 붙을까 봐 끝끝내 그들의 요구를 거절하지 않는 거지요. 백성이야 죽든지 말든지 그들의 관심사가 아니니까요."

최기동이 큰 소리로 끼어들었다.

"선천 세상이 끝나고 후천 세상이 온다더니, 정말 세상이 바뀌려고 이러는 것일까요? 세상이 바뀌려면 확 바뀌면 좋겠습니다. 살맛 나는 세상 좀 살아 보게요."

"나라와 힘없는 백성을 구하려고 수십 년을 애쓰고 공부한 수운 대선생이 동학을 창도하지 않았습니까? 좋은 세상을 만들려면 우리 마음부터 조화롭게 만들어야겠지요."

유시헌이 말을 받자, 도인들은 잠시 생각에 잠겼다.

맹진석은 도인들의 대화 내용이 마음에 들어오지 않았다. 제사 지내는 내내 마음이 편하지 못했다. 특히 유시헌이 말하는 것을 들을 때마다 속에서 불기운이 치밀어 올랐다. 이러면 안 된다는 것을 알면서도 마음대로 되지 않았다.

최인선은 자신도 하루빨리 동학에 입도하고 싶었다. 하루하루 세상이 바뀌고 있었다. 세상이 소용돌이치는 듯 어거졌다. 앞날은 어떻게 될 것인가? 밤 깊도록 이 생각 저 생각으로 최인선은 잠이 오지 않았다. 몸은 피곤했지만, 시간이 흐를수록 정신은 말똥말똥했다. 다음 날 남편 유시헌에게 동학에 입도하겠다고 말했다.

최인선 입도하다

해월은 기꺼이 최인선의 입도를 허락했다. 여자가 정식으로 동학 입도식을 봉행하는 경우는 흔치 않았다. 지금까지 여자들은 바깥출입도 자유롭지 못했다. 그런데 최인선이 입도식을 하겠다고 하니 도인들이 돌아가지 않고 있었다. 부인의 입도식은 처음 있는 일이라며 호기심을 나타내고, 그 장면을 실제로 보고 싶어했다. 아녀자가 감히 도인이 될 수 있느냐며 불쾌감을 드러낸 사람도 있었다. 동학은 남녀 누구에게나 열려 있다 해도 아직 여인에게는 인색했다. 맹진석과 최기동도 남았다.

"세상 별일이 다 있군. 여인네가 도를 닦겠다고 나서다니."

맹진석이 혀를 차며 고개를 흔들었다.

"동학에서는 남녀 누구나 한울님을 모시고 있다고 했소. 그러니 부인이라고 도인 되지 말라는 법이 있습니까?"

최기동이 최인선을 두둔했다.

"아무리 그래도 그렇지. 부인이 어찌 나선단 말이오. 집 안에 얌전히 있어야 부덕이 있는 거요. 부인이 저리 앞서 나가는 것을 유시헌 도접주는 그냥 보고만 있다니 남자 체면 다 깎고 있습니다. 여자가 하늘이 될 수는 없습니다."

맹진석이 목소리를 높이자, 최기동도 목소리를 높였다.

"맹 접장은 동학 껍데기만 믿고 있군요. 해월 선생님 말씀을 아직

이해하지 못하고 있는 겁니까? 아직도 유교의 케케묵은 구습을 못 벗어났어요."

"그릇과 여자는 밖으로 나돌면 좋을 게 하나도 없어요. 집 안에 얌전히 있어야 한 집안이 편안하지요. 보나 마나 유시헌 도접주 집안도 이제 풍파가 그칠 날이 없을 거요."

맹진석은 의견을 굽히지 않았다. 자신의 말대로 유시헌 집안에 풍파가 생기면 좋겠다고 생각했다. 한순간 자신의 나쁜 생각에 깜짝 놀랐다. 얼른 주변부터 살폈다. 아무도 신경쓰지 않는 것을 보고 남몰래 한숨을 내쉬었다.

최인선은 입도식 치르는 날이 진정한 의미에서 자신이 태어난 날이라고 생각했다. 조선의 여인은 독립적인 인격체가 아니었다. 족보에 이름을 남기지도 못하고, 늘 남편이나 자식의 일부분으로 취급되었다. 자신의 입도식이 있는 날이야말로 독립적인 사람으로 인정받는 첫날이었다. 마음이 긴장되면서도 설레었다.

입도식은 평소 정화수를 떠 놓고 기도하던 장독대 옆에서 하기로 했다. 돗자리를 깔고 청수 한 그릇만 올렸다. 그리고 촛불을 켰다.

강시원이 식을 집전하였다.

"전도자와 입도자는 일어나시오."

최인선은 의례상 앞에 남편 유시헌과 나란히 섰다.

"신랑 신부가 초례상 앞에 선 것 같구먼!"

누군가 장난스럽게 말했다. 구경하던 사람들이 와 웃었다. 무겁기만 하던 분위기가 일시에 흐트러졌다. 최인선의 얼굴이 붉게 물들었다. 유시헌은 빙그레 웃었다.

"입도자는 동쪽을 향해 네 번 절하시오."

최인선은 동쪽을 향해 큰절을 네 번 올렸다. 무은담을 감싸는 산들이 내려다보고 있었다.

"초학주문 전수! 입도자는 전도자에게서 한울님을 공경하는 마음으로 도를 받으시오."

최인선은 두루마리에 써진 초학주문을 남편에게서 두 손으로 받았다. 긴장되어 손이 떨렸다.

"초학주문 낭송! 입도자는 초학주문을 세 번 낭송하시오."

최인선은 배에다 힘을 주었다. 남들이 보는 앞에서 큰 소리를 내 보기는 처음이었다.

"위천주고아정 영세불망만사의(爲天主顧我情 永世不忘萬事宜)… ."

"이제 한울님을 평생 섬기겠다는 다짐을 하겠습니다. 입도자는 의례상 앞에 네 번 절하고 서천문(誓天文)을 읽으시오."

유시헌이 서천문 두루마리를 전달했다. 최인선이 두루마리를 펼쳤다. 두루마리가 바들바들 떨렸다.

"감응하옵소서. 저는 해와 달이 비추고 키워 주는 덕을 입고도 지금까지 알지 못했습니다. 참다운 도를 깨닫지 못하고 고통스러운 세상에서 살았습니다. 이제 수운 대선생이 깨달은 도를 알고, 지난날의 허물을 반성하며 한울님을 깊이 모시고자 합니다. 지극한 정성으로 청하옵니다. 부디 인격 도덕을 이루어 지상신선의 삶을 살도록 해 주십시오."

최인선은 두루마리를 다시 남편 유시헌에게 전달했다. 최인선의 얼굴이 붉게 상기되었다.

"여기 계신 모든 도인들은 강령주문과 본주문을 함께 세 번 낭독하시길 바랍니다."

"지기금지 원위대강 시천주 조화정 영세불망 만사지…"

도인들은 운율에 맞춰 장엄하게 낭송했다. 분위기가 숙연해졌다.

"입도자는 지금부터 동학 도인으로서 바르게 살아가고, 늘 깨어 있는 마음으로 주문 낭송과 심고와 식고로 한울님을 정성껏 모시겠다는 다짐의 뜻으로 청수를 마시기 바랍니다."

"마지막으로 해월 선생님의 말씀이 있겠습니다."

해월은 앞으로 나와 지긋이 최인선과 유시헌 부부를 바라보았다. 그리고 다시 도인들을 바라보며 우렁차게 말했다.

"이제 두 사람은 부부이기 전에 동학 도인입니다. 도를 깨달을 수 있도록 정성스럽게 주문을 낭송하기 바랍니다. 또한 자녀도 정성껏 보살피기 바랍니다. 도를 실천하는 데는 남녀 구별이 따로 없습니다. 누구라도 지극한 정성으로 내 안에 계신 한울님을 잘 모시는 것이 중요합니다. 늘 깨어 있는 마음으로 지금 이 순간을 알아차리기 바랍니다. 내 뜻이 아니라 한울님의 뜻으로 일하고 실천하도록 마음가짐과 언행에 신중하시기 바랍니다."

최인선은 자신의 마음을 맑고 굳건하게 가다듬겠다고 다짐하며 조용히 심고를 올렸다.

구성제(九星祭)를 지내다

해월은 동학을 널리 펼치기 위해 어떻게 할 것인가 내내 그 생각뿐이었다. 적조암에서 49일간 기도하면서도 이 생각이 떠나지 않았다. 2년 전 교단을 이끌어 갈 세 사람의 이름을 개명함으로써 동학을 재조직했다. 이를 통해 도인들이 소속감을 느끼고, 동학 가르침을 제대로 아는 것이 중요했다. 다른 전수자를 통해 각각 다르게 입도한 도인들을 통일시켜야 할 필요성도 느꼈다. 농사일로 바쁜 도인들이 49일간 집중하여 도 닦을 시간이 없으니 제사 때만이라도 정성을 들여야 했다.

병자년(1876) 10월 3일 인제 접주 김계원 집에서, 한울님께 정성을 다하여 올리는 제사인 '고천제례'(告天祭禮)를 '구성제'로 이름을 바꾸어 제를 지냈다. 이때 장춘보와 김현수가 제물을 준비했다.

의식을 마친 후 해월은 도인들 앞에서 논학문(論學文) 구절을 인용하며 '구성제'에 대해 설명했다.[14]

"무릇 하늘의 도라는 것은 형상이 없는 것 같으나 자취가 있고, 땅이란 것은 넓은 것 같으나 방위가 있습니다. 그러므로 하늘에는 구성

(九星)이 있어 땅의 구주(九州)와 맞추고, 땅에는 팔방(八方)이 있어 팔괘(八卦)와 맞추어 따릅니다. 구성이란 하늘을 뜻합니다. 제례를 지내는 것은 한울님과 나는 둘이 아니라 하나임을 깨닫고 소통하기 위해서입니다. 내 마음을 항상 한울님 마음으로 정하겠다는 뜻입니다. 이런 것은 저절로 이루어지지 않습니다. 제례 의식을 통해 감동의 경험이 몸에 배어야 합니다. 결국 구성제는 종전의 고천제례와 같으나, 형식만 달라졌습니다. 하루 저녁 구성제만 정성껏 올리면 49일 기도 효력과 맞먹습니다."

제사를 올리는 데 비용이 크게 들지 않는 '구성제'로 바꾸자 도인들이 급격하게 늘어났다. 최인선의 일도 많아졌다. 끼니때마다 음식을 준비하는 일이며, 도인들 잠자리 준비, 집 안팎을 항상 청결히 하는 일, 빨래 등이 내로라하는 종갓집의 제사 준비만큼 자주 또 큰일로 돌아오니 바쁘지 않을 도리가 없었다.

다시 개접례(開接禮)를 행하다

해월은 도인들에게 동학의 참뜻을 제대로 알려 주고 싶었다. 제사 때 잠깐 설법하는 것만으로는 부족했다. 도인들 스스로 생각하고 의견을 나눠 보는 경험이 있어야 했다.

해월은 유시헌의 차남 학종이 눈에 띄자 불렀다.

"어르신, 부르셨습니까?"

학종은 어린애답지 않게 생각이 깊고 예의가 발랐다. 나중에 자라 동학을 제대로 알고 익히면 주변의 많은 생명에게 큰 도움을 줄 것이라 여겨졌다.

"요즘은 무슨 공부를 하고 있는가?"

어린아이의 마음을 알고 싶었다.

"『맹자』를 읽고 있습니다."

공손하게 대답했다.

"그 속에서 느낀 점은 무엇인가?"

학종은 잠시 생각하더니 또박또박하게 대답했다.

"맹자는 백성이 가장 귀하고, 그다음이 나라이고, 제일 가벼운 것이 왕이라고 했습니다. 따라서 왕이 잘못하면 간언하고, 그래도 안 들으면 왕을 바꾸라고 했습니다. 이 말이 저는 놀랍고 이해하기도 힘듭니다."

해월은 잠시 생각에 잠겼다. 학종이 알려 준 맹자의 생각은 놀라웠다. 왕이 잘못하면 간언하고, 안 들으면 바꿀 수도 있다? 그래, 그럴 수도 있겠지. 백성은 한울님이니까. 권력자가 백성의 뜻에 반하면 권력자를 바꿀 수도 있으리라. 많은 백성이 한목소리로 요구할 때 저절로 자리 이동은 일어날 것이다.

"맹자님 말씀에 어찌 잘못된 것이 있겠는가. 임금은 하늘의 명을 받아 대신 백성을 다스리는 사람일 뿐일세. 백성이 곧 하늘이라네. 그러니 백성이 임금을 바꿀 수 있다는 것은 어쩌면 당연한 이치지. 그것이 이상하게 여겨지는 것은 지금 세상 사람들이 맹자님 말씀의 고갱이를 버리고, 권력의 관점에서 입맛에 맞게 왜곡하는 데 익숙해져 있기 때문일세. 지금 그 말을 깊이 받아들이는 그 마음을 어른이 되어서도 잃지 않는다면 그대야말로 훌륭한 선비가 될 게야. 앞으로도 다양하고 깊이 있게 공부하기 바라네. 자네 부친을 불러 주시게나."

"알겠습니다."

학종은 깊이 고개 숙여 인사하고 물러났다.

곧 유시헌이 사랑으로 왔다.

"부르셨습니까?"

유시헌의 표정은 밝아 보였다.

"내가 수운 선생께 도를 받은 지 10여 년이 흘렀소. 그때 선생과 함께 공부하던 옛날이 그립구려. 계해년(1863) 파접(罷接)한 이후 15년간 도인들이 모여 공부하지 못했소. 그래서 개접례를 열려고 하오. 그러니 도인들에게 정선 무은담으로 모이라고 통문을 보내 주면 좋겠소."

"무슨 내용으로 보낼까요?"

"다시 개접(開接)한다고 하시오."

"개접이란 무슨 뜻입니까?"

"음… 도인들이 한자리에 모여 마음을 터놓고 진리를 논하는 공부 모임이오."

유시헌은 주저하며 물었다.

"갑자기 개접하는 까닭은 무엇입니까?"

"수운 선생은 도인들에게 정기적으로 수련 공부를 시켰소. 그럼으로써 접주를 양성했소. 도는 본래 크기가 없어 작게 쓰면 작게 드러나고 크게 쓰면 크게 드러나는 법이오. 이제 개접을 하는 것은 그동안 위축된 동학의 도와 가르침을 크고 공변된 자리로 밝게 드러내어 도의 본래 모습에 합치시키려는 것이오."

"잘 알겠습니다."

유시헌은 무인년(1878) 7월 25일에 정선 무은담에서 개접한다는 통문을 각 지역 접주들에게 보냈다. 여름철 한가한 시기여서 그런지 강원도 각지에서 도인들이 몰려들었다.

해월 앞에 앉은 도차주 강시원을 비롯하여 유시헌, 방시학(房時學), 맹진석 등 동학 접주들이 모였다. 이들은 사랑방에서 해월을 중심으로 둘러앉았다. 최인선도 이들 틈에서 좋은 말씀을 듣고 싶었다. 그러나 금세 돌아오는 끼니 준비로 차분히 앉아 말씀을 들을 겨를이 없었다. 그저 왔다 갔다 잠깐씩 귀동냥으로만 들을 수 있을 뿐이었다. 여인으로서 남자 도인들 틈에 끼는 것이 웬만한 배짱이 아니고서는 힘들었다.

그런데 해월 선생님이 최인선을 불렀다.

"최 도인, 이리 오시오. 그대도 동학의 진리를 들어야 하오. 그래야 부인들에게 가르쳐 줄 수 있소. 집안의 중심은 부인이오. 집집마다 부인들이 제대로 깨우쳐야 한울님인 자녀를 바르게 키울 수 있소. 부인들이 환한 마음을 가져야 한 가정이 환해지고 이 나라도 밝아질 것이오. 우리 동학은 남자만의 것이 아니오. 남녀노소 모두의 것이오. 음식과 옷을 만들고 날마다 가족을 보살피는 마음이 한울님의 마음이오."

해월의 말에 힘입어 최인선이 조심스럽게 다가갔다. 도인들이 조금씩 좁혀 앉아 자리를 만들었다. 그녀가 한쪽 구석에 앉자 분위기가 싸늘해졌다. 유시헌이 어색한 분위기에 헛기침을 했다.

해월은 개접례의 의의를 밝혔다.

"하늘의 운행에 맞추어 씨를 뿌리고 거두는 것처럼, 개접(開接)이란 하늘의 이치에 맞게 공부하는 것을 뜻합니다. 수운 선생이 하늘의 운과 명을 받아 가르침을 연 것처럼 우리도 접을 열어 공부하자는 것이지요. 접(接)이란 동학의 도를 학습하고 수련하는 영적인 집회입니다. 도인들이 함께 공부하는 것입니다. 여럿이 함께 공부하는 것은 처음에는 더딘 듯하나 더 널리 퍼지고 더 깊이 정진하여 마침내 도인들은 한울님의 뜻을 함께 실현할 수 있게 될 것입니다. 수운 대선생께서 조난을 당하신 이후로 한 번도 개접의 예를 갖지 못했습니다. 이제 좋은 날에 도제들과 더불어 이렇게 개접하게 된 것은 우리 도의 운이 비로소 활짝 피어남을 뜻합니다. 그러므로 더욱 행동을 삼가고 정성 들인 마음가짐으로 돌아온 운을 놓치지 말아야 합니다."

해월 선생의 간절한 말씀에 도인들은 오늘 공부 모임의 중요성을 더욱 절실히 느꼈다.

"일찍이 수운 선생이 말씀하셨습니다. '한울님만 믿었어라. 네 몸에 모셨으니…' 하신 대목에서, 네 몸 가까이에 모셨다의 '시'(侍)는 무슨 뜻인지 새겨 보시오. 사람이 어머니의 몸에 잉태되면서 한울님을 모시게 되었는가, 이 세상에 태어날 때 한울님을 모시게 되었는가, 아니면 스승께서 득도한 날에 한울님을 모시게 되었는가 생각해 보시오."

"수운 대선생이 계셨기에 우리가 한울님을 깨달아 우리 안에 모셨지요."

최기동이 당연하다는 듯이 먼저 말했다.

"우리가 이 세상에 태어나지 않았다면 어찌 한울님을 알 수 있겠습니까. 새나 길가에 피어난 잡초도 다 한울님을 모시고 있다고 해월 선생님이 말씀하시지 않았습니까. 그러니 이 세상에 태어났을 때 모든 생명은 한울님을 모시게 되었다고 말할 수 있습니다."

정선 도인 방시학이 대답했다.

신석현이 나섰다.

"저는 생각이 다릅니다. 우리는 이미 태중에 있을 때부터 한울님을 모시고 있습니다. 태아가 한울님의 존재를 모른다고 해서 한울님이 없다고 말할 수는 없습니다. 그러니 태아가 되면서 곧바로 한울님을 모신다고 봐야 합니다."

갑자기 최인선은 몸이 뜨거워짐을 느꼈다. 자신도 한마디 하고 싶었다. 그녀가 조심스럽게 손을 들었다. 함께 있던 도인들이 놀라서 그녀를 돌아보았다. 그녀는 얼굴이 뜨겁게 달아올랐다. 해월이 웃으며 말해 보라고 했다. 사람들이 호기심을 갖고 귀를 기울였다. 숨소리 하나 들리지 않았다. 그녀는 깊이 숨을 들이마셨다.

"제 생각에는 모두 맞는 것 같습니다."

최인선이 겨우 말을 꺼냈다. 여기저기에서 수군대는 소리가 들렸다.

"그런 답이 어디 있습니까? 이 말도 맞고 저 말도 맞는다면 그 말은 '시'(侍)의 뜻이 아무래도 좋다는 말이오?"

최기동이 급하게 소리쳤다. 해월이 손을 들어 제지시켰다.

"먼저 수운 대선생이 계셨기에 한울님의 존재를 알게 되었으며, 이 세상에 태어났기에 또한 수운 대선생의 깨우침을 받아들일 수 있습니다. 그러나 한울님의 존재를 깨닫지 못하는 존재들도 다 내유신령, 외유기화로 한울님을 모시고 있습니다. 그러니 어느 한 가지만으로는 답이 부족하고, 다 합해졌을 때 모신다의 '시'(侍) 자 의미가 제대로 드러날 것 같습니다."

최인선이 자기 생각을 말하고 나니 이마에 땀이 배었다.

"최 도인이 제대로 말씀했습니다. 수운 선생님 덕분에 우리가 한울님 존재를 알게 되었지만, 우리는 이미 신령한 기운을 모시고 사는 존재입니다. 그러므로 늘 주문을 외움으로써 내 안에 모신 한울님을 믿고 존경해야 합니다. 또한 밖의 한울과 조화되도록 모심의 수행을 실천해야 합니다. 이것이 한울님의 지혜를 밝히는 길입니다."

해월은 개접례 첫날 강론을 마무리 지었다.

인등제(引燈祭)로 이름을 바꾸다

동학에 입도한 다음부터 최인선은 부지런히 수련했다. 새벽마다 일찍 일어나 장독대에 정화수를 떠 놓고 심고를 드리고 21자 주문을 낭송했다.

"감응하옵소서. 맑은 기운으로 이 몸을 가득 채우소서. 몸 안의 기운과 세상 기운이 하나임을 깨닫게 하소서. 지기금지 원위대강 시천주 조화정 영세불망 만사지…."

음식을 만들 때나 옷을 빨 때도 주문을 외웠다. 아이들 옷을 꿰맬 때도 주문을 외우며 집중했다. 시간이 흘러갈수록 하늘빛이 더 자주 눈에 들어왔으며, 발아래 풀꽃들도 예쁘게 보였다. 나무에서 지저귀는 새소리가 노랫소리로 들렸다. 그것은 생명의 소리였다. 내 안의 한울님이 감응해서 듣는 소리였다. 사람을 보면 형체 너머 고요한 존재가 느껴졌다.

기묘년(1879) 2월에 해월은 강시원·김연국과 함께 경주에 다녀왔다. 3월 돌아오는 길에 몇몇 도인들 집에서 구성제를 지냈다. 도인이 많이 늘자, 도인 전체를 바라보는 그의 눈길이 더욱 넓어졌다.

그러나 비용을 대폭 줄인 구성제라도 자주 있다 보니 도인들은 음식을 준비하느라 바쁘고, 경제적 부담도 컸다. 좀 더 간결하게 제사 지내는 방법은 없을까? 해월은 기도할 때마다 그 대안을 한울님께 묻곤 했다.

그러다 무은담으로 도인들을 불러 모았다.

"내가 강시원, 김연국과 더불어 경주를 거쳐 영서 쪽을 돌아 영월 하동면 노정식 집에 머물던 중 꿈속에서 수운 선생을 만나 뵈었습니다. 내게 한(寒)・온(溫)・포(飽) 세 글자를 써 주면서 '추우면 온(溫) 자를, 굶주리면 포(飽) 자를, 더우면 한(寒) 자를 사용하라.' 하셨습니다. 이것은 무슨 뜻이겠습니까? 꼭 불이 없더라도 '온' 자라는 글자로 따뜻하게 몸을 덥힐 수 있습니다. 음식이 없더라도 '포' 자로 배를 불릴 수 있고, '한' 자로 몸을 시원하게 할 수 있습니다. 즉 소리나 글자에도 기운이 있어 그 힘을 발휘할 수 있다는 뜻입니다. 그동안 구성제를 자주 열어 도인들이 많이 늘었으나, 제례 음식 준비에 수고로움이 많고 부담도 많았습니다. 이제부터는 쌀과 천과 등불로 제수를 대신할까 합니다. 음식 대신 등불을 바치니 '인등제'라 부르겠습니다."

"음식 없이 제례를 지낸단 말입니까?"

맹진석이 이해가 되지 않는다는 듯이 물었다.

"제례 음식이란 무엇입니까? 한울님께 바치는 공양입니다. 정성이 중요합니다. 쌀로 음식을 대신하고, 천과 등불로 우리의 정성을 표현하는 것입니다."

"그렇지만 조상님이 이곳에 왔다가 먹을 것이 없는 제사상을 보시고 노여워하지 않겠습니까? 음식 없이 제사를 지낼 수 없습니다."

"조상님과 내가 따로 있는 것이 아닙니다. 조상님은 우리 몸 안에 한울님과 함께 있습니다. 우리의 지극한 마음이 곧 조상들 마음입니다. 그러니 제사를 지낼 때는 음식이 중요한 것이 아니라 정성스러운 마음이 중요한 것이며 내 안에 살아 계신 조상을 향해 정성의 제사상을 차려야 하는 것입니다."

"음식 없이 조상님에게 제사를 지내다니, 그것은 어느 나라 법도입니까? 부모 없이 태어난 사람 있습니까? 그런 부모를 몰라보고 함부로 대하다니, 이런 무례한 도는 배울 필요가 없습니다."

"맹 도인, 그런 심한 말이 어디 있습니까? 우리 마음이 곧 조상님 마음이자 한울님 마음이 아닙니까? 우리 마음이 기쁘면 조상님도 감응하는 것이지요."

유시헌이 한마디 했다.

"유 도접주나 근본 없는 제사 많이 지내시구려. 조상이 무덤 속에서 통곡할 것이오."

해월의 설명과 유시헌의 만류에도 불구하고, 맹진석을 비롯한 유학자 출신 도인 몇 명은 결국 자리를 박차고 나가 버렸다. 해월은 이들이 아직도 유학의 틀에 갇혀 있음이 안타까웠다. 과거의 고정된 생각의 틀을 깨뜨려야 새로운 개벽 세상을 맞이할 수 있다.

"제례 지내는 것이 간단해서 좋습니다."

다행히 유시헌을 비롯한 대부분의 도인들이 찬성했다. 특히 최인선이 가장 환영했다. 끝도 없이 밀려드는 집안일에 늘 바쁜 부인들을 위해서 일부러 배려해 준 것 같아 더욱 그랬다. 해월을 바라보는 최인선의 눈빛에 고마움과 신뢰가 가득 차 있었다.

인등제로 바뀌면서 최인선은 여유가 생겨 붓을 다시 들었다. 한지에 해월 선생님의 말씀을 떠올려 적어 내려가는 틈틈이 풀꽃이며 벌나비를 그리기 시작했다.

6. 경전 간행으로 동학에 기름을 붓다

사적(事迹)을 편찬하다

단양 송두둑으로 옮긴 뒤 평온한 날이 계속되었다. 부인 김씨가 집안을 따뜻하게 보살펴 주었다. 그리고 꾸준히 동학 도인이 늘어났다. 평온한 집안과 동학 포덕의 안정된 분위기 속에서 해월은 더욱 기도와 일에 집중했다. 기도와 일이 별개가 아니었다. 기도로 마음속 한울님과 만났으며, 집중하여 일하는 것이 곧 기도였다.

날씨가 추워진 뒤로 해월은 방에서 짚신을 삼았다. 작은 방 안에 짚 부스러기들이 흩어져 있었다. 해월은 거의 마무리되어 가는 짚신을 손바닥으로 쓸어 보았다. 손바닥은 어느덧 군살이 붙어 딱딱하고, 손가락 마디는 굵어졌다. 거칠고 딱딱한 손이 소나무 껍질 같았다. 그의 손길이 김씨 부인의 맨살을 스칠 때마다 부인은 어리광부리듯 아프다고 했다. 잠깐 김씨 부인을 생각하며 빙그레 웃고 있는데, 밖에 나갔던 강시원이 들어왔다.

"해월 선생님, 인등제를 지내면서 도인들이 급격히 늘어나고 있습니다."

"좀 더 구체적으로 얘기할 수 있겠소?"

해월은 강시원의 보고에 관심을 보이며 물었다.

"인제군, 정선군, 양양군, 상주군, 청송군 등의 도인 숫자가 가장 많이 늘어나고 있으며, 그 밖의 지역도 앞서거니 뒤서거니 합니다. 여러 지역에서 농민은 물론 유생, 백정, 기녀 등 신분 구별 없이 동학을 하겠다고 몰려들고 있습니다. 그런데 유생 중에서 동학의 이념을 알고자 경전을 찾는 이가 많습니다."

강시원이 상기된 표정으로 말했다.

"그렇지 않아도 그것 때문에 고민이네. 수운 선생의 뜻을 제대로 가르쳐야 하는데…. 경전을 일일이 손으로 써서 보급하자니 지금으로선 역부족이네."

"그렇습니다. 도인들이 글을 옮기는 중에 빼먹거나, 심지어 고쳐서 옮깁니다. 수운 대선생의 뜻이 잘못 전달될까 걱정입니다. 이제는 경전을 간행해야겠습니다."

강시원이 강하게 요청했다.

"이것은 내 평생의 사명일세. 계해년(1863) 11월 하순에 스승님께서 때가 오면 간행하라고 경전을 전해 주셨는데 아직도 간행하지 못하고 있다네."

해월은 선반 위에 올려놓은 보따리를 내렸다. 10년 넘게 해월의 등에 업혀 다녔던 보따리다.

"참으로 험난한 시절이었어. 스승님이 순도하신 지 17년이나 지났군."

해월의 눈이 촉촉이 젖어들었다. 해월은 보따리를 쓰다듬었다.

"요즘은 관의 지목도 잠잠해졌습니다. 빨리 경전을 간행하면 좋겠습니다."

"관의 지목을 피하려면 가능한 한 사람들 이목을 끌지 않는 곳이 좋아. 또 목판과 종이를 쉽게 구할 수 있는 곳이면 좋겠군."

"목판과 종이를 만들려면 산림이 우거지고 개울이 있는 곳이어야겠습니다."

해월은 잠시 생각하더니 고개를 천천히 저었다.

"판목을 자르고 종이를 만들면 좋겠지만, 그것은 시간이 많이 걸리고 일손이 많이 필요한 일일세. 지금도 관의 지목을 간신히 피하는 형편이 아닌가? 그렇다고 경전 간행을 늦출 수도 없는 일이니···."

고심하는 해월의 미간에 주름이 잡혔다. 젊어서 제지소에서 직공으로 일한 경험이 있던 해월은 종이 만드는 일이 얼마나 잔손이 많이 가고 정성을 필요로 하는지 잘 알고 있었다.

"그러하오면?"

강시원이 조심스럽게 물었다.

"경비가 들더라도 판목과 종이를 구입하는 수밖에 없겠네."

"알겠습니다. 경전 간행에 적당한 곳을 물색해 보도록 하겠습니다."

유시헌이 통문을 보내자, 상주·정선·인제·청송 등에서 접주들이 정선 무은담으로 모여들었다.

"경전을 간행하려면 비용이 만만치 않게 들 것입니다. 도인들이 힘들게 살고 있어 돈을 걷는 게 부담스럽습니다. 그러나 경전 간행은 교단의 장래를 위해 더 이상 늦출 수 없는 중요한 일입니다. 이 점 도인들에게 잘 말씀드려서 적은 돈이라도 낼 수 있도록 합시다."

"접마다 얼마씩 일정액을 부담케 하는 것은 어떨까요?"

"그것은 적절하지 않습니다. 접마다 도인 수도 다르거니와 사는 형편도 다릅니다. 그렇게 일정액을 걷기로 한다면 나라에서 백성들의 형편을 생각지 않고 세금을 부과해서 걷는 것과 무엇이 다르겠습니까!"

"그렇습니다. 우리가 하는 일이 중요하다고 해서 도인들을 더욱 어렵게 해서는 안 됩니다. 마음에서 우러나와 십시일반 형편 되는 대로 정성을 보태도록 하는 것이 좋다고 생각합니다."

"알겠습니다. 각 접주들께서는 돌아가면 경전 간행의 취지를 잘 설명하여, 자율적으로 동참하도록 격려해 주시기 바랍니다. 형편이 나은 분들이 좀 더 많이 내면 좋겠습니다."

며칠 후 해월은 강시원, 유시헌과 함께 인제로 향했다. 가을이라 나뭇잎이 떨어진 산길은 고즈넉했다. 정선도 첩첩산중인데, 인제도 그에 못지않게 깊은 산골이었다. 특히 갑둔리는 고지대에 자리 잡아 강원도에서도 깊은 산골이었다. 쫓기며 가는 길이 아니고 경전 간행을 위해 사전 답사하러 가는 길이라 걷는 데 여유가 있었다.

과연 강원도 갑둔리는 경전을 간행하는 데 천혜의 조건을 갖추었다. 산이 높고 깊어서 웬만큼 사람들이 모여 일해도 외부에서 알아차리기 힘들었다. 무엇보다도 강원도 집들은 띄엄띄엄 떨어져 있기 때문에 사람들의 왕래에 주목하는 이가 없을 것 같았다. 인제 접주의 안내를 받으며 갑둔리 김현수의 집으로 갔다. 그의 집은 개울가에 있고 사랑방이 커서 일하기에 적합해 보였다.

"김 도인, 집을 기꺼이 간행소로 쓰게 해 주니 고맙소."

해월이 김현수에게 감사 인사를 했다.

"제가 조금이라도 도움이 될 수 있어서 기쁩니다."

김현수는 겸손하게 고개를 숙였다.

"본격적인 인쇄에 들어가기 전에 미리 준비할 것이 있소. 미리 목판을 구입해서 판각할 수 있도록 다듬어 주기 바라오."

해월은 경전 간행을 위해 필요한 절차를 의논하고 각 과정과 업무를 책임질 사람과 물품을 마련할 담당자를 정하면서도 한편으로 실감이 나지 않았다. 오랫동안 간절히 바란 일이 갑작스럽게 이루어지고 있었다.

11월, 정선 방시학의 집에 '대선생 수단소'(大先生修單所)를 설치했다. 유시헌을 비롯한 20명의 정선 도인들이 비용을 모아 줘서 사적 편찬에 착수했다.

10일 뒤부터 강시원은 집필에 들어갔다. 수운 대선생의 동학론을 위시한 여러 글들을 지으신 경위와 경신년(1860) 4월에 득도하신 이후의 행적을 기술하는 데는 어려움이 없었다. 그러나 수운 대선생의 출생과 성장, 득도와 초기 포덕에 대한 행적은 증언하는 사람들이나 기록마다 다른 점이 한두 가지가 아니었다. 강시원은 사람들의 기억이나 세상에 떠도는 이야기들 중에 취할 것은 취하고 버릴 것은 버려가며 최대한 사실에 가깝게 서술하려 애썼다.

강시원은 집필에 착수한 지 두 달 만인 경진년(1880) 1월에 교단 사적(事迹)의 초안을 완성했다.[15]

해월은 창도 이래 처음 완수한 '도원기서'를 받아 들고서 함께 일한 여러 사람들의 노고를 치하하였다. 그러나 표정은 어두워보였다.

사적 편찬을 한울님과 스승님께 고하는 제례를 올린 자리에서 해월은 다시금 다짐을 했다.

"내용은 모두 아시겠지만, 이 책에는 지난 영해의 일 등이 상세히 기록되어 있으며, 우리 도의 내력이 낱낱이 밝혀져 있습니다. 만에 하나라도 이 책의 내용이 관에 발각된다면 우리 도는 그 맥이 끊어지고 말 것입니다. 이는 스승님에게 씻을 수 없는 죄요, 천지부모님께 더할 수 없는 불효입니다. 그러므로 이 책은 경전의 간행이 끝나는 날까지 정확한 필체로 완성하여, 때가 올 때까지는 깊숙이 감추어 둘 것입니다."

동학이 놓인 엄혹한 현실의 무게와 도의 험난한 앞날이 느껴져 다들 깊은 침묵에 잠겼다.

'도원기서'는 동경대전 간행이 진행되는 동안 수정을 거듭한 끝에,

해월 선생이 정리한 경전 간행의 별공록까지 추가하여 최종본을 완성하였다. 이어 전세인(全世仁)이 바른 글씨로 써서 한 권의 책으로 만들고, 『최선생문집도원기서』라 이름을 지었다. 이리하여 수운과 해월의 행적을 한 권의 책으로 엮어 냄으로써 동학의 역사와 도통의 면면함을 밝히게 되었다.

책이 완성되는 날, 해월은 아무에게도 알리지 않고 은밀히 유시헌을 불러 『최선생문집도원기서』를 맡기며 말했다.

"이 책을 사람들 눈에 가벼이 보이지 마라."

그날 밤늦도록 해월의 방에서는 불빛이 꺼지지 않았다.

『동경대전』 간행

"현재까지 각 접에서 모은 비용은 어느 정도 되는가?"

해월은 유시헌에게 물었다. 경전 간행은 쉽지 않은 일이었다. 돈이 많이 들었다. 그것이 20여 년이 흐르도록 경전이 간행하지 못한 주된 이유였다. 험난한 세월, 언제 붙잡힐지도 모르는 아슬아슬한 피난살이 속에서도 해월은 경전 보따리만은 가지고 다녔다. 틈만 나면 간행하겠다고 다짐했다.

"현재까지 170금에 41민입니다. 상주 접주 윤성하가 40금, 인제 접에서 130금, 청송 접에서 6민, 그리고 우리 정선 접에서 35민이 걷혔습니다."[16]

유시헌이 걷힌 돈을 보고했다. 생각보다 많이 걷히지 않아 미안한 표정이었다. 정선에서 특히 많이 걷히지 못했다. 사가 가족을 이주시킬 때도, 제례 비용의 돈을 낼 때도 늘 앞장섰던 정선 도인들이었다. 사적 편찬에도 돈을 걸었기 때문에 더 내 달라고 말하기도 어려웠다. 다들 먹고살기에도 힘들다는 것을 훤히 알고 있었다.

"음, 170금이라."

해월은 오른손을 턱에 받치고 눈을 감은 채 깊은 생각에 잠겼다. 이것으로 몇 권의 경전을 간행할 수 있을 것인가?

"용시용활(用時用活)이라! 때에 맞게 행동하라 했으니 됐소! 이 정도면 경전 100여 부 정도 간행할 수 있는 돈이오. 수운 선생이 쓰신 한문 저작부터 간행합시다. 인제 접에 연락해 주시오. 나중에도 간행할 기회가 오지 않겠소?"

해월이 호탕하게 결론을 내리자 유시헌의 굳었던 표정이 풀렸다.

해월은 5월에 인제 갑둔리 김현수 집에 간행소를 설치했다. 김현수 집은 ㅁ자형 집으로 외부와 차단되어 있고, 집이 넓어서 많은 사람들이 역할 분담하여 일하는 데 불편함이 없었다. 인제 도인들은 의심을 사지 않도록 강원도 곳곳의 제재소에서 조금씩 사들인 목판을 김현수 집으로 옮겨 왔다. 그리고 판각을 새길 수 있도록 대패질로 매끈하게 다듬은 다음 일정한 크기로 잘랐다.

갑둔리에 경전 간행소가 설치되면서 김현수 집은 사람들로 북적거렸다. 헛간에서는 목판을 다듬는 대패 소리가 요란하고, 개울가에서는 여인네들이 빨래하고 음식 만드는 소리로 와자했다. 일의 효율성을 높이기 위해 참여자들을 크게 목판 만드는 사람, 인쇄하고 제책하는 사람으로 나누었다. 후자에 속한 사람들은 다시 글자를 교정하는 사람, 정서하는 사람, 목판에 새기는 사람 등으로 세분하였다.

하루 일이 끝나면 해월은 도인들에게 경전 내용을 설법했다. 경전 내용을 이해하고 각자의 마음을 되돌아봄으로써 하루빨리 동학의 도를 깨닫도록 하기 위해서였다.

"〈포덕문(布德文)〉은 동학이 후천 오만 년의 무극대도로서 이 땅에서 나타나게 된 내력을 소상히 밝힌 글입니다. 사람들은 계절이 바뀌는 것이나 비와 이슬의 혜택을 당연한 것으로 여깁니다. 그러나 사실은 한울님이 베푸시는 덕입니다. 이 덕을 알면 한울님이 내게 끼치는 덕이 얼마나 큰지 알게 되고, 부모와 스승의 은덕을 깨닫게 됩니다. 이 세상 만물은 한울님으로서 더불어 살고 있습니다. 곡식 한 알을 얻기 위해서는 햇빛, 바람, 이슬, 달빛, 흙, 지렁이, 농부 등 모두의 공덕이 필요합니다. 모든 존재는 연결되어 서로를 살립니다. 자연과 이웃의 덕을 알면 감사하는 마음이 저절로 듭니다. 그러면 이들을 위해 내가 무엇을 해야 할지 삶의 목표가 생기는 것이지요. 널리 덕을 펴고 돕는 생활을 하다 보면 결국 자신이 한울님임을 깨닫게 됩니다."

최인선은 낮과 밤이 저절로 바뀌는 줄로만 알았다. 햇빛이 비치고 비 내리는 것을 당연한 것으로 여겼다. 콩을 심고 감자를 심으면 저

스스로 크는 줄 알았다. 그러나 이 세상에 당연한 것은 아무것도 없었다. 해월 선생님에 의하면 모든 것이 다 한울님의 정성과 노력 덕분이었다. 감자를 심으면 해가 비추고, 빗물과 이슬이 내리고, 땅이 품어 주기에 자랄 수 있었다. 자신이 이렇게 살아 있는 것도 만 가지 곡식과 채소가 자신의 목숨을 내주었기에 가능한 일이었다.

글자 한 자 한 자를 새겨 가는 과정에서 듣는 해월 선생의 법설은 그 어느 때보다 마음속 깊은 곳까지 울림을 남겼다. 세상 이치가 환하게 깨달아지면서 마음이 절로 즐거워졌다.

유시헌은 교정을 맡았다. 이번 일에 참여하는 사람들 중에 한학 공부가 가장 깊은 사람이라고 모두가 공인하고 있었다. 유시헌은 경전 한 편 한 편을 세세히 읽어 가면서 흐름을 잡아 나갔다. 관례적으로 이미 순서는 잡혀 있었으나 이번 기회에 그것이 잘못된 것은 없는지 면밀히 검토해 나갔다. 또한 필사본마다 차이가 나는 글자와 빠지고 더해진 부분도 하나하나 대조하며 정본을 확정하는 것이 임무였다. 그중에서 이해하기 어려운 부분이 '불연기연'(不然其然)이었다. 지금 눈앞에 보이는 찔레나무의 잎사귀며 꽃은 확실하다. 이것은 기연이다. 그러나 꽃의 향기며 흰 색깔은 어디에서 왔는가? 꽃나무를 자라게 한 씨앗은 맨 처음 어디에서 왔는가를 따지면 알 수 없게 되었다. 불연이다. 세상 만물은 기연과 불연으로 연결되어 있다. 북 가죽이 탱탱하되 그 안에 공간을 품고 있기에 소리가 깊게 울리지 않는가! 사람들은 대부분 북의 겉모습만 보고 가죽에 감싸인 공간을 보지 못한다. 눈에 보이는 세계만을 확실하다고 믿는다. '그렇고, 그렇지 않은' 이 두 세계를 함께 볼 수 있어야 바르게 전체를 보는 것이다.

유시헌은 해월을 만나 동학을 공부하면서 점점 자신의 날 선 모서리가 부드럽게 깎여 나가는 것을 느꼈다.

최인선은 경전 간행에 자신이 도울 수 있는 일이 무엇일까 찾아보았다. 여러 사람이 밥을 먹고 몇 달간 함께 일할 테니 밥하고 빨래하는 일 외에 도를 전하는 일도 할 수 있을 것 같았다.

틈틈이 최인선은 도인 부인들에게 동학에 대해 알려 주었다.

"우리 몸은 한울님을 모시는 사당이자 절이랍니다. 그러니 늘 자신의 내면에서 울려오는 말씀을 들을 수 있도록 경건하고 고요해야 합니다."

"한울님이란 우리가 아는 하느님이나 옥황상제와 다른 분이신가요?"

김현수의 부인 남씨가 물었다.

"우리가 부처님이라고 부르든, 부엌 부뚜막에서 손 비비며 부르는 조왕신이든 옥황상제든 다 한울님으로서 우리 안팎에 두루 있지요."

"어떻게 밖에도 있고 우리 안에도 있나요? 이해할 수 없네요."

"그렇지요. 처음에 저도 이해할 수가 없었어요. 그런데 해월 선생님의 말씀을 들어 보니, 한울님이란 숨을 들이쉬고 내쉴 때 들어오는 생명 기운과 같아요. 몸은 안팎의 신성한 기운이 드나드는 통로이고요."

"이 몸뚱이가 통로라는 말인가요? 그럼 나는 어디 있어요?"

신석현의 부인 김씨가 물었다.

"진정한 나는 우주 생명 기운을 알아차리는 마음이라고나 할까요? 이 기운이 들어와 있는 순간 살아 있지요. 그런 점에서 이 몸은 신성한 기운을 모시고, 늘 우주 기운과 접하게 해 주는 소중한 존재입니다. 그러나 이 육신만이 자신이라고 착각하고 집착하면 내 안에 모신 진정한 '참나'를 놓칠 수 있습니다. 우주 기운과 접하기 위해 우리는 순간마다 숨을 쉽니다. 저는 이 존재를 거대한 생명나무라고 부르고 싶어요. 우리는 그 나무에 매달린 작은 이파리이고요. 어떤 이파리도 혼자 살 수는 없어요. 내가 생명나무임을 깨달을 수만 있다면 삶은 달라질 거예요. 내 이파리 하나만을 생각하며 살기보다는 거대한 생명나무를 위해서 살게 될 겁니다. 그러나 이는 가문을 위하여 순종하는 부덕(婦德)과 같은 것은 아닙니다. 이파리들이 하나하나 건강하고 싱싱하여야만 나무 전체가 건강하고 잘 자란다는 걸 잊지 말아야 합니다."

최인선은 말을 마치고 물 한 모금을 마셨다.

"어떻게 하면 내가 한울님답게 살 수 있지요?"

"아침에 일어나 저녁에 잠자리에 들 때까지 일거수일투족에 늘 주문을 외워 이 생명 기운을 의식하고 존경해야지요. 배 속에 아이를 키우듯, 효자와 효부가 부모님을 봉양하듯 한울님을 모시고 살아야지요."

남씨가 앵두를 가져왔다. 그릇에 담긴 앵두의 선홍빛이 아름다웠다. 최인선은 앵두 하나를 집어 들었다.

"앵두 한 알 입에 넣어 보세요. 겉껍질을 혀로 굴려 보세요. 말랑말랑한 감촉이 느껴지지요? 이것을 느끼는 존재는 누구일까요? 여러분의 육신입니까? 여러분의 마음입니까?"

"내 혀이지요."

김씨가 앵두를 삼키며 대답했다.

"그러면 죽은 시신의 혀도 이 앵두 맛을 알까요?"

"그렇지는 않지요."

"앵두 맛을 보는 것은 이 육신이 아니라 마음입니다. 마음이야말로 모든 것을 알아차리는 존재, 바로 한울님입니다."

"설마요. 그럼 지금 이렇게 말하는 내가 한울님이란 말인가요?"

"주문에도 '시천주'라고 했지요. 우리는 한울님을 모시며 살고 있어요. 이렇게 말하고 듣는 존재가 한울님입니다. 그러니 내 마음을 소중히 여기고 잘 모셔야지요. 다만 지금의 내 마음은 한울님 마음의 그림자입니다. 거울 속의 내가 나이면서 내가 아니듯, 우리가 때로는 슬퍼하고 화내며, 욕심에 빠지고 사악한 생각도 품는 이 마음은 본래 한울님 마음의 그림자와 같은 것입니다. 본래 마음은 언제나 고요하고 평화로우나 거울에 먼지가 끼면 거울 속의 내가 흐리게 보이듯, 한울님 마음이 흐려지고 가려지면 그 실상이 제대로 드러나지 않게 됩니다. 욕심과 사심에 사로잡히는 순간 한울님의 존재는 비 오는 날 구름 속에 가려진 해처럼 숨어 버립니다. 우리가 늘 주문을 외워야 하는 이유입니다. 주문 공부란 내 마음의 거울에 앉은 먼지를 닦아 내는 일입니다. 이제는 앵두를 깨물어 보세요. 혀로 천천히 맛을 보세요. 햇빛 맛, 바람 맛, 이슬과 땅 맛이 느껴질 거예요. 그것이 바로 한울님이 맛보는 한울님 맛이에요."

최인선은 웃으며 말을 마쳤다.

드디어 경진년(1880) 6월 14일 『동경대전(東經大全)』 100부를 간행했다. 자신들이 간행한 경전을 바라보며 해월과 도인들은 감격스러워 서로의 손을 맞잡고 울고 웃었다. 갓 제본되어 나온 『동경대전』을 몇 번이고 쓰다듬으며 해월은 감탄하고 또 고마워했다. 해월은 제단에 『동경대전』을 올리고 나서 한울님께 심고하며 감사 기도를 올렸다.

"아, 한울님이시여. 드디어 『동경대전』을 간행했습니다. 수운 대선생 문집을 간행하려 뜻을 세운 지 오랜 세월이 지났습니다. 강시원과 여러 접의 도움으로 판각소를 인제군 갑둔리에 정하고 뜻한 대로 일을 마쳤습니다. 이제 수운 대선생의 도와 덕을 동시대 및 후세대까지 널리 펼 수 있게 되었습니다. 이 경전이 사람들 앞길을 밝게 비추어 주는 등불이 되기를 삼가 기원합니다."

"앞으로 우리 동학은 크게 발전할 것이오."

유시헌은 최인선에게 말했다.

"……."

"스물한 자 주문 낭송을 지극히 하면 누구나 수운 대선생처럼 도를 깨달을 수 있을 것이오."

"경전 글자마다 수운 대선생의 숨결이 깃들어 있겠네요."

"그렇소. 무엇보다 동학은 내 몸 밖의 신에게 복을 빌거나 죽음 이후의 행복을 기대하지 않소. 지금 여기 나와 함께 계시는 한울님을 잘 모시면 모든 것이 저절로 이루어질 것이오. 우리가 사는 현실에 행복한 세상을 만들 수 있어요."

"어떻게 말인가요?"

"무엇보다 먼저 자신을 믿고 공경하고 정성을 들이는 것이 중요해요. 경천(敬天)이 이루어지면, 경인(敬人)과 경물(敬物)은 저절로 이루어지게 될 것이오."

"경천이란 하늘을 공경하라는 뜻이 아니었던가요?"

"나도 처음에는 우주적인 하늘을 생각했소. 그런데 해월 선생님은 내 안에 한울님을 모시고 있다고 하셨소. 그러니 경천이란 곧 나 자신을 공경하는 것이지요."

"아, 그렇네요. 가장 중요한 것이 나 자신이군요."

"그렇소. 나 자신의 마음이야말로 한울님이기 때문이오."

최인선은 남편이 경전 간행을 도우면서 한 차원 높아졌음을 느꼈다. 그녀 또한 안에 계시다는 한울님 존재를 깊이 체험해 보고 싶었다. 그러려면 경전을 자주 읽고 주문 공부를 더욱 열심히 해야겠다고 생각했다. 어쩌면 그림을 새롭게 그리게 될 것 같은 예감이 들었다.

7. 혁명 전야

임진년(1892)에 해월은 공주의 충청 감영과 삼례의 전라 감영에 억울함을 호소하는 의송 단자를 제출토록 하였다. 계사년(1893) 정월에는 광화문에 박광호를 소수(疏首)로 내세워 임금께 직접 상소를 올려 대선생의 신원을 호소하였다. 좌도난정의 죄목으로 순도한 대선생을 신원한다는 것은 동학에 대한 금지와 탄압을 푸는 데 핵심적인 사안이었다. 그러나 임금님께 직접 호소하는 것으로도 답을 얻지 못하자, 해월은 마침내 그해 3월 보은에서 대집회를 직접 지도했다.

보은 집회 때 강원도에서 관동 대접주 이원팔, 홍천 대접주 차기석, 인제 대접주 김현수 등이 참여했다. 보은 집회에서 신원운동은 새로운 단계로 나아갔다. 본격적으로 '척왜양창의'(斥倭洋倡義)의 기치를 내건 것이다. 조정은 동학의 진면목을 알지 못했다. 왜와 서양의 핍박에 시달리느라 동학을 돌아볼 겨를이 없었다. 지방관들은 그런 조정의 형편을 이용하여 더욱더 동학 탄압에 열을 올렸다. 그들이 동학도 색출에 열을 올리는 것은 동학 세력의 성장을 막으려는 뜻도 있었지만, 당장 죗값을 받아 내고 동학도의 재산을 몰수하는 데서 얻어지는 이익이 쏠쏠하기 때문이었다.

보은 집회에 임금이 파견한 선유사 어윤중은 그나마 말이 통하는 사람이었다. 신분과 직분이 있는지라 겉으로는 무조건 해산을 종용하기는 했으나, 속으로는 동학의 이치와 내력이 명분 있음을 시인하는 듯한 태도를 보였다. 조정이 저런 사람들로 채워진다면 대선생의 신원과 동학의 복권은 물론이고 보국안민의 길이 크게 열릴 것이라 기대할 수 있었다. 그에 맞는 새로운 돌파구를 마련하는 것이 필요했다.

해월은 보은 집회 해산 후 아들 솔봉과 김연국을 대동하고 영남 지역을 순회하며 포덕을 했다. 그 순회길에서 솔봉이 병을 얻었다. 몇 달 후 옥천군 청산면 문바윗골로 이사한 뒤 시름시름 앓던 솔봉은 결국 죽고 말았다. 김씨 부인에게서 얻은 아들이었다. 도솔봉 정기를 받고 태어났다고 해서 솔봉으로 이름 지었던 아들이었다. 사람의 목숨이 이리도 허망한 것이었던가? 해월은 슬픔을 내색하지 않았다. 생사는 하나라고 하던 수운 스승의 말을 생각했다. 수운 스승님은 우주 삼라만상이 혼원한 기운일 뿐이라 하셨다. 눈에 보이는 것도 알고 보면 잠시 그렇게 보일 뿐이었다. 그러니 어느 한 형태에 집착하는 것은 어리석음이라고 스스로 위로했다. 그러나 해월도 아비였다. '자식이 죽으면 부모의 가슴에 묻는다.'는 말을 실감했다. 그럼에도 불구하고 아침부터 저녁까지 조용히 앉아 솔봉의 성령을 위해 기도할 겨를이 없었다. 보은 집회 이후 급하게 처리해야 할 일들이 많아졌다. 정세가 빠르게 바뀌고 있었다. 보은 장내리에 설치했던 대도소가 관의 지목으로 폐쇄되자, 해월은 충북 옥천군 청산 문암리에 임시 대도소를 다시 열었다. 그렇게 계사년(1893)이 흘러갔다.

강릉 관아 점령

공주, 삼례, 광화문, 보은으로 이어지며 교조신원운동의 규모와 내용이 갈수록 커졌다. 갑오년(1894)에 들어서자마자 전라도 고부 접주 전봉준이 고부 군수를 쫓아낸 일로 접의 분위기가 긴박하게 돌아갔다. 각 지역의 동학도들은 더 이상 민회라는 온건한 방법으로 대선생의 신원과 동학 해금을 이룰 수 없다고 보고 실력 행사를 벌여야 한다는 여론이 들끓었다. 법헌 해월 선생이 은밀히 대규모 기포를 준비하라는 지시를 내렸다는 소식도 들려왔다.

그러나 억눌렸던 동학도들의 분출은 해월 선생이 생각한 것보다 훨씬 빨리 그리고 대규모로 시작됐다. 충청도 도인들이 연산에서 기포하고, 뒤이어 고창에서는 손화중, 김개남 등 대접주들이 전봉준을 앞세워 대대적으로 기포하였다. 이제 동학 도인들은 군율을 정하여 그에 따르는 혁명군으로 거듭났다. 동학군들은 관군과 보부상 부대를 격파하고 전라도 일대를 동학 세상으로 만들더니 급기야 전주성을 점령하고 정부와 타협을 시도하기에 이르렀다. 동학에서 시작된 거대한 물결이 전국을 소용돌이 속으로 몰아가고 있었다.

조정에서 허겁지겁 청나라에 도움을 요청하자 곧바로 일본군도 따라 들어왔다. 조선에서의 주도권을 놓고 먼저 저희들끼리 싸웠다. 서해 앞바다와 충청도 서해안 그리고 평안도 이북 지역은 일순간 청나라와 일본군의 전쟁터로 변하고 말았다. 그런데 뜻밖에도 일본군이 싸움에서 계속 승리하여 청나라 군대를 국경 밖으로 밀어내고 조선의 정치와 외교에 간섭하기 시작하였다. 그들의 주장은 조선의 정치를 문명한 나라처럼 개혁하는 것과 동학당의 반란을 진압하겠다는 것이었다. 결국 울며 겨자 먹기로 조선 조정은 갑오개혁에 착수하는 한편, 일본군에게 동학 비도들을 소탕해 달라는 요청을 하기에 이르렀다.

최인선은 남편으로부터 급박하게 돌아가는 정치 형편을 전해 들으며 일이 정점으로 치닫고 있음을 직감했다. 일본군을 앞세운 관군과의 싸움이 눈앞으로 다가오고 있었다. 이것은 어쩌면 동학에 발을 들여놓는 순간부터 이미 예정되어 있던 길인지도 몰랐다. 보국안민을 위해서나, 내 안에 모신 한울님을 공경하며 살 수 있는 새로운 풍속을 만들기 위해서는 낡은 것과의 한판 싸움은 피할 수 없을 터였다. 이 부딪침이 필연적으로 불길을 치솟게 하리라. 일개 양반조차도 동학의 정신이 반상의 법도를 어기는 일이라 하여 팔을 걷어붙이고 배척하며 지목하기를 일삼았다. 하물며 성리학의 고리타분한 더께가 한 자쯤은 쌓여 있는 조선에서 동학이 기지개를 켜자면, 이만한 일을 겪지 않을 수가 없을 터였다.

이대로는 더 이상 살 수 없는 조선의 백성들을 위해서라도 동학이 나서야 할 때가 되었다는 생각이 들었다. 백성들은 오래전부터 이미 군정과 전정 그리고 환곡 때문에 양반과 관아의 횡포에 주리를 틀린 형국이었다. 마치 백성들을 화수분으로 생각하는지 양반 지주와 관에서는 끊임없이 명목을 만들어 세금이며 갖가지 비용을 부과하였다. 그런 와중에 일본 상인들이 전라도에서 평안도에 이르는 곡창지대의 쌀을 있는 대로 사들여 자기네 나라로 실어 가는 바람에 곡창지대일수록 쌀값이 폭등하고 굶어 죽어 가는 사람들이 길거리에 즐비하다는 소문이 무성했다. 몇 년 전 정선과 인제에서도 군수의 가혹한 탄압과 착취로 민란이 일어났다.

정말로 개벽 세상이 오려나? 먹구름이 몰려오고 있다는 느낌에 최인선은 그림 그리기에 집중이 되지 않았다. 해월 선생님을 못 뵌 지 20여 년이 흘렀다. 그 사이 두 아들을 더 얻었고, 택종과 학종은 장성하여 혼인을 하였다. 최인선의 머리 위에도 어느덧 허옇게 서리가 내리고, 세상을 바라보는 눈에 여유로움과 따스함이 내보였다. 며칠 전에 며느리들과 뙤약볕에서 콩밭 매기를 끝냈다. 강원도에는 화전을 일구는 농민들이 많아 이웃끼리 품앗이하기가 쉽지 않았다. 어쩔 수 없이 가족끼리 일할 수밖에 없었다. 다행히 손이 늘어나자 농사일이 한결 느슨해졌다.

동학 수행을 통해 최인선은 사물의 뒷면을 볼 수 있게 되었다. 수시로 바뀌는 겉모습에도 불구하고 밑바탕에 깔린 마음은 하나였다. 기운이 뭉친 형상들을 언제나 맑은 하늘이 감싸고 있었다.

잠시 한숨 돌리는 여유가 생기자, 최인선은 해월의 말을 적은 한지 위에 풀과 곤충을 그려 놓고 바라보았다. 20여 년 그려 온 그녀의 그림은 자기 마음의 풍경이었다. 풀 한 포기에도 깃들어 있는 한울님의 웃는 얼굴을 표현하기 위해 신라 기와인 얼굴무늬 수막새와 서산 마애불의 웃는 얼굴을 그려 보았다. 내면에서 우러나온 가장 아름다운 미소를 그리고 싶었다. 그러다 다시 최인선은 불안한 마음이 들었다. 요즘 돌아가는 상황이 예사롭지 않았다. 앞으로 과연 개벽 세상이 되어 누구나 자유롭게 살 날이 올까, 아니면 헛된 꿈으로 끝나게 될까? 그녀의 마음에 잡념이 떠올랐다.

유시헌이 밖에서 급하게 들어왔다. 상투에 감싸인 머리가 희끗희끗했다. 그런데도 여전히 기운이 넘쳐 활달했다.

"드디어 일이 시작되었소. 강원도에서도 기포하기로 하였소. 나라와 백성을 위하고, 탐관오리와 왜놈을 물리치기 위해 우리 도인들이 뭉치기 시작한 것이오."

최인선은 붓을 놓고 벌떡 일어났다.

"지난 유월에 일본군들이 경복궁을 점령하였소. 폐하와 민 중전을 볼모로 삼아 조선의 정치제도를 근대화한다는 명분을 내세워 친일

세력으로 모두 개편하였소."

"어째서 일본은 우리 조선을 못 잡아먹어서 안달일까요? 그동안 조선은 일본에 은혜를 베풀어 온 나라가 아닙니까?"

"그러게 말이오. 왜놈들은 강제로 김홍집(金弘集)을 중심으로 친일 정권을 만들었다고 하오. 청나라와의 관계를 단절한 것은 시작에 불과하고 아마도 곧 동학군을 토벌하겠다고 나설 모양이오. 이제 우리 도인들은 부패 조정 관료뿐만 아니라 왜놈과도 싸워야 할 것 같소."

"동학에 대해서는 그토록 강경하던 조정이 일본군 앞에서는 이처럼 무기력했단 말입니까?"

최인선이 노기 어린 목소리로 대꾸했다.

"각 도 감영과 조정은 벌써 수없이 우리를 속였소. 의송을 제출할 때마다 탄압하지 않겠다고 약속해 놓고 지키지 않았소. 이제 백성은 조정의 말을 믿지 못하오. 더구나 일본군까지 들어오지 않았소. 경상도에서는 일본군이 경복궁을 점령하였을 때부터 기포를 시작하였소. 전라도와 충청도 도인들도 오는 9월에 2차 봉기를 하려고 준비한다 하오. 해월 선생님께서 곧 전국 동학도들에게 일제히 기포하라는 명을 내릴 것 같소. 그러니 지금부터 준비를 해야겠소."

"과연 얼마나 많은 사람이 호응해 줄까요?"

"당할 때로 당해온 백성들은 곪아서 터질 날만 기다리고 있소. 그들의 마음은 이미 조정에서 떠났소. 앞에서 이끌어 줄 사람만 있으면 언제든지 일어날 준비가 되어 있소."

"관군이나 일본군과 맞설 무기도 없이 괜히 숫자만 믿고 일어났다가 크게 낭패를 겪는 건 아닐까요?"

"사람은 일을 도모할 뿐 일을 이루는 것은 하늘에 달렸다는 옛말도 있지 않소. 지난 몇 년 동안 민회를 거듭하여 열면서 이 나라가 임금의 나라, 양반의 나라가 아니라 바로 우리 백성의 나라임을 깨닫는 사람들이 점점 늘어났소. 수운 스승님께서 동학이 보국안민의 도라고 하신 뜻이 바로 여기에 있다는 걸 나는 이번 일로 알게 되었소. 이번 거사는 그 깨달음을 증명하는 일이오. 우리는 이길 것이오. 설령 싸우다 죽는다 한들 그 사실은 달라지지 않소. 우리는 하늘 마음을 품은 한 인간임을 깨우쳤기 때문이오. 백성이 한꺼번에 일어나면 관아나 조정에서도 그 힘이 얼마나 무서운지 알게 될 것이오."

"서두르지 말고 해월 선생님 기포령이 내릴 때까지 좀 더 기다리는 것이 좋지 않을까요?"

"아니오. 이미 늦었는지도 모르오. 지금 저잣거리에는 이상한 민요가 퍼지고 있소."

"무슨 노래인데요?"

"가보세 가보세, 을미적 을미적, 병신 되면 못 가리.' 이것이 무슨 뜻 같소? 지금이 갑오년이니 빨리 일어나지 않고 미적거리다가는 아무것도 못한다는 예언적인 노래가 아니오! 지금 빨리 사람들을 불러 모아야겠소. 우선 이 지역 관아부터 점령해서 무기를 확보하고, 문란해진 정치를 바로잡아 백성들에게 새로운 정치가 무엇인지를 보여

주어야 하오. 정선에서 싸울 수 있는 인물들을 찾아보아야겠소. 부
인…."

".......".

최인선의 얼굴에 걱정스러운 빛이 떠올랐다. 이럴 때 해월 선생이
계셨으면 했다. 해월 선생은 충청도의 대도소에서 전국의 도인들을
지휘하고 있었다.

"스승님의 가르침으로 내가 한울님을 모신 고귀한 사람임을 알게
되었을 때, 더 이상 두려움은 남아 있지 않게 되었소. …걱정하지 마
시오. 잘될게요."

잠시 유시헌의 눈길이 최인선의 얼굴에 머물렀다.

남편 유시헌이 황급히 밖으로 나갔다. 최인선은 거부할 수 없는 거
대한 물살이 밀려들고 있다고 느꼈다. 이 물살에서 자신의 가족은 비
껴갈 수 있을까? 갑자기 한기가 든 듯 온몸이 떨려 왔다.

유시헌이 밖으로 나도는 사이 집에서도 다시 한바탕 난리가 일어
났다. 장남 택종을 비롯한 아들들이 모두 거사에 참여하겠다고 나섰
다. 최인선은 그 일만은 허락할 수 없다고 단호히 막고 나섰다. 그러
나 아들들의 의지 또한 완강했다.

"이번에는 전국 모든 도인들이 한꺼번에 일어난다고 합니다. 해월
선생님도 기포 명령을 내릴 것이라 하고요. 누구보다 아버님이 앞장
서지 않았습니까? 아버님을 홀로 사지로 보내드릴 수는 없습니다.

저희는 아버님을 보필하는 데 집중할 것이니 염려 마십시오."

최인선은 생사의 구별이 없음을 알면서도, 자신의 아들들이 다치기를 원치 않았다. 싸우지 않고 모두가 사이좋게 살아가지 못하는 세상이 안타까웠다.

갑오년(1894) 9월 3일이었다. 구름 사이로 드러난 파란 하늘빛에 가슴이 탁 트였다. 구름에서 벗어난 하늘빛이 한울님 모습이려니 생각했다. 유시헌은 발에 감발을 치고 두루마기를 입고 대창을 들었다. 최인선이 아들들을 설득했다. 다른 아들들은 말을 듣는데, 둘째 아들은 끝까지 고집을 꺾지 않았다.

"학종아, 네 안사람을 놔두고, 함부로 나서지 마라."

최인선이 안타까운 마음으로 말렸다.

"어머니, 형님과 이미 의논을 마쳤습니다. 어머님과 집안 식구들은 형님이 책임지고 지켜 나갈 것입니다. 저도 어엿한 사나이입니다. 또한 동학을 공부하는 도인입니다. 나라를 위하고 백성을 편안케 하는 이번 싸움에서 꼭 이기고 뜻을 이룰 것입니다."

"한울님은 사람을 해치는 것을 좋아하지 않으신다."

"알고 있습니다. 또한 부당하게 억눌리는 것도, 굶주리는 것도 싫어하시지요. 더럽혀지고 허물어지고 비굴한 것 또한 좋아하시지 않을 겁니다. 저는 그런 한울님을 위하고 모시는 길에 나서는 것입니다."

최인선은 학종의 대답에 가슴이 떨렸다.

"수많은 사람들이 죽어 나가는 싸움터로 나가는 것이다."

"제가 죽기라도 할까 봐 걱정하십니까?"

자식이라도 부모 뜻대로 할 수 없었다. 학종은 유시헌의 만류에도 아랑곳하지 않고 제 뜻을 내세웠다. 유시헌도 마침내 그 뜻을 받아들이기로 했다.

"택종이 네가 이제는 이 집안의 기둥이다. 어머니와 안사람 그리고 동생들 잘 보살펴거라."

유시헌이 큰아들의 어깨를 감싸면서 말했다. 최인선의 참았던 눈물이 볼을 타고 흘러내렸다. '아, 이것이 진리를 깨달은 대가란 말인가.'

기포하여 편제를 마친 각 접의 도인들은 이제 어엿한 동학군으로 거듭나고 있었다. 모로치를 넘어온 동학군들이 평창 장터에 모여들었다. '보국안민', '척왜양창의'라 쓴 깃발이 파란 하늘 아래에서 펄럭였다. 영월·평창·정선·원주·충북 제천 등 각 접을 나타내는 깃발들이 사람 키의 두세 배는 되어 보이는 기다란 대나무에 묶여 나부꼈다. 동학군 함성이 깃발을 흔드는 것 같았다. 동학군은 머리에 흰 수건을 동여매고 대창을 들고 긴장된 표정으로 질서 정연하게 자기 접의 깃발 아래 서 있었다. 강원 남부 지역 동학군이었다. 2천여 명은 되어 보였다. 성두환이 이끌고 온 충북 제천·충주 지역 동학군도 참여했다.[17] 무엇보다 든든한 것은 영월·평창·정선의 포수 10여 명이 사냥할 때 쓰던 화승총을 들고 합류한 점이다. 화승총 부대가 앞장을 섰다. 사냥꾼 복장에 총구를 위로 세워 왼쪽 겨드랑이에 총신을 붙이고 서 있는 모습이 늠름했다. 몇 사람은 칼, 쇠창, 쇠스랑을 들고 있으나, 대부분의 동학군들은 대창을 들었다. 그들의 등허리에는 짚신이 매달려 걸을 때마다 달강달강 흔들렸다. 긴장을 풀기 위해 옆 사람과 말을 하는 도인들 중에는 병든 부모와 어린 자식만 남겨 두고 가냐며 붙잡는 안식구와 한바탕 싸우고 나왔다는 도인도 있었다. 도인 대부분은 비장한 표정으로 대창을 어깨 위로 세우고 동학 주문을 외우고 있었다.

며칠 전 각 지역 접주 회합에서 부대 편제를 할 때 총대장에 추대된 유시헌이 동학군 앞으로 나갔다. 높은 단으로 올라가니, 수천 개의 시선이 그에게로 쏠렸다.

"여러분, 우리는 드디어 일어섰습니다. 지금까지 우리는 관으로부터 온갖 핍박을 당하면서도, 흔들림 없이 정성을 다해 오로지 바른 마음으로 살아왔습니다. 도인의 기품을 잃지 않는 것만이 우리 자신과 도의 장래를 위하는 길이라 믿었기 때문입니다. 오랫동안 지하에서 신음하던 우리 동학은 다행히 운이 돌아와 온 세상 사람들 앞에 우뚝 서게 되었습니다. 올봄에는 마침내 의로운 깃발을 들어 혁명을 시작하였습니다. 이 나라를 바로 세우고 눈물 흘리는 백성을 돕기 위해서입니다. 마침내 전라도 전역에서는 집강소가 설치되어 폐정을 개혁하고 백성들의 원한을 씻어 주는 바른 정치를 시작했습니다. 그러나 불충 불효하는 조정의 무능한 간신배들은 우리를 오히려 비도로 지목하고 외국의 군대를 불러들여 이 나라 강토를 더럽히고 있습니다. 저들은 일본군을 등에 업고 우리를 향하여 총구를 들이대고 있습니다. 우리는 드디어 일어섰습니다. 저 무도한 일본군을 이 땅에서 몰아내기 위해서, 어지러운 나라의 정치를 바로 세우기 위해서입니다. 이것은 한울님을 바로 모시는 길이며, 우리가 염원하는 새로운 세상을 여는 길입니다."

"싸웁시다!"

"일어납시다!"

거대한 함성이 땅 위에 넘치고 하늘로 퍼져 나갔다.

"백성은 나라의 근본입니다. 일본, 청국은 이권을 차지하기 위해 이 나라를 짓밟고 있습니다. 정신을 못 차린 궁중에서는 사리사욕으로 매관매직을 일삼고, 지방 관리들은 삼정을 이용해서 백성을 수탈하고 있습니다. 이런 잘못된 제도를 바로잡읍시다. 우리는 먼저 강릉 관아를 점령하고, 우리의 뜻을 펼쳐 나갈 것입니다."

다시 동학군의 함성이 하늘과 땅 사이를 가득 메웠다. 그다음 싸움 경험이 많은 성두환이 앞으로 나왔다.

"출발하기 전에 우리 동학군이 지켜야 할 사항을 말씀드리겠습니다.

첫째, 관아를 점령하면 가장 먼저 군기창을 접수하고, 부패한 관리들을 징치하며, 삼정을 개혁할 것입니다. 여러분에게 군율로서 다음 사항을 엄수할 것을 명령하겠습니다. 첫째, 사사로이 남의 물건을 취하거나 훼손하지 말아야 합니다. 둘째, 백성을 괴롭힌 탐관오리를 벌할 것이니, 개인적인 보복으로 사람을 함부로 해치지 말아야 합니다. 셋째, 우리는 백성을 위해서 일어난 의병입니다. 결단코 무고한 백성에게 피해를 주지 말아야 합니다. 이러한 군율을 어길 시에는 추호도 인정을 베풀지 않고 처벌할 것입니다. 한울님 마음으로 백성과 나라를 위해 다 같이 힘껏 싸웁시다."

"동학군 만세!"

성두환이 공손하면서도 위엄 있게 말하자 동학군은 우렁차게 함성을 내질렀다.

"아무렴, 우리는 의로운 농민군이여. 정의로운 세상을 만들기 위해 싸우는 것이지."

도인들 얼굴마다 자부심으로 빛났다. 사람답게 살 수 있는 세상을 만들기 위해 일어선 자신이 대견스러웠다.

동학군은 강릉 관아를 점령하기 위해 대관령 고갯길을 넘었다. 13자 주문을 외우면서 걸었다. 대관령은 백두대간을 가로지르며 영동과 영서를 이어 주는 교통의 통로였다. 아흔아홉 굽이 대관령 길은 동해안의 특산물을 보부상들이 지고 넘는 살림의 길이고, 선비들이 청운의 뜻을 품고 한양으로 가는 꿈의 길이었다. 9월의 대관령 길에는 떡갈나무와 신갈나무 잎들이 주황색과 갈색으로 변하고 있었다.

이미 땅에도 낙엽이 수북했다. 사람도 마지막은 이렇게 떨어져 흙으로 돌아가고 말 것을, 왜 그리도 욕심을 부린단 말인가! 어쨌든 곪은 상처는 밖으로 터져야 아무는 법, 이제는 가만히 당하고 있지만은 않을 것이다.

대관령을 넘어 구산역에 도착했을 때는 벌써 해가 지고 있었다. 하룻밤 묵기로 했다. 성두환이 안내를 했다.

"오늘 밤은 이곳에서 자고, 내일 아침 묘시(아침 5~7시)에 출발하겠습니다. 시간을 엄수하시기 바랍니다."

친척이 있는 사람들은 마을 민가로 들어갔으나, 대부분은 역에서 머물렀다. 역졸들은 동학군이 몰려오자 도망쳐 버렸다. 마구간에 말은 보이지 않았다.

유시헌은 접주들과 내일 일을 상의하고 나서, 저녁을 먹기 위해 학종을 찾았으나 보이지 않았다. 마을 구경을 갔거나, 보초를 서고 있을 것이다. 구산 역사에 앉아 부인이 싸 준 감자떡을 펼쳤다. 도인들도 각기 싸 온 밥을 꺼냈다. 유시헌은 옆에 앉은 건장한 도인에게 감자떡을 권했다.

"고맙습니다. 저도 주먹밥을 싸 왔습니다."

그는 보자기를 펼쳤다. 조밥에 김치와 산나물을 섞어 뭉친 주먹밥 한 개를 내밀었다.

"저는 원주에 사는 이종태(李鍾泰)라고 합니다."

그가 자기소개를 했다.

"고맙습니다. 저는 정선에 사는 유시헌이라고 합니다."

"예, 알고 있습니다. 유 대장님을 모르는 사람이 없습니다."

"미천한 제가 이름만 널리 퍼뜨렸군요."

"우리 강원도에서 동학을 키운 사람이 누구입니까? 바로 유시헌 대장님 아닙니까? 해월 선생님의 적조암 49일 기도 때도 도와주고, 무은담에서 개접례도 열고, 『동경대전』 간행에도 힘써 주시고…."

"운이 돌아와 일이 이루어지는 자리에 제가 함께했을 뿐입니다. 이제 그 이야기는 그만하고, 이 도인 이야기나 해 주십시오."

"저는 원주 부론면이 고향입니다. 우리 집은 조부님 때부터 동학 도인이 되었습니다. 전답이 있어도 관아 서리들이 갖가지 세금으로 뜯어 가는 통에 그동안 많이 힘들었지요. 이번에 강릉 관아를 점령하러 간다길래 만사 제쳐 놓고 왔습니다."

"그러셨군요. 원주에서는 이번에 몇 명이나 참가했습니까?"

"이화경과 임순화(林淳化) 등 300여 명 됩니다."

"많이 참석했군요."

"원주는 일찍부터 동학이 시작된 곳이라 동학 도인들이 많습니다. 앞으로도 더 늘어나리라 생각합니다."

"내일 거사를 위해 편히 쉬기 바랍니다."

"대장님도 잘 주무십시오."

조금 전에 잠자리에 든 것 같은데 주변이 소란스러웠다. 유시헌은 눈을 떴다. 아직 날이 밝지도 않았다. 사람들은 벌써 자리 정리를 하고 떠날 채비를 하고 있었다. 어둑새벽부터 일하던 습관이 몸에 밴 사람들이었다. 더구나 아침밥도 없으니 할 일도 없었다. 출발 시간이 되자 다들 질서를 지키며 강릉 관아를 향해 걸었다. 새벽안개가 걷히면서 강릉 관아가 한눈에 보였다.

잔뜩 긴장한 것과는 달리 관아는 텅 비어 있었다. 동학군이 몰려온다는 소식을 듣고 관졸들이 벌써 도망가 버렸다. 폐정의 책임을 묻지 못한 것이 아쉬웠으나, 싸우지 않고 승리를 거둔 것은 그만큼의 성과였다. 동학군의 함성이 강릉 읍내를 진동시켰다. 이렇게도 쉽게 강릉 관아를 점령했다는 사실이 믿기지 않았다. 처음에는 어리둥절해 있다가, 누군가 만세를 부르자 모두 목청을 높여 만세를 불렀다. 태어나서 처음으로 마음껏 외쳐 보았다.

유시헌은 동학군에게 몇 가지 할 일을 말해 주었다.

"우리는 힘들이지 않고 관아를 점령했습니다. 그렇다고 마냥 기뻐할 때는 아닙니다. 먼저 관아에 있는 곡식으로 아침을 지어 먹고 나서, 삼정의 폐단을 시정하는 정책을 논의합시다."

"와~!"

기쁨의 함성이 터져 나왔다.

"다시 한 번 당부하거니와, 민심을 거슬러서는 안 됩니다. 그러기 위해서 여러분은 질서를 지켜 주십시오. 함부로 물건을 부수거나 인명을 해쳐서도 안 됩니다. 각 지역 접주를 중심으로 상의해서 일을 처리하시기 바랍니다. 오늘 밤부터 잠은 강릉 관아 객사와 인근의 점막에서 자도록 하십시오. 지금 각 접주는 동헌에 모여 주기 바랍니다."

관아 객사에 임시로 마련된 도소에서 회의를 마친 유시헌은 '삼정의 폐단을 뜯어고치고 보국안민을 이룩한다'는 방을 동헌 동문에 걸었다. 비로소 관아를 점령한 사실이 실감 났다. 접·포별로 관내를 순행하며 민폐를 일으키지 않도록 당부하는 일과 읍민들의 억울한 사정을 청취하는 일, 부패한 횡포 양반 지주들을 잡아들여 벌 주는 일, 음식이며 의복 등 동학군의 군장과 군비를 수습하는 일, 관군의 기밀 조사 및 연락을 책임지는 일 등 각각 업무 담당자를 정했다. 그 외에도 지도부를 정해 이들을 다시 관리했다.

그날 늦은 밤에 진사 박재호(朴在浩)가 동학도와 농민으로 구성된 1천여 명을 이끌고 와 합류했다. 그는 이곳에 오기 전에 차기석(車箕錫)에게 강릉 관아를 함께 공격하자고 설득하느라 늦었다고 했다. 차기석은 준비를 좀 더 철저히 하면서 해월의 기포 명령을 기다린다고 했다. 끝내 강릉 관아 공격에 가담하는 건 거절했다. 한편 봉평면에서는 차기석의 영향 아래 있는 사람들이 집집이 돌아다니며 좁쌀 여섯 말, 미투리 한 쌍씩 거둬들이며 전투를 준비한다고 전해 주었다.

사흘이 빠르게 지나갔다. 각 지역 접주를 중심으로 삼정의 폐단을 고쳐 나갔다. 옥에 갇혔던 사람들 사정을 들었다. 대부분 지나치게 많은 세금을 제때 못 냈다고 들어온 사람들이었다. 이들을 모두 방면하였으나 대부분은 동학군에 합류하여 머물렀다. 이들의 가족들이 멀리에서 찾아왔다. 창고에 쌓인 곡식으로 밥을 지어 나누어 주자, 그들도 강릉 관아 근처에 머물렀다. 동학군들은 힘을 모아 아예 관아 옆에 천막을 쳐 주었다. 또 한편에서는 전답 문서를 살펴 세금을 삭감하고, 악덕 지주의 토지와 재산, 전답 문서를 몰수했다. 그리고 읍내를 샅샅이 뒤져 그동안 백성들의 원성이 자자했던 서리들을 찾아내서 죄를 다스렸다. 일부는 곤장을 쳤으며, 일부는 돈과 곡식으로 물어내도록 했다. 일반 백성들이 송사를 해결해 달라고 몰려와 새벽부터 밤중까지 일을 처리했다. 그래도 피곤한 줄 모르고 신나게 일했다.

그러자 너도나도 동학군이 되겠다고 찾아왔다. 도소에서는 이들을 심사하여 받아들였다.

그러나 이 지역 최대의 골칫거리는 영동의 이름난 지주이자 강원 지역 보수 유림 대표인 강릉 선교장의 이회원(李會源)이었다. 그를 붙잡아 죄상을 밝히는 것이 기포의 대의를 살리는 정점이 될 것이다. 그에 대한 여론이 끓어오르고 있었다.

그날 저녁 그림자 하나가 급히 선교장으로 찾아들었다. 아전 정 씨였다. 그는 이회원에게 오늘 낮에 동학군이 떠들던 말을 보고했다.

"그래, 그 오살할 동비들이 강릉 관아를 차지하고도 모자라 이 선교장을 치러 온다는 말이지?"

이회원은 눈이 매섭고 입술이 얇으며 수염이 염소 꼬랑지처럼 짧게 났다. 이회원은 수염을 푸르르 떨며 이를 갈았다.

"그렇습니다. 곧 들이닥칠 것 같습니다."

파랗게 질린 얼굴로 정 아전이 알렸다.

"어떻게 하면 좋겠는가?"

"글쎄요…."

이회원은 급히 아전 최희민을 부르러 보냈다. 어려운 문제가 생길 때마다 상의하던 약삭빠른 아전이었다. 무엇보다 이 지역의 대성(大姓)인 최씨 집안에 큰 영향력을 가진 자로서, 동학군을 치기 위한 민보군을 조직하는 데 앞장설 만한 인물이었다. 숨죽이며 추이를 지켜보고 있던 최희민이 달려왔다.

"우선 동비들이 의심하지 못하도록 잠시 달래 놓아야 할 것 같습니다."

"어떻게 말인가?"

"음식이나 선물을 보낸다든가 하는 걸로 말입니다."

"그렇지. 우선 그들이 좋아하는 걸로 보내야겠군. 평생 굶주리며 살았을 테니 쌀과 돈을 보내야겠어. 자네가 이 일을 맡아 주게. 그리고 정 아전은 동비를 칠 수 있는 젊은이들을 급히 모아 보게. 돈은 얼마든지 주겠다고 하고. 내가 돈은 댐세."

"알겠습니다."

그는 어둠 속으로 급히 사라졌다.

강릉 선교장

다음 날, 최희민과 강릉 유생 네 사람이 강릉 관아에 찾아왔다. 이회원이 보냈다며 동학군이 먹을 양식으로 백미 100섬과 돈 300꾸러미를 가져왔다.[18] 동헌 마당에 쌓인 쌀가마니를 본 동학군들의 입이 떡 벌어졌다. 이렇게 많은 쌀은 태어나서 처음 보았다. 그들은 기쁨의 환호성을 질렀다. 동학군의 커진 힘에 우쭐해졌다. 교만한 선교장 이회원이 동학군에게 돈과 곡식을 보냈다. 더 무서울 것이 없었다. 세상이 비로소 제대로 돌아가는 것 같았다.

유시헌은 아무래도 선물이 꺼림칙했다. 단순히 선교장을 쳐들어가겠다는 말에 겁을 낸 것일까? 이회원은 그럴 인물이 아니었다. 무엇인가가 있었다. 이 선물을 돌려보내자고 다른 접주들과 상의했지만, 다들 대수롭지 않게 웃어넘겼다.

"드디어 선교장 이회원도 우리 앞에 무릎을 꿇는 겝니다. 3천 명이 넘는 동학군이 한꺼번에 들이닥치는 상상만 해도 간담이 서늘했을 겝니다."

이치택이 큰소리를 쳤지만, 아무리 생각해도 이회원의 저의를 알 수 없어 유시헌은 답답했다. 저녁부터 비가 엄청 쏟아졌다.

잠시 숙소로 돌아와 눈을 붙였는가 싶었는데, 곧 총성과 비명, 뒤엉킨 아우성으로 인해 잠에서 깼다.

"관군이다!"

"기습이다!"

비명과 고함 소리 속에서 가닥이 잡히는 말은 그 두 마디였다.

그는 창을 집어 들고 밖으로 뛰어나갔다. 며칠 전에 성두환 접주가 갖다 준 쇠창이었다. 젊은이 한 명이 몽둥이를 들고 달려들었다. 민보군! 그가 긴 창으로 몽둥이를 걷어 냈다. 그가 창으로 찌를 듯이 위협하자 민보군은 도망쳐 버렸다. 그러나 유시헌은 관사로 들어서지도 못하고 발길을 돌렸다. 이미 전열은 흩어져 버렸다. 모두들 달아나기에 급급했다. 뒷문을 통해 관사를 빠져 나오자, 산 쪽으로 이미 수백 명의 동학군들이 올라붙어 있었다. 동학군들은 미처 대응하지도 못하고 쫓기는 중이었다. 민보군인지 관군인지 동학군을 뒤쫓는 무리는 삼면에서 총성을 울리며 다가들고 있었다.

강릉을 벗어나자 다행히 더 이상 뒤쫓는 기미가 보이지 않았다. 비를 맞으며 다시 대관령을 넘었다. 밤새 고개를 넘는 동안 산지사방 흩어졌던 동학군들이 하나둘씩 모여들었다. 동학군들을 수습하기 시작했다. 새벽에 인원을 점검해 보니 1천 명이 되지 않았다. 날이 밝으면 더 많은 사람들을 수습할 수는 있을 테지만, 우선은 저들의 전력을 알 수 없으니 되도록 먼 곳으로 이동해야 했다. 1천 명의 동학군은 빈손인 경우가 많았다. 대부분 무기를 숙소에 둔 채 몸만 빠져나왔거나, 산길을 걷는 동안 버렸다는 것이다. 그런데 학종이 보이지 않았다. 하늘이 무너지는 듯하였으나 내색할 수는 없었다.

날이 밝는 대로 평창으로 이동했다. 다행히 점심때쯤에 학종이 나타났다. 몰골이 말이 아니었다. 유시헌을 본 학종은 말없이 눈물만 흘렸다. 모든 사람이 한울님인데, 아직도 가족을 먼저 챙기는 것은 옳지 않다고 유시헌은 생각했다. 그러나 마음이 먼저 자식을 챙기니 머리와 가슴이 다른 이 상황을 무어라고 설명해야 할지 몰랐다.

강릉 관아를 급습한 부대는 이회원이 모집한 민보군이었다. '역시 그렇군. 아아, 왜 그것을 대비하지 못했을까?' 그가 보낸 곡식과 금전에 아무 의심을 두지 않았던 사람들보다, 이상한 기미를 느끼고도 대비하지 못한 자신의 잘못이 컸다.

민보군의 규모는 4~5천 명은 될 거라고 했다. 짧은 시간에 그만한 사람들을 끌어모았다면, 그들에게도 든든한 인심이 있다는 얘기다. 관군이 쳐들어왔다고 소리친 것은 이회원의 계략이라고 했다. 어쩌면 소문으로 떠도는 민보군 숫자도 이회원의 계략일지도 모른다. 철저한 준비가 필요하다는 차기석의 말이 생각났다.

유시헌은 성두환과 협의하여 그곳에서 여러 갈래로 흩어지기로 했다. 성두환은 제천이 공격받고 있다며 고향으로 돌아갔다. 지왈길과 이중집이 이끈 동학군은 정선 여량 쪽으로 가고, 일부는 양양과 고성 쪽으로 향했다. 유시헌은 아들을 정선 여량 쪽으로 보내고, 자신은 평창에 머물며 다시 기회를 엿보기로 했다. 학종을 위험한 곳에 두고 싶지 않았다. 고향으로 가면 어쩌면 학종이 제 각시 품으로 돌아갈지도 모른다.

승지 이회원은 생각보다 쉽게 강릉 관아를 다시 접수하고는 기고
만장했다. 이때 좌수 맹진석이 찾아왔다.

　"나리, 강릉 관아 탈환에 큰 공을 세우셨습니다."

　맹진석은 은근한 목소리로 이회원의 비위를 맞췄다. 맹 좌수와는
전부터 안면은 있었으나 그리 친한 사이는 아니었다. 그는 진사시에
급제하고 최근에 좌수가 되었다. 강릉 유림 사이에 영향력이 있는 사
람이었다. 그를 이용하면 좋겠다는 생각이 번쩍 들었다. 원래 좌수는
덕망 있고 나이 지긋한 사람을 추천받아 수령이 임명했다. 그러나 조
선 후기에 와서는 돈으로 사고파는 낮은 벼슬자리에 불과했다.

　"좌수 어른, 잘 오셨습니다. 그렇지 않아도 긴히 드릴 말씀이 있어
서 찾아뵙고 싶었습니다. 강릉 관아를 되찾은 것은 제 혼자만의 힘이
아닙니다. 좌수 어른을 비롯하여 유림들의 힘입니다. 앞으로 이 강릉
관아를 지켜 내자면 민보군을 계속 유지해야 합니다. 그러자면 만만
찮은 비용이 필요한데, 좌수 어른께서 향회를 열어 주시면 고맙겠습
니다."

　"유림을 모으란 말입니까?"

　"유림뿐만 아니라 강릉 고을 전체가 참여해야겠지요. 돈을 내든지
민보군에 참여하든지…."

　"알겠습니다. 그리고 동비를 토벌하는 데 저도 앞장서고 싶습니
다."

　"맹 좌수 어른께서 직접 말입니까?"

"그렇습니다. 선비의 충절로 지켜 온 이 강릉 땅을 더러운 동비의 발자국으로 어지럽혔으니 이번 기회에 뿌리를 몽땅 뽑아 씨를 말려야지요."

며칠 후 맹진석은 고을 사람들에게 통문을 띄웠다.

"여러 유림의 도움으로 강릉 관아를 포악한 동비들로부터 되찾았습니다. 그러나 도내 곳곳에 동비들이 횡행하고 있어 대책을 마련하고자 합니다. 10월 1일 향사당에서 향회를 열고자 하오니 좋은 의견을 모아 주기 바랍니다. 불참자는 후회하게 될 것이니 모두 참석해 주십시오."

며칠 후 맹진석은 향사당에 모인 사람들에게 일장 연설을 했다.

"강릉 관아를 동비들에게 빼앗긴 것을 이회원 승지 어른께서 기지를 발휘하여 되찾았습니다. 그러나 언제 다시 동비들의 공격이 있을지 알 수 없습니다. 수성군을 모으고 유지하는 데는 많은 곡식과 비용이 필요합니다. 우선 필요한 것이 2천 냥입니다. 장부에 형편껏 액수를 적어 주시고 저희가 사람을 보내면, 그 편에 전달해 주시면 되겠습니다. 많은 협조 바랍니다."

모인 사람들은 주변 눈치를 보더니 하나둘씩 장부에 이름과 액수를 적기 시작했다. 30냥에서부터 100냥까지 액수는 다양했다. 다들 체면이 안 깎이고 욕먹지 않을 정도의 액수를 정하느라 고심했다.

강릉에서만 민보군 수백 명이 새로 조직되었고, 맹진석이 민보군 중군장으로 임명됐다. 민보군은 각 지역을 돌며 장부에 적힌 대로 돈을 거둬들이는 한편, 참여가 부실한 집에서는 은근히 소란을 떨어 갹출금을 내게 했다. 동학군 역시 식량을 조달해 갔는데, 민보군은 명분을 내세워 그 몇 배를 받아 갔다.

선교장 이회원은 강릉 관아를 되찾은 공로로 강릉 부사로 임명되더니, 다시 관동 소모사를 겸임했다. 그는 삼척·양양 두 부와 각 진영의 모든 병력을 강릉부에 집결하도록 지시했다. 맹진석을 총지휘관으로 삼아, 강릉읍에서 선발한 민보군 100명, 보부상 100명, 각처에서 선발한 포수 100명의 병력을 주며 동학군 토벌에 나서도록 했다. 맹진석은 대관령을 넘어 정선과 영월로 향했다.

지왈길과 이중집은 영월과 정선으로 향하는 동학군을 이끌었다. 한 번의 패배에 넋이 나갔던 동학군들은 고향에 가까이 올수록 기운을 회복해 갔다. 큰 상처를 입은 사람도 많았으나, 무엇보다 영영 돌아오지 못하는 사람들이 문제였다.

10일간 고향을 떠나 있는 사이 벼들은 제법 누렇게 익어 있었다. 고향 사람들은 살아 돌아온 이들을 얼싸안고 울다 웃다 만세를 불렀다. 아들과 아버지 얼굴이 보이지 않는 가족은 통곡을 터뜨렸다.

최인선은 동학군이 돌아온다는 말을 듣고 며느리와 함께 아침 일찍 정선읍으로 나갔다. 멀리서 하얀 옷들의 행렬이 보이자 가슴이 두근거렸다. 동학군의 행색은 말이 아니었다. 여기저기에서 마중 나온 가족은 자기 아들과 지아비를 부르고 찾느라 혼란스러웠다. 지왈길 대장의 명령이 있었는지 동학군들은 가족의 부름에도 대답하지 않고 대열을 갖추었다. 최인선은 뒤쪽에서 학종을 보았다. 며칠 못 본 사이 얼굴은 까매졌지만, 그래도 제법 의연한 자세로 대열 속에서 걷고 있었다. 아들이 보이자 비로소 가슴을 쓸어내렸다. 아들이 며느리를 보며 웃었다. 그런데 아무리 찾아도 남편 유시헌이 보이지 않았다. 놀라서 아들에게 뛰어갔다.

"아버지는 어디 계시느냐?"

학종은 좌우로 고개를 흔들었다. 순간 최인선은 하늘이 노래지는 것을 느꼈다.

"안 돼…"

최인선은 자신도 모르게 소리를 지르며 쓰러졌다. 학종이 뛰어와 최인선을 안아 일으켰다.

그때 동학군 대열을 정렬시키던 이중집이 다가왔다.

"정신 차리십시오. 아니, 유 접주님 사모님 아니십니까?"

간신히 눈을 뜬 최인선은 자신을 안고 있는 아들을 보았다. 얼마나 걱정하고 그리웠던 아들이던가!

"아버지는 어찌 되셨느냐?"

"저에게 정선 쪽으로 가라고 하시곤 평창 쪽으로 가셨습니다. 이치택 접주님과 함께요."

비로소 최인선은 정신을 차릴 수 있었다. 자기 가족에게는 죽음이 비껴갔지만, 많은 가족이 사랑하는 지아비, 아버지를 잃고 통곡했다. 그들의 뼈저린 고통과 슬픔이 그대로 느껴졌다. 이들을 돕고 싶었다. 학종을 돌아보니, 오랫동안 빨지 못한 옷은 후줄근했고, 몸에서는 땀내가 진동했다.

"학종아, 집으로 가자. 네 형과 아우들이 기다리고 있다."

최인선은 아들의 손을 끌며 간절하게 말했다.

"죄송합니다. 저 혼자 빠질 수는 없습니다."

한결 어른스러워진 학종은 씩씩하게 말했다.

"집에 다녀오게. 일단 흩어졌다가 사흘 후 묘시(아침 5~7시)에 정선 장터로 모이게. 지왈길 대장님이 그리하라 명하셨네."

"예, 알겠습니다."

비로소 학종이 반가운 표정을 지었다.

"고맙습니다."

최인선은 이중집 대장에게 고개 숙여 인사했다.

"저야말로 고맙습니다. 아드님이 동학군에 자진해서 참여해 준 용기가 훌륭합니다."

최인선이 아들을 돌아보자, 학종의 눈빛은 자부심으로 빛났다.

동학군들은 집으로 돌아가 그동안 밀린 집안일을 했다. 그들은 농군이고 한 집안의 가장이었다. 나라와 백성을 위해 싸운 것 못지않게 중요한 것이 생계를 위해 낫질하고 호미질하는 것이었다.

학종은 집에 돌아오자 하루 밤낮을 거의 쓰러져 잠만 자다시피 했다. 다음 날 저녁 무렵 겨우 기운을 차린 학종은 어머니와 형님, 그리고 동생들에게 그동안의 일을 간략히 이야기했다.

"어떻게 점령한 강릉 관아인데, 그렇게 허망하게 흩어지고 말았단 말이냐."

택종은 조심스러우나, 너무도 쉽게 계략에 넘어간 일을 두고 이해할 수 없다는 듯 탄식을 내뱉었다.

약속한 사흘이 지나자, 새벽부터 학종이 다시 싸우러 나가겠다고 설쳤다.

"학종아, 이제 그만하면 되지 않았느냐! 이미 수많은 동학군들이 다시 집결하고 있다는구나. 아버지께서 앞장서고 계시니, 너는 이제 이 집안과 가족을 지키며 더 먼 앞날을 도모하는 것이 어떠냐?"

"어머니, 그렇지 않습니다. 어머니께서는 우리 고장에서 여인으로서 최초로 동학 접사가 된 분입니다. 저는 동학에 대해서는 잘 모르지만, 백성이 한울님인 것은 압니다. 지금 한울님이신 백성이 울고 있습니다. 피눈물을 흘리고 있습니다. 그런데도 어머니께서는 모른 체 외면하라 하십니까? 모든 이들이 자기 한 목숨 아까워 집안에만 숨어 있다면 언제 한울님이 그 뜻을 마음껏 펼치겠습니까? 어머니께서 저를 사랑한다는 걸 깊이 알고 있습니다. 저도 어머니를 사랑합니다. 제 안사람도 사랑합니다. 그러나 또한 이 나라 백성도 사랑합니다. 아버님도 그들을 구하기 위해 나서지 않았습니까? 제 아이가 사는 세상은 살맛 나는 세상이 되면 좋겠습니다. 제 아이를 위해 좋은 세상을 만들려고 싸우는 것입니다. 제가 용감히 싸울 수 있도록 힘을 주세요."

학종은 간곡하게 말했다.

"……."

최인선은 조용히 눈물만 닦았다. 학종의 뜻은 확고했다.

정선 지역의 동학군들이 다시 모였다. 가족 품 안에서 훈기를 받아 더욱 씩씩해진 모습이었다. 최인선은 아들을 따라 정선 장터까지 나갔다. 집에 있던 세 아들과 며느리들도 짐을 지고 이고 함께 따라 나왔다. 최인선은 싸우러 나가는 동학군들을 위해 새벽부터 밥을 지었다. 옥수수, 조, 감자가 들어간 잡곡밥에 짠 무김치를 다져 넣어 주먹밥을 만들었다. 부정하고 불의한 관과 일본군에 저항하여 싸우는 모든 사람이 지아비요 아들 같았다. 새벽 일찍 나오느라 빈속으로 나왔던 동학군들은 나눠 주는 주먹밥에 환호성을 질렀다. 밥을 나눠 먹는 동학군들이 그대로 한 식구였다. 정선읍에 사는 몇몇 도인의 부인들이 집안에서 물동이를 가져와 바가지에 물을 담아 주었다.

안개 낀 어둠 속을 그녀가 걷고 있었다. 방금까지 옆에 있던 어린 학종이 보이지 않았다. 이 애가 어디로 간 거지? 자꾸 짙어지는 어둠을 밀어내며 최인선은 앞으로 나아갔다.

"아, 어머니! 어머니! 어머니!"

갑자기 짧은 비명이 터졌다.

"학종아! 학종아! 어디 있니?"

허둥지둥 앞으로 내달리다 돌부리에 걸려 넘어졌다. 그러다 깜짝 놀라 깨어났다. 꿈이었다. 잠깐 낮잠이 들었다. 땀으로 속적삼이 맨살에 달라붙었다. "어머니! 어머니!" 부르던 아들의 목소리가 아직도 귀에 들리는 듯했다.

밖에는 비가 내리는지 돌 너와집 지붕에 비 떨어지는 소리가 들렸다. 그때 어디선가 다급하게 울부짖는 새소리가 크게 들렸다. "쨱! 쨱! 쨱!" 날카롭고 애처로운 새소리에 최인선은 방문을 열고 밖으로 나왔다. 조금 전 꿈에 본 학종이가 자신을 부르는 소리 같았다. 허둥지둥 소리를 따라가 보니 헛간이었다. 참새 한 마리가 헛간의 높은 들창문에 붙어 어미를 부르고 있었다. 그녀가 다가가자 후루룩 날아가 버린다. 참새는 좁은 헛간 안에서 이리저리 날아다니며 벽에 부딪치고 있었다. 그것을 본 최인선의 마음이 더 아팠다.

"가만히 있어 봐! 구해 줄게."

그녀가 살금살금 다가가자, 헛간 농기구 위에 앉았던 참새는 금세 알아차리고 뾰로롱 날아가 건너편 흙벽에 붙었다. 다시 다가가니 또 날아갔다. 이러다가는 참새가 밤새도록 갇혀서 울겠다. 새끼를 찾는 어미새 마음은 또 얼마나 아플까? 참새가 놀라지 않도록 조심스럽게 다가가니 바닥에 놓인 소쿠리 속으로 들어갔다.

자신을 보고 도망치는 참새를 어떻게 구할 수 있을까? 최인선은 제자리에 서서 잠시 심고를 드렸다. '한울님이여! 놀라지 마옵소서. 나도 같은 한울님이니 당신 마음이 내 마음이고, 내 마음이 당신 마음입니다. 한울님 마음으로 한울님을 구하고자 합니다.' 가만히 소쿠리 속으로 손을 내밀었다. 작은 몸이 손 둥지 안으로 쏙 들어왔다. 보드라운 털이 따뜻했다. 참새 심장 뛰는 진동이 손에 전달되었다. 그녀의 심장도 함께 뛰었다. 그녀는 참새를 두 손으로 조심스럽게 감싸서 헛간 밖으로 나왔다. 까맣고 윤기 나는 참새의 동그란 눈이 하늘로 향했다. 두 손을 폈다. 새가 포르르 비 오는 하늘 속으로 날아올랐다. 최인선은 새가 사라진 어두운 하늘을 오래 바라보았다. 빗물이 그녀의 얼굴과 옷을 적시고 있었다.

평창에서 일본군에 패하다

이치택 대장을 중심으로 동학군은 평창에 집결했다. 그 속에는 유시헌도 함께 있었다. 평창으로 이동하면서 지휘권을 이치택에게 넘겼다. 앞에 나서서 이끄는 사람보다 뒤에서 받쳐 주고 밀어 주는 사람이 되고 싶었다. 강릉 관아 점령에 미처 참여하지 못한 동학군들이 여기저기에서 모여들어 1만여 명이 되었다. 원주의 관군이 일본군 2개 중대와 함께 평창 동학군을 진압하러 온다는 소문에 동학군이 술렁거렸다. 몇몇 사람은 관일 연합군이 오기 전에 얼른 피하자고 하였다. 대창과 화승총으로는 신식 무기와 맞서 싸울 수 없다는 것이다.

"무기가 열악하다고 계속 피하기만 한다면 우리가 일어난 의미는 없소. 죽는 한이 있더라도 맞서 싸우도록 합시다."

평창 접주 오덕보는 구레나룻이 무성한 얼굴에 우락부락한 눈매로 좌중을 돌아보며 소리쳤다.

"우리가 싸우러 나온 이유가 무엇입니까? 지방 서리와 악덕 지주의 가혹한 수탈에 들고 일어난 것 아닙니까. 상황이 어렵다고 물러나는 것은, 결국 그들의 가혹한 세금 수탈을 인정하는 것밖에 안 되오."

강릉 연곡 신리면에 이미 접소를 설치하여 활동한 경험이 있는 오덕보는 과감하게 공격적으로 밀고 나가자고 주장했다. 그의 말에 눈매가 날카롭고 이성적인 진사 박재호가 논리적으로 설득했다.

"죽고 사는 것이야 하늘의 뜻이지만, 그래도 상황에 맞게 싸울 때가 있고 물러날 때가 있는 법이오. 관군과 왜군이 협공하여 우리를 옥죄려 하고 있소. 일단 산으로 피했다가 산세를 활용하여 소규모로 나누어 각 방면에서 공격하는 것이 더 효과적일 것이오."

"두 사람 말씀에 다 일리가 있소. 그런데 지금 상황을 보건대 지금 피한다 한들 결국 적군과 부딪힐 수밖에 없을 것이오. 그러니 최선을 다해 싸우도록 합시다."

이치택이 유시헌의 동의를 구한 다음 결정을 지었다.

"그럽시다. 모두 힘을 합해 마지막까지 싸웁시다."

11월 25일 오후, 이시모리 대위가 이끄는 일본군이 평창으로 몰려왔다. 그들이 지닌 무라타 소총은 놀라울 정도로 강력했다. 화약을 일일이 장전하지 않아도 총탄이 곧바로 나갔다. 상대가 눈에 보일 정도의 거리에서는 백발백중이었다. 그때마다 한꺼번에 동학군 여러 명이 쓰러졌다. 총알이 화승총보다 몇 배나 멀리 나갔다. 동학군의 화승총은 신식 총으로 무장한 일본군 앞에서는 거추장스러운 쇠막대기에 불과했다. 반나절 넘게 전투를 벌였다. 동학군은 용맹하게 싸웠으나 100여 명이 총에 맞아 숨졌다. 오덕보, 박재호 등이 사로잡혔다가 총살되었다. 이치택은 퇴진 명령을 내렸다. 목숨이 붙은 동학군들은 뿔뿔이 흩어졌다.

유택종은 정선읍에 나갔다가, 맹진석이 이끄는 민보군이 이미 정선읍에 들어와 동학군 10여 명을 총살하고, 도망치는 동학군을 뒤쫓아 갔다는 소식을 들었다. 정선읍 곳곳의 동학 도인들 집에서 연기가 솟아오르고 있었다. 죽은 사람들 중에 혹시 동생이라도 있나 확인하려다 분위기가 험악해서 금방 무은담 집으로 돌아오고 말았다. 그리고 어머니에게 어서 피신해야 한다고 말씀드렸다. 언제 민보군이 무은담으로 들이닥칠지 알 수 없었다.

"네 아버지와 동생이 여기에 왔다가 아무도 없으면 어디로 갈 것이냐? 설마 이 깊은 산중까지 토벌대가 오겠느냐?"

최인선은 떠나지 않으려 하였다.

"한시가 급합니다. 여기에 계시면 위험합니다. 일단 피했다가 다시 돌아오면 됩니다. 어서 피하십시다."

택종은 이것저것 챙기며 어머니를 재촉했다. 금방이라도 토벌군이 뛰어들 것 같았다.

"어디로 간단 말이냐? 마땅히 갈 곳도 없지 않느냐?"

"전에 할아버님이 증산에서 이사 오셨다고 했지요? 일단 증산으로 갑시다. 그곳 친척들에게 의탁하다가 조용하면 다시 돌아옵시다. 낮에는 눈에 띌지도 모르니 밤이 되거든 출발하시지요."

최인선은 남편과 아들 학종이 걱정되었으나 밤이 되자 간단히 짐을 꾸려 아들 며느리들과 함께 집을 나왔다. 집을 한 번 더 돌아보고 나서 어두컴컴한 산길로 들어섰다. 11월의 밤하늘에는 차가운 그믐달이 걸려 있었다. 희미한 빛에 의지하여 민둥산 산길을 걷느라 자주 돌부리에 걸려 넘어졌다. 한밤중에야 증산에 도착했다. 산중 마을은 어둠 속에 묻혀 있었다. 전에 남편과 함께 왔던 경험을 되살려 최인선은 먼 친척 되는 강릉 유씨 집으로 들어섰다.

학종을 묻고

평창 동학군은 일본군에게 쫓겨 정선과 영월 쪽으로 흩어졌다. 유시헌 등의 일부 동학군들은 정선으로 가기 위해 삼방산 속으로 숨어들었다. 정선 가까이 다가갈수록 마음이 조급했다.

정선읍에 당도하여 동학군 집들이 불태워졌음을 알았다. 까맣게 폐허가 되어 버린 집들을 보면서 동학군들의 표정이 어두워졌다. 정선 사람들이 전하는 동학군의 패주(敗走) 상황은 평창과 다를 바가 없었다.

정선에 머무는 것은 위험해 보였다. 동학군 일부가 영월로 갔다고 했으니 그리로 가서 합류하기로 했다.

영월까지 80리 길이다. 한두 채씩 띄엄띄엄 집들이 흩어져 있는 영월 산간 마을에 집을 태운 흔적은 보이지 않았다. 그래도 혹시나 하여 유시헌 등은 인적이 없는 산길을 택하여 영월로 향했다.

그러나 영월의 사정도 마찬가지였다. 귀동냥으로 전해 들은 소식으로는, 동학군 한 무리가 영월 관아를 급습했다가 오히려 맹진석이 이끄는 민보군의 역습을 받고 모두 흩어져 버렸다는 것이다. 게다가 민보군들은 사로잡은 동학군 5명을 총살형에 처하고 그대로 효시(梟示)했다고 했다.

유시헌은 저녁나절 이치택과 함께 영월 장으로 들어갔다. 시장의 중앙통 광장에 동학군의 시신이 효시되어 있었다. 나무기둥에 묶인 채 총에 맞은 그대로 버려지다시피 한 것이었다.

아아! 그중에 학종이 있었다. 유시헌은 그 자리에 풀썩 주저앉고 말았다. 이치택이 유시헌을 부축하여 시장통을 급히 빠져나갔다.

밤이 되자 바람이 차가웠다. 장은 빨리 파했다. 행인들이 빠져나가자, 장꾼들도 하나둘 짐을 챙겨 떠났다. 동학군들은 장돌뱅이 행색을 하고 다시 시장통에 나타났다. 어둠이 짙었으나 완전히 몸을 숨겨 주지는 못했다. 동학군들은 효시된 시신을 묶은 끈을 칼로 잘라 내기 시작했다.

그때였다.

"동비가 나타났다."

누군가의 외침 소리에 유시헌 일행은 깜짝 놀라 끈을 서둘러 잘랐다. 유시헌을 돕던 이종태가 학종의 시신을 들쳐 업었다. 사람들 발걸음 소리가 무질서하게 몰려들었다. 동학군들은 있는 힘껏 산을 향해 뛰었다. 총소리가 점점 가까워지고 있었다. 이종태가 학종의 시신을 유시헌에게 넘겼다. 자신이 시간을 지체하겠다며 먼저 피하라고 했다. 유시헌은 슬퍼할 겨를도 없이 학종을 업고 달렸다. 다 큰 자식을 업고 산을 오르기가 쉽지 않았다. 뒤에서 들리는 총소리에 몸이 반사적으로 움직일 뿐이었다. 깊은 산속으로 들어왔을 때에야 총소리가 들리지 않았다.

유시헌 일행은 영월읍이 내려다보이는 산 언덕배기에서 아침을 맞았다. 차가운 얼음덩어리가 되어 버린 학종의 시신을 내려놓은 유시헌 일행은 뼛속을 파고드는 한기에 이를 맞부딪치며 서로의 몸을 껴안고 낙엽 속에 몸을 웅크렸다. 겨우 기력을 회복한 유시헌은 임시로 매장할 곳을 찾아 낙엽과 돌무더기로 무덤을 만들었다. 그것이 그나마 지금 그가 할 수 있는 최선이었다.

유시헌 일행은 영월을 떠난 지 사흘째 되는 새벽녘에 유시헌의 무은담 집에 도착했다. 낮에는 산속에 웅크리며 숨어 있다가 밤을 타서 겨우겨우 찾아온 길이었다. 그러나 무은담의 집은 이미 불타서 까만 형체만 흉물스럽게 남아 있었다.

차기석이 있는 홍천 쪽으로 가자고 이치택이 말했다. 그러려면 먼저 횡성군 쪽으로 길을 잡아야 했다. 언제 맹진석 민보군이 몰려들지 알 수 없는 일이었다. 민보군의 대장이 유시헌이 아는 좌수 맹진석이라면 정선과 영월의 동학 도인들 집은 훤히 알고 있을 테니 위험했다. 불탄 집들이 많은 것은 그 때문이 아닐까? 자꾸만 늘어 가는 의문을 누르며 유시헌은 일행의 뒤를 따랐다. 그들만이 아는 지름길을 밟으며 산속 깊이 파고들었다.

8. 혁명의 불꽃을 가슴에 품고

동창을 태우다

강릉과 정선, 영월 등지에서 연전연승으로 동학군을 격파하며 명성을 떨친 민보군 대장 맹진석은 지평·홍천·횡성의 산포수 50여 명으로 조직한 포군 정예부대를 앞세우고 민보군 수백 명을 뒤따르게 하여 지평군으로 갔다. 그곳에서 동학군이 난을 일으켰다는 소식을 들었기 때문이다. 위력이 대단하다는 소문과 달리 막상 대면해 보니 역시 오합지졸에 불과했다. 무기도 변변찮고, 농사만 짓던 농군들이 대부분이니, 그들의 숫자야 별반 문제가 될 수 없었다. 한꺼번에 총소리가 터지면 그길로 도망치다가 맥없이 총에 맞아 나자빠졌다. 앞장선 접주를 죽이고 나면, 나머지 동학군들은 순식간에 흩어졌다. 그러면 민보군들은 쫓기는 짐승을 사냥하듯 동학군들을 뒤쫓아 사정없이 죽였다. 지평에서만 58자루의 창을 거두어 관아에 반납했다.

맹진석은 지평의 동학군을 진압한 공로로 지평 현감이 되었고, 민보군은 포상을 받았다. 이제는 자랑스럽게 관군을 지휘할 수 있게 되었다.

맹진석은 지평에서 동학군을 한바탕 쓸어 버린 뒤 홍천과 횡성의 경계 지대로 이동했다. 전라도에서 대규모로 일어난 동학군이 위로 올라가지 못하게 막으라는 명령이 일본군 대장으로부터 하달되었다. 처음에는 일본군의 명령을 듣는다는 것이 어색하고 불편했다. 그러나 이회원이 시킨 일이라고 하자 그만 모든 의심과 불안을 눌러 버렸다. 자신은 나라의 질서를 어지럽히는 동학군만 진압하면 되었다.

10월, 홍천 대접주 차기석은 동학군 1,000여 명을 이끌고 남쪽으로 향했다. 해월의 기포령에 따라 일어난 손병희의 주력부대와 삼례에서 합류하기 위해서였다. 차기석은 유시헌 도접주의 권유에도 불구하고 9월 강릉 관아 점령에는 참여하지 않았다. 아직 때가 아니라는 해월의 뜻에 따른 것이었다. 싸우려면 좀 더 철저한 준비가 필요했다. 그동안 차기석은 동학군들에게 전투 훈련을 시켰다. 포수들을 끌어들여 20여 명의 포군도 조직했다. 특히 바다와 육지를 넘나들며 장사하면서 정보를 관군에게 제공하는 보부상을 철저히 단속했다.

그러던 중 지평의 동학군이 맹진석에게 당했다는 소식을 듣고 남쪽으로 향했다. 차기석은 횡성군 경계에서 지평의 맹진석 부대가 길목을 지키고 있다는 선발대의 보고를 들었다. 강원도 동학군이 남쪽으로 내려가는 것을 막으려는 것 같았다. 총포를 능수능란하게 다루는 포군만 100여 명이라는 맹진석의 부대와 정면으로 싸우기에는 무리였다. 앞으로 어떻게 할지를 박종백이 물었다.

"원래 기포하려고 했던 홍천으로 가세."

차기석이 이끄는 동학군이 10월 13일 밤 어둠을 틈타 내촌면 물걸리 동창을 공격했다. 밤중에 100여 명의 동학군이 쳐들어가자 동창을 지키던 몇 명의 포졸들은 놀라서 달아나 버렸다. 별 저항 없이 동창을 차지했다.

창고 안에는 강원도에서 실어온 곡식들이 가마니에 담겨 차곡차곡 쌓여 있었다. 그것들은 강원도 산간 좁은 논밭에서 거둬들인 농민들의 피땀이었다. 산더미 같은 곡식들을 보자 차기석은 가슴이 콱 막혔다.

부모님은 1년 내내 농사를 짓고도 가을이면 서리들에게 다 빼앗겼다. 남은 것은 겨울 동안 가족이 겨우 목숨을 부지할 정도였다. 봄날 보릿고개 때는 늘 배가 고파 산으로 들로 먹을 것을 찾아 헤맸다. 그가 열두어 살 무렵이었다. 아버지는 보리를 벤 다음 일부를 밭 옆 산속에 숨겨 둔 적이 있었다. 그러자 서리들은 매출이 전년도와 다르다고 아버지를 끌고 가서 곤장을 때렸다. 아버지는 끝까지 말하지 않았지만, 그들은 집이며 밭 주변을 샅샅이 뒤져 보리 다발을 찾아냈다. 결국 아버지는 고문으로 병을 얻어 다음 해에 돌아가시고 말았다. 아버지를 생각하면 시궁창 냄새가 먼저 떠올랐다. 장독으로 엉덩이와 등허리 상처가 썩어 가던 냄새였다.

아버지의 죽음을 겪은 다음 어린 차기석은 더 이상 어린애가 아니었다. 아버지 대신 홀어머니와 함께 어린 동생들을 보살펴야 했다. 어린 자식들을 먹여 살리려고 몸부림치는 어머니마저 저러다 제풀에 죽겠다는 두려움이 그를 일으켜 세웠다. 늘 추위에 떨면서 굶주리는 동생들이 가여웠다. 억울하게 돌아가신 아버지만 생각하면 뜨거운 피가 솟구쳤다. 그의 집 사정과 별반 다를 바 없는 이웃들도 딱하기는 마찬가지였다. 다들 열심히 일했건만 늘 배가 고픈 이유를, 아버지가 돌아가신 뒤에야 비로소 알았다. 빼앗겨도 하소연할 곳이 없었다. 세상은 공평한 곳이 아니었다.

차기석은 열여덟 살 때 동학에 입도했다. 동학에서 그는 희망을 보았다. 새 세상을 불러오는 기운을 느꼈다. 그 희망과 기운을 이웃 사람들에게 전파하는 동안 그의 주위에 사람들이 몰려들었다. 여러 사람들이 쳐다보는 눈길에 말 한마디, 발걸음 하나도 조심스러웠다. 그것이 그를 더욱 성장시켰다. 시나브로 그는 대접주로 성장해 갔다. 작년에 보은의 민회에 참석한 것은 그를 한층 더 성숙하게 했다. 그와 같은 꿈을 꾸는 사람들이 전국에 수만, 수십만 명이 된다는 것을 두 눈과 귀로 확인할 수 있었다. 그들의 말과 행동, 그들이 전하는 동학의 이치는 경전의 행간을 수십 배로 넓혀 주었고, 그 이해를 수십 배로 깊게 해 주었다. 그의 언행은 의젓하고 당당했다. 본래의 진중한 품성에 자신감이 더해져 사람들에게 믿음을 주기에 충분했다.

보은에서 차기석이 대접주가 되어 돌아왔다는 소문이 돌자 수많은 사람들이 찾아와 동학 도인이 되었다. 그가 동학군으로 일어섰을 때 그와 함께한 사람들이 수백 명이나 되었다. 이들은 서로 배우고 가르쳤으며, 의롭지 않으면 행동하지 않았다.

차기석은 곡식 가마니들을 다 끌어내어 군량미를 제외한 모든 곡식을 인근의 백성들에게 나눠 주었다. 추수철에도 배불리 먹지 못한 사람들이었다. 늘 허기져 있던 그들은 두려운 눈빛으로 망설이다가 곡식을 짚 바구니에 받고는 부리나케 집으로 달려갔다.

그리고 나서 동창을 불태웠다. 어두운 허공으로 불꽃이 활활 타오를 때 동학군들뿐만 아니라 마을 사람들도 만세를 불렀다. 백성이 주인 되는 개벽 세상이 온 것 같았다.

서석 풍암리 전투

유시헌 일행은 횡성을 거쳐 홍천으로 들어섰다. 여기저기 모인 사람마다 차기석 대장 이야기를 했다. 내촌면 물걸리 동창을 불태웠다고 했다. 동네 사람들에게 차기석의 소식을 물었지만 제대로 아는 사람이 없었다. 하루를 꼬박 헤맨 끝에 차기석이 오대산으로 향했다는 소식을 얻어 들을 수 있었다. 그러는 사이 여기저기에서 한두 사람씩 동학군에 합류하였다.

이들은 차기석을 찾아 오대산으로 향했다. 백두대간 중심에 있는 오대산은 강원도 평창군과 강릉시 그리고 홍천군 일부에 걸쳐 있다. 11월 초, 떡갈나무와 참나무에서 떨어진 잎들이 잔돌을 덮고 있었다. 큰 나무 사이에는 잡목들이 산을 가득 채워 걷는 발길마다 걸렸다. 여름이라면 숲이 우거져서 누구라도 잘 보이지 않을 것 같았다.

산을 오르다 문득 사람 하나가 휘청휘청 내려오는 것을 발견했다. 깜짝 놀란 일행은 급히 바위 뒤에 숨었다. 그는 삽 한 자루만 들고 주변도 살펴보지 않고 정신없이 내려왔다. 가까이 오는 것을 보니 중늙은이로 상투머리는 흐트러졌고, 구겨진 옷은 얼룩과 피가 묻어 누런색으로 보였다.

"멈춰라!"

나용기가 총을 겨누며 그를 막아섰다. 사내는 깜짝 놀라더니 그 자리에 주저앉았다.

"당신은 누구요?"

유시헌이 물었다.

"나는 최병두라는 사람이오. 풍암리에 살고 있소."[19]

볕에 그을려 얼굴이 까만 중늙은이는 일행을 둘러보며 조심스럽게 대답했다.

"어디에서 오는 길이오?"

"……."

일행을 의심스러운 듯 쳐다보고는 선뜻 말하지 않았다.

"나는 유시헌이란 사람입니다. 정선과 평창에서 오는 길이오. 차기석 대장을 만나러 왔습니다."

공손하게 말했지만, 최병두는 여전히 의심스러운 눈빛으로 보았다.

"우리는 강릉 관아를 점령했지만, 곧 쫓겨나 평창에서 일본군과 싸워 패하고 지금 차기석 대장을 찾아오는 길이오."

"그렇습니까? 나는 차기석 대장과 함께 싸우고 있습니다."

비로소 최병두가 의심을 풀고 자신의 이야기를 들려주었다.

"지금 어디 가시는 겁니까?"

이 말을 듣자 최병두는 깜짝 놀라더니 급히 일어섰다.

"저는 지금 가 봐야 합니다."

최병두는 서두르며 산 아래로 달려가려고 했다.

"왜 그러십니까? 저희를 차기석 대장 있는 곳으로 안내해 주십시오."

"제 아들놈을 찾으러 가야 합니다. 어제 서석에서 전투가 있었는데 몰살을 당하다시피 했습니다. 그런데 제 아들놈이 보이지 않습니다. 빨리 가서 시신이라도 찾아야 합니다. 외아들인데 기어이 싸우겠다고 따라오더니…, 죽었는지 살았는지 지금까지 보이지 않습니다."

유시헌은 문득 학종의 주검이 생각났다. 학종도 기어이 싸우러 나가더니 결국 전사하고 말았다.

"그럼, 저희도 함께 가겠습니다."

이치택이 말하니 모두 최병두 뒤를 따라 다시 산 아래로 내려갔다.

"어제 서석 싸움은 그렇게 치열했습니까?"

평창 싸움을 생각하며 유시헌이 물었다.

"말도 마십시오. 차기석 대장과 우리가 풍암리 구릉 위에 진을 쳤는데, 바로 관군과 포군이 양쪽에서 공격해 와 거의 전멸했지요. 우리는 기껏 대창과 화승총 몇 자루밖에 없는데, 저들은 신식 총으로 쉴 새 없이 쏘아 댔습니다. 겨우 살아온 동학군이 200여 명밖에 되지 않았습니다. 세상에! 천여 명의 동학군이 자작 고개에서 쓰러지고 말았습니다. 우리는 어젯밤 내내 울었습니다. 차기석 대장도 우는 것을 말리지 않더군요. 내 자식이 어떤 자식인데…. 3대 독자입니다. 3대 독자. 아이고."

결국 그는 울음을 터뜨리고 말았다. 그러더니 손등으로 눈물을 쓱 닦고 서낭당 아래 골짜기를 가리켰다.

"저기 서낭당이 보이지요? 저곳에서 싸웠습니다."

조금 전부터 이상한 비린내가 속을 메스껍게 했다. 저 멀리 솔숲 사이로 서낭당이 보였다. 가슴이 두근거렸다. 바람이 불어오자 피비린내가 훅 끼쳐 왔다. 몸이 부르르 떨렸다. 모두 서낭당 고개로 뛰어갔다.

'헉!'

사람들은 굳어진 듯 그 자리에 우뚝 서 버렸다. 서낭당 고개는 시신으로 쌓아 올린 산이 되어 있었다. 헤아릴 수 없이 많은 시신이 아무렇게나 포개져 있었다. 그 위에 어설프게 가마니 몇 장이 덮여 있었다. 침파리가 새까맣게 시신 위에 앉았다가 가마니를 뒤집자 윙윙

거리며 날아올랐다. 유시헌은 구역질이 났다. 높게 쌓인 시신 더미에서 최병두가 아들을 찾기란 불가능할 것 같았다. 언뜻 보기에 천 명은 넘어 보였다. 가슴이 콱 막혔다. 그 위에 학종의 주검도 겹쳐 보였다. 양 주먹이 꽉 쥐어졌다.

최병두는 아들 도열(崔道烈)이 어디에 있을까 자세히 살폈다. 동학군들 흰옷마다 붉은 핏물이 배어 도살당한 가축처럼 버려져 있었다. 생기가 빠져 버린 동학군들 얼굴이 어둡고 공허해 보였다. 대부분 총상으로 죽은 시신들이었다. 가슴에 총 맞은 사람, 얼굴 반쪽이 날아간 사람, 목에 피 흘린 사람, 옆구리에서 내장이 빠져나온 사람…. 아들도 어딘가에 이렇게 몸이 상해서 쓰러져 있을 것 같았다.

그때였다. 저쪽에 아직 열어 보지 못한 가마니가 살짝 움직이는 것 같았다. 잘못 보았나 싶어 좀 더 자세히 살폈다. 분명히 가마니 한 귀퉁이가 살짝 움직였다. 뛰어가 가마니를 집어 던졌다. 시신 더미에 묻힌 사내가 힘겹게 손을 휘젓고 있었다. 다행히 그는 종아리 한쪽이 총탄에 스쳤을 뿐 다른 곳은 멀쩡했다. 최병두는 이마에 동여맨 머리끈을 풀어 살점이 떨어진 종아리를 감았다. 이 많은 시신 아래에는 아직 목숨 붙은 사람들이 많을 것 같았다. 그러나 언제 이 시신들을 다 확인하랴!

최병두는 부상자를 서낭당 쪽으로 옮기기 위해 시신 더미에서 나왔을 때 질겁했다. 시신에서 흘러나온 핏물이 고여 땅을 붉게 적시고 있었다. 걸을 때마다 고인 핏물에서 자작자작 소리가 났다.

벌써 날이 환하게 밝았다. 그런데 아들은 어디에 있단 말인가? 최병두는 한숨이 절로 나왔다.

"도저히 더 이상 볼 수가 없군요. 빨리 이 자리를 피해야 합니다. 관군이 곧 들이닥칠 것 같습니다."

나용기가 재촉했다.

"잠깐만 저쪽까지 한 번만 다녀오겠습니다."

최병두는 아들을 찾기 위해 마지막으로 한 바퀴 돌아볼 생각이었다. 시신을 다 뒤집어 보지는 못할망정 겉에 드러난 시신만이라도 살펴봐야 뒷날 후회가 남지 않을 것 같았다. 이미 아들은 죽은 것 같았다.

'불쌍한 놈 같으니!'

그는 중얼거리며 서낭당과 반대쪽으로 돌았다. 무엇인가 그의 눈을 끌어당겼다. 아들이 들고 다니던 파란 깃발이었다. 가슴을 두근거리며 그쪽으로 달려갔다. 떨어진 깃발 옆에 아들이 누워 있었다. 죽었나 싶어 아들을 잡아당기는데, 아들이 앓는 소리를 냈다. 살았구나! 고맙고 반가워 가까이 가니 아들이 눈을 떴다가 도로 감았다. 아, 아들은 살아 있었다. 한울님 감사합니다. 절로 감사의 기도가 나왔다. 끄집어내고 보니 아들의 왼쪽 바짓가랑이가 너덜거렸다. 무릎 아래가 떨어져 나가고 없었다. 뼈가 들쑥날쑥 허옇게 드러났다. 떨어져 버린 다리 하나가 그 옆에 푸르딩딩 굳어 시신들 속에 반쯤 묻혀 있었다. 유시헌 일행의 도움을 받아 아들을 밖으로 옮겼다.

아들이 피를 너무 많이 흘려서 걱정이었다. 최병두는 자신의 저고리 소매 한쪽을 찢어 상처를 감싸고 나서 아들을 업고 삽을 지팡이 삼아 끙! 힘을 쓰고 일어났다. 아들은 자신을 닮아 키가 크고 건장해서 업고 걷기가 쉽지 않았다. 공계정이 살아난 다른 도인을 어깨에 부축했다.

서낭당 고개를 벗어나 산등성이로 올라서려는데 자꾸 아들의 몸이 처져 내렸다. 잠시 내려놓고 보니 아들은 기절해 있었다. 아들의 어깨를 흔드니 힘겹게 눈꺼풀을 들어올렸다. 아버지를 알아보았는지 "아버지!" 부르더니 눈물을 주르르 흘렸다.

"이놈아, 정신 차려."

아들은 뭐라고 입술을 달싹였다. 알아들을 수 없어서 그는 아들 얼굴에 귀를 바짝 대었다.

"용서하십시오. 불효자를…."

"그려, 이놈아. 아비보다 먼저 가는 놈은 불효자여."

눈앞이 흐려지더니, 눈물이 두 눈에 가득 차올랐다.

"아니야, 불효자가 아니야. 어서 정신 차려. 도열아, 아비다. 보이냐?"

그가 아들을 흔들었지만, 더 반응을 보이지 않았다.

"집에 남아 있으라고 그렇게 말해도 안 듣더니…. 아들아! 도열아! 가지 마라. 이 아비가 대신 가마. 이 늙은 아비와 네 각시 놔두고 어디로 간단 말이냐?"

유시헌은 최병두의 마음을 이해했다. 그러나 나머지 일행과 함께 자리에서 일어났다. 벌써 해가 떠오르기 시작했다.

"이제는 자리를 떠야 할 것 같습니다."

최병두는 아들의 시신을 다시 업으려고 하였다.

"아니, 아드님을 데리고 가시게요?"

"그럼, 내 아들을 산속에 놔둔단 말이오?"

"지금은 싸움 중입니다. 언제까지 아드님을 데리고 다닐 수는 없습니다. 이곳에 일단 묻어 두었다가 나중에 장례를 모시는 것이 좋을 것 같습니다."

최병두는 잠시 생각하다가 유시헌의 말이 타당하다 여겼다. 최병두는 산기슭에 구덩이를 팠다. 겨우 한 사람이 누울 정도의 깊이였다. 도열을 눕혔다.

"빨리 이 자리를 떠나야겠습니다. 더는 지체할 수 없습니다."

이치택의 재촉에 최병두는 안타까운 눈으로 아들의 한쪽 없는 다리를 바라보다 질끈 눈을 감았다가 떴다. 그리고 삽으로 급하게 흙을 구덩이에 밀어 넣었다. 흙이 아들의 얼굴 위에 떨어져 내렸다. 그는 얼른 한쪽 소매 없는 겉옷을 벗어 아들의 얼굴에 덮었다.

"곧 데리러 오마."

최병두는 입술을 꽉 깨물었다. 삽자루를 잡은 팔의 힘줄이 불룩 튀어나왔다. 그들은 재빨리 산 위로 올라섰다.

오대산 활동

유시헌 일행이 오대산으로 찾아오자 차기석은 무척 반가워했다. 오대산 주변 내면 일대는 차기석 부대가 장악함으로써 동학군 세상이 되었다. 차기석은 강릉·양양·원주·횡성·홍천의 동학군 총대장이 되어 있었다.

"어떻게 이렇게 큰일을 하셨습니까?"

"장기전을 대비해 군자금과 군량미를 확보하려고 동창을 치고, 보부상과 인근 부호들로부터 비용을 갹출했습니다. 관군이나 일본군과 만나면 약간의 희생을 치르더라도 일단은 후퇴하는 전략을 썼지요. 아무래도 깊은 산속으로 저들을 끌고 다니며 지치게 한 다음 급습하는 것이 무기가 열세인 우리에게 맞는 전략이었어요. 그랬더니 지평 현감 맹진석이 가차 없이 보복해 오는군요. 큰 낭패를 겪었습니다. 맹진석 부대가 서석리마을을 쑥대밭으로 만들었어요. 동학군을 몰살한다면서."

"저놈들이 사람의 씨를 다 말려 버릴 작정인가 봅니다."

아들을 잃은 최병두가 이를 갈았다.

"맹진석이 혹시 강릉의 맹 진사가 아닙니까?"

유시헌이 궁금했던 점을 차기석에게 물었다.

"진사인지 아닌지는 모르겠지만, 강릉 좌수로서 이회원과 손잡고 민보군을 조직하여 동학군을 무자비하게 살육한다고 하더군요. 동학군은 맹진석 이름만 듣고도 기가 질릴 정도입니다."

유시헌은 맹 진사가 틀림없다고 생각했다. 그가 학종을 죽였다. 학종이 내 아들인 것을 알았을 텐데도…. 유시헌은 분노보다도 슬픔이 더 강하게 느껴졌다. 학종의 생각이 머리를 어지럽혔다.

"이번 전투에서 다시 한 번 깨달았습니다. 적군과 맞붙어서는 승산이 없습니다. 풍암리 전투에서 박종백 대장을 비롯해 동학군 800명 이상이 희생되고 말았소. 적군을 무력화시키려면 밤에 산악을 이용하는 길밖에 방법이 없습니다."

차기석이 새로운 전투 방법을 제시했다.

"그렇다면 지금처럼 많은 동학군이 한꺼번에 움직이기는 힘들겠는데요."

"그렇습니다. 신속하게 치고 빠지고 움직이기 위해서는 동학군을 소규모로 다시 조직해야겠습니다."

한 달 동안 차기석은 동학군을 재조직하여 싸움에 필요한 총 쏘기, 창 던지기, 칼 쓰기 등의 훈련을 시켰다. 맹진석 포군 부대가 내면에 도착했다. 밤중에 맹진석 부대를 먼저 공격하기로 했다. 동학군 5명씩 한 조로 묶었다.

밤중에 동학군 한 부대가 산에서 내려와 맹진석 부대를 향해 신속하고 조심스럽게 움직였다. 그들은 흰빛이 드러날까 봐 옷에 흙과 재를 묻혀 밤중에도 드러나지 않도록 했다. 오늘 도착한 맹진석 부대는 파수병 두 명만 세워 놓고 모두 잠들어 있었다. 당할 대로 당한 동학군이 야습을 하리라고는 생각지 못한 것이다. 동학군은 보초병부터 없앴다. 예리한 칼날이 보초병 가슴을 파고들었다. 두 사람이 쓰러졌다. 천막 안으로 들어가니 출입구 쪽에서 자던 자가 막 잠에서 깼는지, "동비다!" 소리쳤다. 여기저기 쓰러져 자던 병졸들이 일어나 달려들었다. 그들은 맹진석 부대원을 향해 칼을 휘두르다 급히 빠져나왔다. 날이 밝자 맹진석 포군 부대는 3명의 시체를 거두고, 부상자 8명을 들것에 실어 후퇴했다.

내면 골짜기는 깊고도 길었다. 내면에서 청도까지 60리 긴 골짜기에는 길도 제대로 나 있지 않았다. 양양을 넘나드는 구룡령에는 나무꾼의 길만이 희미하게 나 있었다. 11월, 눈이 많이 내리고, 추위가 몰아쳤다. 동학군은 굶주림과 추위에 떨면서 겨우겨우 버텨 나갔다. 밤에 한곳에 머물러 있으면 얼어 죽는다고 차기석은 동학군들을 밤새도록 뛰어다니게 했다. 뛰다가 힘들면 걷고, 걷기 힘들면 제자리에서 움직였다. 배고파 힘들다고 몰래 바위 아래에서 잠든 도인은 다음 날 얼어 죽어 있었다. 그래서 유시헌도 밤새도록 산길을 뛰어다녔다. 그리고 아침이면 양지바른 곳이나 동물들이 머물던 바위 아래를 찾아 잠깐씩 풋잠을 자곤 했다.

민보군과 관군은 내면을 사면에서 포위하고 동학군을 옥죄기 시작했다. 봉평에서 시작된 토벌 작전은 오대산 기슭과 골짜기를 훑으며 끈질기게 동학군을 쫓았다. 청두리에서 약수포까지 70리 험난한 절벽을 기어올라 뒤쫓았다. 창촌을 거쳐 원당으로 들어간 토벌군이 동학군을 공격했다. 원당을 장악하고 있던 차기석 동학군은 용맹스러웠다. 높고 험준한 산을 달려 다니며, 관군과 민보군에게 총을 쏘고 나서 재빨리 사라지곤 했다.

"대장님, 맹진석의 포군 부대가 다시 보래령을 넘어왔습니다."

나용기가 알려 왔다.

"봉평 관군도 넘어왔습니다."

"협공하겠다는 전략이로군."

"어떻게 하든지 이 원당을 지켜 보세. 이곳에서 밀리면 이제는 갈 곳이 없네."

"목숨 걸고 지키겠습니다."

동학군들은 힘찬 목소리로 서로에게 용기를 불어넣었다. 그러나 얼마 뒤에 나용기, 공계정 등 17명이 봉평 관군의 총에 맞았다. 차기석이 놀라서 뛰어갔으나 모두 죽고 말았다. 그러다 차기석은 운두령을 넘어온 강릉과 양양 토벌군의 협공을 받았다. 점차 좁혀지는 포위망을 뚫으려 애를 썼으나 결국 생포되었다. 그가 자결하려는 순간 민보군 대장 맹진석이 칼을 빼앗았다.

차기석은 관군에게 끌려갔다. 관군은 차기석 앞에서 부하인 오덕현, 박석원, 지덕화를 총살했다. 관군은 추위와 눈 속에서 달아나는 동학군을 잡는 대로 죽였다. 차기석은 청도와 약수포로 끌려오면서 권성오, 권수청, 이치택 등 13명이 총에 맞는 것을 보았다. 동학군 근거지와 집들이 불태워지는 것도 보았다. 약수포 쪽으로 밀리던 500여 명의 동학군은 신배령, 응봉령 등에서 협공해 온 관군에게 총살당하거나 생포되었다. 차기석은 차라리 빨리 죽고 싶었다. 눈앞에서 용맹한 동학군들이 죽는 것을 보는 게 자신이 죽는 것보다 더 고통스러웠다.

민보군 대장 맹진석은 포로 10여 명을 강릉 관아 이회원에게 보내고, 원주에 머물고 있는 일본군 대장에게 보고서를 보냈다. 강원도 동학군을 진압한 공로로 맹진석은 평창 현령이 되었다.

유시헌은 차기석 대장이 잡힌 것을 보고 전세가 기울었음을 알았다. 맹진석은 한때 동학 도인으로서 유시헌과 함께 해월의 가르침을 받았다. 유시헌은 맹진석이 그렇게 변할지는 몰랐다. 그 이유를 묻고 싶었지만 만날 수는 없었다. 관군과 민보군은 내면의 골짜기를 따라 오르며 샅샅이 뒤져 가며 동학군을 추격했다. 유시헌은 가능한 한 계곡과 먼 곳으로 돌아서 아래로 내려갔다. 낮에는 바위 뒤에 바짝 붙어서 움직이지 않다가 밤이 되면 움직였다. 산짐승들이 그의 냄새를 맡고 따라왔다. 청록색으로 빛나는 그들의 눈이 섬뜩했다. 늑대나 여우 등일 터였다. 그가 걸으면 짐승들도 둥글게 그를 에워싸며 따라왔다. 그가 멈추면 그들도 멈추었다. 공격할 틈을 찾고 있었다. 그는 손에 창을 꽉 쥐었다. 짐승들이 가까이 오면 창을 들고 재빨리 좌우상하로 휘두르며 사방에서 공격하려는 짐승들을 막았다. 새벽이 가까이 오면 짐승들은 길게 울음을 끌며 사라졌다. 그러면 그는 지쳐서 11월의 추운 날씨 속에 오들오들 떨며 바위틈에 웅크리며 풋잠이 들었다.

먹을 것이 없는 겨울 오대산을 돌고 돌아 계방산 노인봉으로 해서 대관령을 내려왔다. 두 달 전에 대관령을 넘었던 기억이 났다. 강릉으로 갔더니 모인 사람마다 차기석 대장의 처형 이야기를 하며 시끄러웠다. 세상이 조용해질 때까지 숨어 지내야겠다고 생각했지만, 어디로 가야 할지 알 수 없었다.

다음 날 산 속에서 하룻밤 자고 다시 강릉으로 내려왔다. 차기석 대장의 마지막 가는 모습을 보고 싶었다. 벌써 해가 중천에 떴다. 유시헌은 사형 집행 때가 언제인지 몰라 주막집으로 들어섰다. 주막에서는 사람들이 술을 마시며 차기석에 대해 떠들고 있었다.

"이번에 차기석 대장이 강릉 교장에서 사형을 당한다지?"

볼이 홀쭉한 사내가 탁주 잔을 내려놓으며 말했다.

"대장은 무슨 대장이야, 동비 괴수지. 거기도 같은 패거리여?"

구레나룻이 무성한 사내가 눈을 치떴다.

"아니야, 그래도 우리같이 못난 놈들 대신해서 싸워 주지 않았는가?"

"그러기는 해도 입 조심해. 사방에 귀와 눈이 있는 것 몰라? 언제 쥐도 새도 모르게 잡혀가는 줄 모르고 하는 소리여?"

주위를 돌아보며 소리를 낮췄다.

"그려. 고맙구먼. 그건 그렇고, 차기석이 혼자 잡혔다든가?"

"잡히기야 많이 잡혔지만, 그 자리에서 웬만하면 다 총살하고, 대장들만 모아서 강릉 교장에서 사형시킨다고 하더구먼."

"우리 같은 촌것도 구경할 수 있을까?"

"동비 되는 것을 막으려고 일부러 공개 처형을 한다더구먼."

"오늘 가 보려나?"

"가야지. 이런 좋은 구경거리 놓칠 수야 있나. 허. 허. 허. 술맛 좋다!"

구레나룻의 사내는 술을 쭉 들이켰다.

"예끼, 이 사람. 아무리 내 가족이 아니라도 그렇지. 어찌 그렇게 인정머리가 없는가? 사람이 죽는 일인데."

"하긴 그려. 그 가족이 보면 얼마나 가슴이 찢어지겠는가? 그래도 가 보기는 해야지."

"몇 시에 한다고 하든가?"

"사시(9~11시) 무렵에 한다고 하더구먼. 곧 시작하겠네. 빨리 한 잔 더 먹고 가세나."

"술맛 떨어지네. 제 명대로 살지 못하고 이 밝은 대낮에 죽을 사람들 생각하니. 산다는 것이 뭣인지…."

"성인 났네그려. 언제부터 동비를 그렇게 걱정해 주었나?"

"사람이 그런 것이 아니네."

"알았네. 어서 술이나 먹게."

유시헌은 그들 대화를 듣다 슬그머니 자리에서 일어났다. 빨리 이 자리에서 피할 것인가, 차기석 대장의 마지막 모습을 보고 떠날 것인가. 마음속으로 갈등하며 걷다 보니 자신도 모르게 떼로 몰려가는 사람들 틈에 끼어 있었다. 강릉 교장으로 구경 간다고 했다. 그는 주춤거리다 결국 함께 휩쓸려 갔다.

강릉 교장에는 십여 개의 사형대가 설치되어 있었다. 포졸들은 창을 들고 밀려드는 사람들을 줄 밖으로 거칠게 밀어냈다. 구경꾼들은 사형대를 중심으로 멀찍하게 앉거나 섰다. 유시헌은 포졸들을 보자 심하게 가슴이 두근거렸다. 금방이라도 누군가가 자신을 지목할 것 같았다. 그러면 차기석 대장 옆에서 자신의 목도 날아갈 판이다. 목 언저리가 서늘했다. 이 자리에서 빠져 나갈까? 다시 한 번 갈등이 생겼다.

한순간 사방이 조용해졌다. 동학군 10여 명이 팔을 뒤로 묶인 채 줄줄이 걸어왔다. 그는 사람들 뒤쪽에 숨듯이 섰다. 차기석, 지왈길, 박학조, 정창호 등 동학군 대장들이다. 함께 힘을 모아 싸웠던 도인들. 그들과 눈이 마주칠까 봐 얼른 고개를 숙였다. 혼자만 이렇게 살아 있는 것이 죄스러웠다. 다시 가만히 고개를 들었다. 그동안 고문을 많이 당했는지, 얼굴에 푸르퉁퉁하게 멍이 들어 있었다. 차기석 대장은 다리를 절며 앞만 보고 걸었다. 그러다 문득 그가 있는 곳을 바라보았다. 가슴이 뜨끔했다. 차기석 대장은 그를 보았을까? 포졸이 재촉하자 차기석 대장은 성큼성큼 걸어서 사형대 앞에 섰다.

사람들이 입구를 가리키며 수군거렸다. 이회원이 강릉 부사가 되어 육방과 포졸들에 둘러싸여 걸어와 빛가리개가 쳐진 곳에 앉았다. 사형식이 거행되었다. 이회원이 일어섰다.

"동비들은 이 나라 조선을 뒤엎으려는 역적들이다. 선량한 백성들이 동비들 꼬임에 빠져 난을 일으켰다. 이에 우리 관군과 민보군, 그리고 일본군은 서로 협력하여 마침내 이들을 완전히 토벌했다. 오늘 특별히 동비 괴수들을 강릉 교장에서 처형하는 것은, 어리석은 백성들이 이들에게 동조하지 않도록 경계 삼기 위해서다. 앞으로도 이런 불손한 행동을 하는 자들은 추호도 관용을 베풀지 않을 것이니 부화뇌동하지 말라!"

형방이 그동안 동비를 토벌한 성과를 쭉 나열했다. 토벌군은 별 피해 없이 동학군을 거의 죽여서 대승을 거두었다는 내용이었다. 그렇게 많은 동학군들이 죽다니, 유시헌은 가슴이 아팠다.

사형당할 동학군들에게 마지막 인심을 쓴다며 막걸리 한 잔과 돼지고기 한 점씩 돌렸다. 다른 동학군들은 거절하는데, 차기석 대장은 막걸리를 쭉 들이켰다. 그리고 집어 주는 돼지고기도 맛있게 씹었다. 지왈길은 막걸리 잔을 머리로 받아 버렸다. 그러자 포졸이 지왈길의 뺨을 쳤다. 지왈길 머리에 뿌연 막걸리가 흘러내렸다. 박학조의 얼굴은 굳어 있고, 몇몇 도인들은 주문을 외는지 입술이 쉴 사이 없이 움직였다. 이들을 모두 사형대 위에 엎드리게 하고 손을 등 뒤로 묶었다. 그리고 머리도 사형대 위에 고정했다.

둥둥둥 북소리가 울리고 망나니들이 칼춤을 추었다. 묵직하고 넓

은 칼날이 정오의 햇빛에 반짝였다. 망나니들은 칼을 휘두르며 한바
탕 춤을 추고 나서 입안 가득 머금은 술을 칼날에 내뿜었다. 안개처
럼 물기가 뿜어졌다. 심장이 멎는 것 같았다. 숨도 제대로 쉬지 못하
고 지켜보았다. 그때 무겁게 징소리가 울렸다. 순간 망나니들이 칼을
높이 쳐들었다 내렸다. 10여 개의 목이 댕강댕강 잘려 땅에 떨어졌
다. 목에서는 피가 솟구치는데 차기석 머리가 눈을 부릅뜬 채 통 통
통 땅 위에서 튀었다. 그것을 보고 사람들은 놀라 기겁했다.

"아이구, 얼마나 원한이 사무쳤으면 저럴까?"

"원통해도 이제는 어쩔 것이여. 얌전히 저승으로 가야지."

사람들은 안타까워했다.

"어서 빨리 저놈의 머리를 붙들어라. 칼로 찔러도 좋다."

당황한 이회원이 소리를 질렀다. 포졸 한 명이 칼을 빼들었을 때였
다. 지켜보던 사람들 속에서 수건을 쓴 노파가 짚 바구니를 들고 앞
으로 나왔다. 뛰어오른 머리를 감싸 안더니 재를 한 움큼 집어 핏물
이 떨어지는 목 부위에 뿌렸다. 비로소 숨이 끊어진 머리가 노파의
품 안에서 잠잠해졌다. 노파는 얼굴을 쓰다듬듯 두 눈을 감기더니,
잘린 머리를 몸 옆에 놔두었다. 머리 없는 목에서 핏물이 떨어져 땅
을 붉게 적시고 있었다. 노파가 사람들 속으로 들어가자, 사람들이
길을 내주었다. 유시헌은 놀라서 그 노파를 바라보았다. 구부정한 노
파는 짚 바구니를 허리 옆에 끼고 관아 밖으로 조용히 걸어 나갔다.
유시헌은 어디선가 들은 말이 기억났다. 가끔 잘린 머리가 튀는 경우

가 있는데, 그때는 한여름에 무성한 억새를 베어 말렸다가 태운 재를 바른다는 것이다.

"에그, 짠하기도 하다. 쯧쯧쯧."

사람들은 머리가 잘린 시신에서 고개를 돌리며 혀를 찼다.

유시헌은 눈앞이 뿌옇게 흐려졌다. 소매로 눈물을 닦아 냈다. 사람들이 입구 쪽으로 빠져나가고 있었다. 그들과 함께 나오다 다시 한번 교장을 돌아보았다. 포졸들이 동학군 상투를 집어 들어 한곳에 모으고 있었다. 아마도 번화한 시장통에 전시하거나, 관아마다 조리돌려질 테지.

유시헌은 강릉 교장 밖으로 나왔다. 태연하게 막걸리를 받아 마시던 차기석의 마지막 모습이 떠올랐다. 그는 삶과 죽음에서 벗어난 것 같았다. 수운 대선생도 죽음 앞에서 태연했다. 해월 선생은 늘 강조하였다. 한울님은 내 안에 함께 계시고, 모든 생명 존재마다 깃들어 계시다고. 수운, 해월, 차기석 모두 자신과 다르지 않았다. 유시헌은 그들이 자신의 가슴속으로 스며드는 환영을 보았다. 수운과 차기석, 지왈길의 죽음은 곧 자신의 죽음이었다. 그리고 그들은 다시 유시헌의 가슴속에서 부활했다. 유시헌은 가슴이 울컥했다. 그리고 눈에서 뜨거운 눈물이 흘렀다. 이상하게도 가슴속이 탁 트이면서 고통이 뒤섞인 시원한 환희를 맛보았다.

유시헌은 경북 쪽으로 발길을 향했다. 아직 자신에게는 할 일이 있을 것 같았다.

9. 불씨를 심고 떠나다

최인선, 평창 감옥에 갇히다

증산의 유씨 집안에서 숨어 살던 최인선은 남편과 학종에 대한 걱정으로 마음이 혼란스러웠다. 먹을 갈고 그림 그리기에만 마음을 모았다. 붓끝에 힘을 주며, 어떤 바람이나 서릿발에도 흔들리지 않으리라 마음을 다잡았다.

차츰 그녀의 그림이 편안해졌다. 그녀는 지난해 들꽃에 한울님 모습을 표현하기 위해 애썼던 기억이 났다. 그녀는 난초 꽃에 웃는 얼굴을 그렸다. 이제는 자신의 모습을 그렸다. 아들 네 명을 키울 때 어머니로서 가장 행복했던 순간들을 떠올렸다. 비로소 난초는 최인선이 되었다. 처음에는 웃는 얼굴을 그렸는데, 차츰 난초 꽃은 슬픈 얼굴, 기도하는 얼굴이 되었다. 수많은 동학 도인들이 살육당하는 이때 이들이 무사하기를 바라는 마음, 이것이 바로 한울님 마음이었다.

아들들에게 밖으로 돌아다니지 않도록 당부했건만 그들은 한곳에 가만히 있지 못했다. 정선, 영월 등을 다니며 바깥소식을 가져왔다.

그럴 때마다 그녀의 마음은 조마조마했다. 그녀는 아직 '조화정'이 되지 못했다고 자책했다. 산천초목 우주와 조화를 이루지 못해 아직도 가족의 일에 집착하는 자신을 보았다.

밖에 나갔던 유택종이 허겁지겁 뛰어왔다.

"어머니, 큰일 났습니다."

가슴이 철렁 내려앉은 그녀는 말없이 아들을 보았다.

"동생이 감옥에 갇혔습니다."

최인선은 깜짝 놀라 벌떡 자리에서 일어났다. 붓에서 먹물이 그녀의 옷에 주르르 흘러내렸다.

"뭐라고 했느냐?"

"동생 학종이가 영월 감옥에 갇혔다고 합니다."

"이게 무슨 일이냐? 어서 가자."

최인선은 서둘러 밖으로 나가려고 했다.

"어머니, 조금만 기다리십시오. 무작정 학종을 빼낼 수는 없습니다."

큰아들 택종이 침착하게 말했다. 최인선은 다시 자리에 앉았다. 심장이 두근거리고 손이 떨렸다. 무엇을 해야 할지 몰라 당황스러웠다.

"어찌하다 잡혔다고 하더냐?"

"지왈길 대장이 정선 관아를 점령한 뒤에 맹진석 토벌군이 쳐들어왔다고 합니다. 일부 동학군들이 사로잡히거나 죽고, 나머지는 흩어

겼는데, 학종이는 이중집 대장과 함께 또다시 영월 관아로 쳐들어간 모양입니다.”

“어찌하면 좋겠느냐?”

최인선은 큰아들에게 물었다. 언제 이렇게 자랐나 싶을 만큼 택종이 어른스러웠다. 자신이 큰아들에게 의지하고 있음을 느꼈다. 험한 세상이라 학종이 금방 사형이라도 당할까 봐 불안했다.

“우선 돈을 갖다 주고 빼내는 방법을 찾아야 할 것 같습니다.”

최인선은 자신이 가진 물건 중에 돈이 될 만한 것을 찾았으나 별로 없었다. 시집올 때 해 온 반지가 남아 있는 유일한 패물이었다. 무은담에서 나올 때 새 옷감이라도 가져올 걸 하는 아쉬움이 들었다. 그러나 그 집은 이미 잿더미가 되었더라고 택종이 알려 주었다.

아들이 반지를 들고 밖으로 나갔다. 최인선도 따라가고 싶었지만, 아들이 위험하다고 반대했다. 이런 일을 당할 때 누구에게 의논해야 할지 알 수가 없었다. 최인선은 남편 유시헌이 그리웠다. 학종이 위험에 처한 줄도 모르고 지금 어디에 있는 것일까? 택종을 기다리는데 하루가 너무 길었다. 그림도 불안한 마음을 잡는 데는 소용이 없었다. 밤에야 택종이 돌아왔다.

“영월 도인 박진사 댁을 찾아갔더니 그 집 아드님이 장신구 세공인 한 사람 소개해 주었습니다. 그에게 반지를 맡기고 돈을 구했는데, 그가 직접 영월 관아 포졸을 만나 봐 주겠다 합니다.”

“언제 만나 보겠다고 하더냐?”

"내일이라도 가 보겠다고 했습니다."

다음 날 저녁 택종이 찾아가니, 세공인은 관아 경비가 심해서 가족이 학종을 만나기는 어렵다고 했다. 학종은 지금 감옥에서 문초를 받고 있다고 전해 주었다.

아들 소식을 듣고 최인선은 눈물을 흘렸다. 학종을 만나기 위해 감옥 포졸과 인맥을 댈 수 있는 사람을 찾았으나 쉽지 않았다. 자칫하다가는 자신마저 잡힐 수 있었다. 안타까운 마음에 가슴속만 까맣게 타들어 갔다.

그런데 감옥에 갇힌 뒤 닷새 만에 학종이 죽었다는 소식을 들었다. 갖은 고문 끝에 총살해 영월 장터에 전시해 두었다고 했다. 부랴부랴 영월 장터로 갔으나, 모든 시신이 사라지고 없었다. 사람들 말로는 동학군들이 가져갔다고 하였다.

"학종아, 사랑하는 내 아들아, 어디 있느냐?"

최인선은 학종을 찾아다녔으나 끝내 찾을 수 없었다. 한 달간 정신없이 헤매고 다녔다. 그러자 이번에는 일가 댁에서 관의 지목을 받을 수 있다며 나가 달라고 했다. 다행히 영월 상동면 최 도인이 자신의 집에 머물도록 해 주었다. 한동안 정신을 놓고 살았다. 꿈에 학종이 계속 보였다. 불쌍한 자식을 구해 내지 못한 것이 한스러웠다. 학종만 생각하면 가슴이 쓰리고 통곡만 나왔다.

어느 날 최인선은 막내 석종이가 힘없이 마루에 앉아 있는 것을 보았다. 몸이 형편없이 말랐다. 눈은 광채 없이 퀭하게 들어가 있었다.

가슴이 콱 막히고 목이 메었다. 그녀는 비로소 다른 아들이 보였다. 지금까지 너무 오랫동안 내버려 둔 것을 깨달았다. 다행히 택종이가 동생들을 돌보고 있었다. 퍼뜩 정신이 들었다. 남은 자식이라도 잘 지켜야 했다. 자신이 정신을 차리지 않으면 안 되었다. 그리고 학종의 죽음을 헛되이 할 수 없다고 생각했다. 아들의 장례를 치러 주지는 못했지만, 아들을 대신해 싸우리라 마음먹었다. 무명천에다 동학군에게 용기를 불어넣어 주는 그림을 그렸다. 차별 없는 대동 세상을 표현했다. 화려한 5방색으로 신명을 돋우는 북과 장구, 장수를 기원하는 십장생을 그렸다. 노랑 깃발에 씩씩한 기상을 나타내는 호랑이와 말 타는 그림을 그렸다. 그림은 큰아들 택종이 들고 나갔다. 어떻게 하는지 묻지 않았지만, 어디로 가는지 짐작할 수 있었다.

그러다 최인선은 갑오년(1894) 10월 하순에 평창 포졸들에게 붙들리고 말았다.[20] 다행히 아들들은 나가고 없었다.

평창 감옥 안은 사람들로 가득 찼다. 주로 동학 도인들이었다. 감옥은 크게 남자와 여자 칸으로 구분됐고, 정면은 성긴 통나무로 짜서 막았다. 바닥에는 멍석이 깔렸고 감옥 구석에는 용변 보는 항아리가 땅에 묻혀 있었다. 2월이라 밤낮으로 추웠다. 특히 밤에는 이불도 없어서 몸을 오그리며 추위에 떨었다. 무엇보다 고문의 통증이 커서 잠을 잘 수가 없었다. 정강이뼈가 부러졌는지 일어서기도 힘들었다. 벌써 넉 달째 심문을 받는 중이었다. 눈이 작고 턱이 뾰족하여 쥐 관상을 한 평창 군수는 위압적인 관복으로 온몸을 휘감고 나와 거드름을 피우며 그녀를 심문하곤 하였다. 죽은 아들을 생각하며 지금까지 잘 버티고 있으나, 다리 통증이 심해서 잠시도 편하지 못했다.

맹진석은 평창 군수로 발령받았다. 감옥마다 동학 도인들로 가득 차 있었다. 죄인들 명단을 살펴보니 정선 무은담의 최인선이 잡혀 와 있었다. 가슴이 뜨끔했다. 그는 정선과 영월 지역에서 사로잡은 동학군들을 심문하였던 기억이 났다. 그중에 유시헌의 아들 학종이 있었다. 한때 동학을 배운다고 유시헌 집에 머물렀을 때 가끔 본 어린 학종이 어느새 청년이 되어 있었다. 학종을 통해 유시헌과 해월을 잡아 보려고 했으나, 일본군 이시모리 대위는 빨리 처단해 버리라고 명령했다. 동학군 세력을 그대로 두면 들불처럼 번져 걷잡을 수 없으니, 초장에 씨를 말려야 한다고 했다. 할 수 없이 사로잡은 지 5일 만에 총살 명령을 내렸다. 학종을 죽이고 나서 마음이 편하지 못했다. 그런데 또 최인선이 이곳 평창 관아에 잡혀 와 있는 것이다. 지난날 유시헌 앞에서 늘 초라했던 자신의 모습이 떠올랐다. 최인선을 만나고 싶지 않지만, 심문은 해야 할 터였다. 최인선을 미끼로 아직까지 못 잡은 해월과 유시헌을 잡을 수 있을지도 몰랐다. 해월을 생각하자 이상하게도 몸이 옥죄이고 떨려 왔다.

"죄인 최인선은 나오라."

평창 포졸이 소리쳐 불렀다. 오늘도 심문과 고문을 받을 생각을 하니 최인선은 치가 떨렸다. 일어설 수가 없었다. 두 명의 포졸이 와서 양쪽 어깨를 잡아끌다시피 데리고 나가 동헌 마당에 앉혔다. 차가운 바람이 잎 떨어진 나뭇가지를 흔들었다. 맨땅이 얼음 바닥이었다. 다리를 얼리며 스며 오르는 냉기를 온몸으로 견디었다. 포졸들을 대동하고 평창 군수가 들어왔다.

"죄인의 이름은 무엇인가?"

최인선은 새로운 목소리에 고개를 들었다. 자세히 보니 맹진석 도인이었다. 너무나 의외의 만남에 최인선은 당황스러웠다. 맹진석의 변절을 생각하니 그에게 심문을 받는 것 자체가 치욕스러웠다.

"……."

"네 이름이 무엇인지 사또께서 묻지를 않느냐? 대답을 해라."

곁에 있는 이방이 신경질적으로 말했다.

"최인선입니다."

"남편은 누구이냐?"

"유시헌입니다."

"동비 유시헌은 어디에 숨었느냐?"

맹진석은 날카롭게 물었다.

"모릅니다."

"옛정을 봐서 살려 줄 테니 어디에 숨었는지 말하라."

맹진석은 아차! 싶었다. 최인선과의 관계가 밝혀지면 자신의 과거

경력도 밝혀질 수 있었다. 자신은 최인선을 알면 안 되는 거였다.

"옛정이라니, 그것이 무슨 말이오? 나는 당신을 모르오."

다행히 최인선은 자신을 아는 체하지 않았다.

"계속 고집을 부릴 테냐? 남편은 어디에 있느냐?"

"……."

"그림을 그린 의도는 무엇이냐?"

"무슨 그림 말입니까?"

"시치미를 뗀다고 모를 줄 아느냐? 갑오년 동비의 난 때 들고 다녔던 걸개그림 말이다. '보국안민', '척왜양창의' 글씨 외에도 그림을 그렸다지? 의도가 무엇이냐?"

"걸개그림은 모르는 일입니다."

최인선은 당당하게 말했다.

"동비들이 난을 일으킬 때 5방색의 화려한 색깔로 그린 호랑이, 말타고 활 쏘는 그림을 깃발로 들고 다녔다는 보고가 들어왔다. 이것을 인정하느냐?"

"모르는 일입니다."

"아직도 정신을 못 차리고 있으니 주리를 틀어라."

"예."

포졸 두 명이 주릿대와 끈을 가져왔다. 끈을 양쪽 무릎 위와 발목에 묶더니 한 명은 뒤에서 머리채를 잡았다. 두 명이 주릿대를 다리정강이 사이에 엇갈리게 끼워 옆으로 젖혔다. 정강이가 활처럼 휘었다. 최인선은 이를 악물었지만, 저절로 비명이 터져 나왔다. 그녀는 고통 속에서도 아들을 생각했다.

'아들 학종이도 이런 모진 고문을 받았겠구나.'

아들의 죽음에 비하면 이런 고문쯤 아무렇지도 않았다. 아들을 다시 살릴 수만 있다면, 자신은 기꺼이 죽어도 좋다고 생각했다.

"……."

그녀는 잠깐 기절했다가 깨어났다. 그녀의 온몸이 젖어 있었다.

"독한 년! 다시 옥사에 집어넣어라."

그녀는 감옥 안에 짐짝처럼 던져졌다.

맹진석은, 여자 치고는 당차고 재능이 많은 최인선이 고문으로 다리뼈가 부러진 것을 알았다. 추운 감옥에 계속 두면 두 다리의 상처가 덧나서 잘라야 할지도 몰랐다. 어쩌면 죽을 수도 있다고 생각했다. 최인선의 고집스러움을 잘 알고 있던 터라 심문으로 유시헌이나 해월의 행방을 알아내기는 힘들겠다는 결론을 내렸다. 차라리 돌려보내 놓고 뒷조사를 시키는 것이 더 현명한 일이라 생각됐다.

맹진석은 포졸들에게 최인선을 정선 무은담으로 돌려보내도록 명령했다. 그러나 이미 그곳은 잿더미가 되었다는 말에 강릉에 있는 자신의 먼 친척 집으로 보냈다. 그러면서 스스로에게 이것은 동정심이 아니라, 유시헌과 해월을 잡기 위한 미끼라고 확신시켰다. 최인선을 보는 순간부터 야멸차게 동학군을 처단했던 자신의 모진 마음이 약해지려고 했다. 최인선을 살려 주는 것이 잘하는 일인지 판단할 수 없었다. 해월 곁에서 떠난 뒤로 유시헌을 넘어서고자 이를 악물고 살아왔다. 해월에게 인정받지 못한 이유를 지금까지도 알 수 없었다. 모진 마음으로 동학군 처단에 앞장서서 오늘 이 자리까지 왔다. 자신의 능력을 과시하고 싶었다.

최인선을 친척 집에 맡긴 지 사흘 뒤, 최인선이 사라졌다는 보고가 들어왔다. 누군가 최인선을 데려갔다는 것이다. 맹진석은 최인선을 구슬러 해월과 유시헌을 붙잡으려던 계획이 허사가 되었음을 알았다. 그리고 얼마 후 강릉 부사 이회원으로부터 호출 명령을 받았다. 누군가가 일러바친 것 같았다.

"군수 맹진석은 대답하시오. 동비 최인선을 풀어 주었다는 말이 사실이오?"

이회원은 차가운 눈빛으로 맹진석을 쏘아보며 물었다.

"풀어 준 것이 아니오라, 해월과 유시헌을 붙잡기 위한 미끼로 잠시 감옥에서 내보낸 것뿐이오."

"그러면 최인선은 지금 어디에 있소?"

"그게, 저… 사라지고 없소."

"사라지고 없다니, 그게 무슨 말이오."

"강릉 친척 집에 최인선을 보냈는데, 사라졌다고 합니다."

"맹진석 군수. 난 그대를 믿고 있네만, 혹시 내게 숨긴 것이 없소?"

"숨기다니요, 무엇을 말씀입니까?"

맹진석은 떨리는 가슴으로 이회원을 바라보았다.

"내가 조사한 바에 의하면 맹진석 군수는 민보군 대장이 되기 전에 동비들과 한패였다는 보고가 들어왔소. 사실이오?"

"그럴 리가 있겠습니까? 만약 제가 그랬다면 동비들을 그렇게 소탕했겠습니까?"

"나도 그게 의문이란 말일세. 그래서 진실을 알고자 한 것이네. 일본 이시모리 대장에게 벌써 보고는 했다네."

이회원은 어느새 말을 털어놓고 있었다.

"예?"

맹진석은 갑자기 온몸에서 힘이 빠져나가는 것을 느꼈다.

"자네가 솔직하게 말하면 이시모리 대장에게는 선처를 바란다고 부탁을 해 보겠네."

"……."

"자네가 말하지 않겠다면 어쩔 수 없지. 도와줄 방법이 없구먼."

맹진석은 한때 동학을 했던 것이, 아니 최인선을 살려 준 것이 자신의 발목을 잡을 줄은 몰랐다.

"… 한때 제가 동학을 한 것은 사실입니다. 그때는 동학이 이렇게 일어날 줄 예상하지 못했던 때입니다. 그러나 동학이 유도의 신분 질서와 아름다운 충효 질서를 어지럽힌다는 것을 깨닫고는 동학에서 나왔습니다. 그리고 그들의 잘못을 잘 알고 있기에 누구보다는 동비를 타도하는 데 앞장섰습니다."

"알겠네. 자네 일에 대해 이시모리 대장에게 잘 말해 보겠네. 여봐

라. 이자를 옥에 가두어라."

 이회원은 싸늘하게 명령하고 밖으로 나가 버렸다. 포졸 둘이 달려와 그의 양팔을 붙들었다. 맹진석은 문득 자신이 진퇴양난에 빠졌음을 알았다. 맹진석이 강릉 관아 독방에 갇혀 있는데, 동학군들이 끊임없이 붙잡혀 와 심문당하고, 또 사형당하는 것을 보았다. 지난날 자신의 삶이 떠올랐다. 그는 동학군을 누구보다도 많이 죽였다. 그러나 과연 그것이 잘한 행동이었는지는 자신도 판단을 내릴 수가 없었다. 그때는 해월에 대한 원망과 유시헌에 대한 미움이 앞섰을 뿐이었다. 왜 그들을 죽여야 하는지에 대해서는 깊이 생각하지 않았다. 이제 동학군들과 같이 붙잡힌 몸이 되고 보니 한없는 후회가 밀려왔다. 동학 도인이 아니더라도 이 나라 백성이라면 가렴주구와 일본군의 침략 앞에서 가만히 있을 사람이 없겠다는 생각이 들었다. 전에는 이런 생각을 전혀 하지 못했다. 어디에서부터 잘못된 것일까? 돌이키기에는 너무 멀리 와 버렸다는 생각이 들었다.

 이틀 뒤에 맹진석은 이시모리 대장에게 넘겨졌다. 그는 관군과 일본군을 배반했다는 이유로 모래땅에 파묻히는 형벌을 받았다. 구덩이가 파이고 그의 입이 봉해졌다. 두 팔과 다리가 묶인 채 구덩이 속에 쳐 넣어졌다. 모래가 점점 차올라 가슴과 목을 덮었다. 숨이 답답해졌다. 그의 눈이 마지막으로 강원도 높은 산봉우리 너머 하늘을 바라보았을 때 눈물이 흘러내렸다. 곧 깜깜한 어둠이 뒤덮였다. 그리고 아무 표시도 없는 그의 무덤 위로 사람들은 무심하게 지나다녔다.

피난과 만남

　섣달이 다가오자 날씨는 급격히 추워졌다. 산길로만 걸으며 유시헌은 경북 안동으로 향했다. 지금까지 소외당하고 탄압만 받던 백성들의 가슴 가슴마다 장엄하게 불타올랐던 동학농민혁명의 불꽃은 한겨울의 된서리에 이제 사그라지고 없었다. 가슴에는 차가운 재만 남았다. 그러나 유시헌은 그 재 속에 자신의 불씨를 깊이 숨겨 두었다. 이대로 영원히 꺼질 수는 없었다.

　이미 자신의 이름이 알려져 있어 강원도에 머물기는 위험했다. 무은담 집이 불타고 없으니 가족은 어딘가가에 피신해 있으리라 믿었다. 관군과 일본군은 동학군을 잡기 위해 혈안이 되어 있었다.

　빨리 몸을 피해야 했다. 관의 지목을 받지 않을 곳을 찾아야 했다. 안동에 있는 친구 이성삼을 떠올렸다. 잠시 그곳에 몸을 의탁하리라 결심했다.

　초라한 모습으로 5일 만에 안동 서벽에 도착했다. 친구가 버선발로 뛰어나와 반겼다. 친구가 진사임에도 불구하고 집안 형편은 다른 여염집과 비슷해 보였다.

　자신을 위해 차려 준 밥상 앞에서 그는 합장하며 한울님께 심고를 드렸다.

　"자네는 무엇을 위해 기도를 하는가? 자네의 한울님은 자네를 도와주지도 않았어."

"우리가 이렇게 살아 있는 것 자체가 한울님일세. 이것을 알아차리느냐 못 알아차리느냐의 차이가 있을 뿐일세. 갑오년의 운동은 용틀임의 시작일세. 오래 찌들고 굳어진 틀이 하루아침에 깨지겠는가? 그러나 새롭고 맑은 기운이 자꾸 흔들어 대면 결국은 깨지고 말걸세."

"이해할 수가 없군. 도대체 자네가 믿는 한울님은 어떤 분인가?"

"이 밥상에 놓인 생명 존재들일세. 이들의 생명 기운과 내 생명 기운은 둘이 아닐세. 이들을 먹음으로써 이들을 내 안에 모시게 되고, 나 또한 더욱 새로운 생명 기운으로 거듭나는 것일세. 중요한 것은 내 생명만을 고집하지 않고, 다른 생명들과 더불어 사는 것일세. 우리 모두는 거대한 생명 존재들과 서로 연결되어 살아가기 때문일세. 그런 점에서 모든 생명 존재들의 우열은 있을 수 없네. 그런데 인간들은 자기 혼자만 살겠다고 서로를 누르고 빼앗으며 살고 있지 않는가? 자연을 조금만 살펴보면 서로 도우며 살고 있다는 것을 알 수 있는데도 말이지. 탐욕 때문에 진리를 외면하는 것이지. 이것은 스스로를 속이는 짓일세."

"그러면 어떻게 해야 바르게 사는 것인가?"

이성삼은 유시헌을 진지하게 바라보았다. 그의 눈에는 진리를 찾고자 하는 진실함이 깃들어 있었다.

"지금 자네는 잘 살고 있네. 나 혼자만 편하게 살겠다고 주변을 외면하지 않고, 이웃을 돌아보며 함께 사는 거지. 그것이 한울님이 가장 바라는 일이지."

유시헌은 이성삼의 집에 오래 머물 수는 없었다. 언제 관군이 들이닥칠지 알 수가 없었다.

유시헌은 경주로 갔다가 정선 동면에 숨어들기도 하고, 태백산 갈래사에 며칠 머물기도 하였다. 때로는 영월 박종문 진사 집으로 가기도 하고, 정선 화암동 산속에 있는 최재일의 집을 찾기도 했다. 이 집 저 집 오고 가는 길에는 염치 불구하고 구걸하며 몸에 원기를 채웠다. 밥 한 끼 한 끼가 소중한 한울님을 맞이하는 성스러운 일이었다. 누구 앞에서나 겸손하게 고개 숙이며 도움을 부탁하면서 이들이 모두 한울님들임을 절실하게 깨닫게 되었다. 자신을 다 비워 냄으로써 비로소 모든 존재로 채울 수 있음을 알았다.

유시헌이 장곡 김낙중 진사 집에 숨어 있던 1894년 섣달에 큰아들 택종이 찾아왔다. 영월 박종문 진사로부터 소식을 듣고 찾아왔다고 했다. 부쩍 장성한 아들은 유시헌을 보자 큰절을 올리더니 통곡부터 하였다.

"아버님, 학종이 소식을 들었습니까?"

"그렇단다. 어머님도 알고 계시느냐?"

"네, 학종의 시신도 건사하지 못했다고 어머님이 많이 상심하셨습니다."

유시헌은 또다시 학종의 주검이 떠올라 눈물이 나오려는 두 눈에 힘을 주었다. 유시헌은 택종의 손을 잡으며 위로했다.

"미안하구나. 네 동생을 지켜 주지 못했다. 내가 갔을 때는 이미 영월장에 효시되어 있더구나. 간신히 시신이나마 거두어 산중에 묻어 두었다."

"그나마 다행입니다. 어머니와 저는 동생의 시신도 거두지 못해서 무척 마음이 아팠습니다."

목이 멘 택종이 간신히 말을 이었다.

"그래, 너와 어머니가 고생이 많았겠구나."

"어머님께서는 동생이 죽은 뒤 동학군에게 걸개그림을 그려 주시곤 했는데, 그것이 빌미가 되어 잡혀가셨습니다."

"어머니가 다시 나올 수 있도록 노력해 보마."

다른 가족들은 지금 정선 갈래사에 기거하고 있다고 하였다.

유시헌은 아내 최인선을 구하기 위해 이리저리 아는 사람을 동원해 평창 감옥에 선을 대려고 노력하였다. 그러나 가두고 있는 사람이 평창 군수 맹진석임을 알고 절망하였다. 맹진석은 예전의 그 맹진석이 아니었다. 출세를 위해 냉혈한이 되어 버렸다. 그의 손에 죽은 동학군이 얼마나 많은지 헤아릴 수가 없을 정도였다. 아내 생각에 한시도 마음이 편하지 못했다. 차가운 냉바닥에 누워 있을 아내를 생각하면 구들장에 누운 자신이 죄스러웠다. 음식을 몸 안에 모실 때마다 굶주리고 있을 아내 생각에 목으로 넘길 수가 없었다.

그러다 소식을 듣게 되었다. 맹진석이 강릉에 있는 자신의 먼 친척 집에 최인선을 보냈다는 것이다. 유시헌은 박종문 진사에게 연락했다. 다행히 그 친척이 박진사와 아는 사이여서, 그 집을 방문해 대화하는 동안 김낙중이 아내 최인선을 구해서 태백산 갈래사에 숨겨 주었다.

한울님으로 모시는 마음

유시헌은 최인선 앞에 엎드려 오열을 터뜨리고 말았다. 그 곱던 사람이 머리는 백발이 되고, 다리는 상해서 잘 걷지도 못하였다. 자기 탓이리라. 자기 대신 옥에 갇혀 이렇게 몸이 상했다는 생각에 마음이 아팠다. 주리로 부러진 정강이뼈가 잘 붙지 못하고 있었다. 그런데도 눈빛은 한없이 맑아져 있었다. 아무 원망도 후회도 없었다. 맑은 가을 하늘처럼 먹구름이 지나도 흔들리지 않고, 풀꽃이 흔들려도 그대로 어머니의 따뜻한 눈빛으로 감싸 줄 뿐이었다.

그날부터 유시헌은 산으로 아들 택종을 데리고 다니며 약초를 캐기 시작했다. 아내 최인선의 다리를 빨리 낫게 해 주고 싶었다. 약초를 달여 정성껏 병구완을 하였다. 아내를 위해 침 공부도 하였다.

'모든 아픈 생명 존재들이, 하루빨리 고통에서 벗어날 수 있도록 도와 주십시오. 아픈 존재들이 모두 한울님이시니, 본래 자유롭고 맑은

기운을 회복하게 도와주소서.'

　최인선의 몸이 차츰 회복되기 시작하였다. 전혀 걷지도 못하던 다리가 차츰 아물고, 절뚝거리며 걷기 시작하였다. 그리고 다시 공양간을 드나들며 일을 돕고, 틈틈이 그림을 그리기 시작했다.

　"음식을 먹는다는 것은 곧 음식을 내 몸과 마음에 모시는 거라네. 눈에 보이는 한울님으로 이 몸을 키우고, 보이지 않는 마음 기운으로 내 마음을 채우는 것이지. 그러니 음식을 만들 때는 마음을 잘 써야 하네. 어떤 마음으로 음식을 만드느냐에 따라 음식에 스며든 기운이 달라져. 음식의 생명들이 본래 다 한울님이기 때문이지."

　최인선은 먹는 것뿐만 아니라, 입는 것, 쓰는 물건도 함부로 하지 않았다.

　최인선이 그린 그림은 다 한울님을 그린 그림이었다. 돌멩이를 그려도 그 속에서 한울님이 기도하고 있었다. 작은 풀꽃을 그려도 수줍게 어린 한울님이 웃고 있었다. 나무를 그리면 그 아래에서 부드러운 흙의 한울님이 나무 뿌리를 안아 주고 있었다. 꽃의 한울님들은 향기로 보답하였다. 바람의 한울님은 모든 생명 존재를 탱탱하게 일으켜 세우고, 저마다 품고 있는 소리를 풀어내게 하였다. 물의 한울님은 생명의 씨앗을 움트게 하였다. 불의 한울님은 심장마다 온기를 줘서 생명꽃이 피어나도록 하였다. 그것이 한울님이 사는 모습이었다.

　최인선의 다리가 빠른 속도로 회복되자, 아픈 사람들은 명의가 났다며 유시헌을 찾아오기 시작했다. 유시헌은 한울님이 자신에게 무엇을 원하는지 깨닫게 되었다.

유시헌은 정선 너븐돌에 치유를 위한 집을 마련하였다. 강마을인 이곳 지명은 개울에 넓적한 돌바위가 있다고 해서 '너븐돌'이 되었다. 너븐돌에서 돈니치로 가는 길인 고말잔등에는 얼음굴이 있어, 이곳에 얼음과 토종꿀을 재었다가 속병을 다스리는 사람이 많았다.

그가 본격적으로 의원으로서 치료 일을 시작하자, 세 아들과 며느리들이 그의 일을 도왔다. 특히 택종은 그를 대신하여 산으로 돌아다니며 약초를 캐다 주었다.[21] 약초를 선별하는 눈썰미가 유시헌 못지 않게 뛰어났다. 약을 달이는 일은 주로 며느리들이 하였다. 물 한 그릇 뜰 때부터, 약초를 말리고 쓰는 일 모두가 정성을 필요로 하는 일이었다.

유시헌은 아들들을 시켜 힘들게 사는 동학군들의 집 형편을 눈에 띄지 않게 은밀히 늘 살피도록 했다. 아픈 사람이 있으면 모셔오도록 했으며, 굶고 있는 집이 있으면 몰래 부엌에 곡식을 놓아두도록 했다. 겨울 추위에 떨고 있는 집에는 장작이나 이불을 놓아두기도 했다.

최인선은 아픈 환자들을 위해 기도하며, 마음의 치유약이라며 그림을 그려 주었다. 수운 대선생이 그렸다는 영부와 같은 힘을 주는 그림이었다.

영부란, 1860년 4월 5일 동학의 교조 수운 최제우 선생이 한울님에게서 받았다는 치유 그림이다. 한울님 기운을 형상으로 표현한 그림이다. 수운 최제우는 영부를 받아 그 재를 물에 타서 마시고 건강을 회복하였다. 그는 이것을 선약이요, 태극이요, 궁궁이라 표현했다.[22]

최인선의 그림은 유시헌의 치료 못지않은 또 다른 마음 치유약이었다. 새벽에 목욕재계하고 기도를 올린 다음, 환자의 손맥을 짚어 보았다. 환자의 병 증상을 치유할 수 있는 영부를 그리기 위해 마음을 모으는 것이었다. 치유하는 과정 자체가 기도요 수행하는 과정이었다. 이것이 수운 선생이 말씀하신 '조화정'이라고 이해했다. 너와 나의 한울님이 소통하고 조화를 이루는 것, 그것은 서로 막힘과 거스름이 없으며 맑고 밝으며 활달한 기운이었다. 이 생명 기운이 하나로 통할 때 병은 자연스럽게 치유되는 것이다.

내 안의 한울님을 늘 바라보고 외부의 한울님과 소통을 이루는 것, 이것이 충만감을 가져오고, 몸과 마음을 건강하게 유지하는 비결이었다.

제천 감옥에 갇히다

사람들이 너븐돌로 모여들기 시작했다. 육지로 걸어서 오기도 했지만, 배를 타고 강을 건너오기도 했다. 조용하던 강 마을이 활기를 띄었다. 사람들이 북적거리자 유시헌은 은근히 걱정이 되었다. 작년 전국적인 동학 거사로 인해 일본군들은 동학 도인의 씨를 말리는 작전을 펼쳤다. 일본 측은, 외세를 적극적으로 거부하는 세력은 앞으로 일본이 한반도에 진출하는 데 걸림돌이 될 거라고 예측했다. 작년보다는 느슨해졌지만, 아직도 사람들이 모여드는 곳에는 늘 관의 감시 눈초리가 번득였다.

강릉 부사 이회원은 기억하고 있었다. 맹진석이 유시헌을 붙잡기 위한 미끼로 그 아내 최인선을 자신의 친척집으로 내보냈다는 것을. 그 최인선이 도망쳐서 맹진석은 생매장을 당했다. 그런데 그 유시헌이 누구인가? 강릉 관아 점령 때 앞에 나섰던 위인이 아닌가! 이회원은 강릉과 정선, 영월을 중심으로 늘 감시를 게을리 하지 않도록 강원도 각 군수들에게 명령을 내려 놓고 있었다.

병신년(1896) 1월, 추위에 강물이 꽁꽁 얼어붙었다. 포졸 예닐곱 명이 강 위로 걸어서 건너왔다. 제천 군수는 사람들이 강마을로 모여든다는 소식을 듣고, 포졸들을 보냈다. 그들은 유시헌을 제천옥에 가두었다.

택종은 소식을 듣고, 영월 홍참봉과 박종문 진사에게 알렸다. 박종문과 홍참봉은 제천 군수를 만나러 갔다. 그러나 조사를 하기 전에는 만나게 해 줄 수 없다고 거부당했다. 그래서 두 사람은 사람들에게 돈을 걸고 서명을 받으러 다녔다.

유시헌이 감옥 안에 들어가자 어두컴컴하여 처음에는 아무것도 보이지 않았다. 눈이 어둠에 익숙해지자 거뭇거뭇 웅크리고 앉은 사람들 10여 명이 자신을 지켜보고 있음을 알았다. 멍석이 깔린 감옥 한쪽 바닥에 앉아 조용히 마음을 들여다보았다.

그때 감옥 안에 있던 한 사람이 아는 체를 했다. 자세히 보니 옷차림이 소박한 젊은 농부였다.

"혹시 강 마을에서 치료를 해 주신 의원님이 아니십니까? 얼마 전에 제 아들놈을 치료해 주신 적이 있습니다."

"아, 그런 적이 있습니까?"

"아이구, 그것을 기억 못하시다니요. 선생님은 제 은인입니다요. 아들놈이 이것저것 아무거나 먹어 대더니, 어느 날 독버섯을 먹었지 뭡니까? 선생님께서 아들에게 소금물을 먹여 토하게 한 다음, 감초에 검정콩을 끓인 물을 주셨지요. 생강즙이나 보리차도 독을 해독시킬 수 있다고 알려주셨습니다. 덕분에 아들은 다시 건강을 되찾았습니다."

"다행입니다. 그런데 어쩌다 이런 곳에 오게 되었습니까?"

"그 아들놈 때문이지요."

"네?"

"아들놈이 일곱 살밖에 먹지 않았는데, 글쎄 군적에 올라가 있지 않습니까? 군포를 내지 않는다고 하길래 제가 항의했더니, 이곳으로 끌고 왔습니다. 정말 억울합니다."

"의원님이라구요?"

감옥 안에 있던 사람들이 모여들었다.

"저 좀 진맥해 주십시오. 며칠 전부터 머리가 빙빙 돌고 어지러워 쓰러질 것 같습니다요."

"예, 그것은 못 먹어서 생긴 증상입니다. 잘 먹어야 될 텐데요."

"감옥 안에서야 음식을 주지 않으니…."

유시헌은 몇 번 불려 나가 심문을 받았다. 아직 동학과의 관련성은 모르는 것 같았다. 강 마을에서 의원 일을 언제부터 하였는지, 세금은 제때 냈는지, 혹시 사람들에게 나쁜 짓을 하지나 않는지 등에 대해서 물었다. 최대한 대답을 간단히 하는 것으로 대신했다. 아직 정확하게 판단이 서지 않는지 고문을 하지는 않았다.

감옥 안에서는 음식을 주지 않아, 가족들이 끼니때마다 넣어 주어야 했다. 음식을 먹을 수 없는 대부분의 사람들은 굶거나 바닥에 깔린 멍석을 짓뜯어 입에 넣고 자근자근 씹는 것으로 허기를 달랬다. 큰아들 택종이 음식을 넣어 주었다. 지난해에 거둔 감자와 옥수수를 넉넉하게 가져왔다. 평창 감옥에 갇힌 경험이 있는 아내의 마음이 느껴져 가슴이 짠하게 아파 왔다. 감자와 옥수수 냄새가 감옥 안에 퍼지자 사람들이 모여들었다. 조금씩 나눠서 골고루 먹도록 했다.

유시헌은 자리에 앉아 눈을 감았다. 허리를 펴고 아랫배에 의식을 모았다. 그리고 속으로 주문 낭송을 하였다. 사심 없는 밝은 의식이 지금 여기에 머물고 있는 자신의 존재를 선명하게 드러내었다.

천장 가까운 들창문으로 밝아오는 하늘이 한 뼘 보였다. 들창문을 바라보니 넓적한 잎사귀를 가진 어린 풀 한 포기가 자라고 있었다. 길가나 밭둑에 흔히 자라는 곰보배추였다. 잎사귀가 쭈글쭈글하고 맵고 쓴 맛이 있어서 천대받는 풀이지만, 이 풀이야말로 약초임을 유시헌은 알고 있었다. 감기 기침 가래에도 좋고, 피를 맑게 하여 어혈을 푸는 데 효험이 있다. 몸속의 기생충을 없애 주고, 부인병을 치료하는 데도 좋은 약재였다. 유시헌은 한겨울에 살아 있는 곰보배추를 보는 것만으로도 큰 힘을 얻었다. 아무리 삶의 조건이 힘들어도 살아 있다는 것 그 자체만으로도 생명의 존재는 숭고하고 아름다웠다.

옥졸이 불러내서 나갔다. 영월 홍참봉과 박종문 진사가 인근 고을 사람들과 함께 감옥에 찾아왔다. 옥졸에게 돈 몇 냥 쥐어 주었다고 했다.

"이 사람은 나쁜 사람이 아닙니다. 그저 의원으로서 사람들을 치료해 준 것뿐입니다."

유시헌을 구명하기 위해 모여든 사람들의 여론이 두려워, 제천 군수는 유시헌을 나가도록 해 주었다. 한 달 만이었다.

유시헌은 박종문이 마련해 준 정선군 남면 광덕리 수령마을로 이사를 갔다. 이곳에서도 유시헌은 의원으로서 사람들을 도우며 살았다. 특히 지아비를 잃고 힘들게 사는 여인들이나, 늙은 부모가 손자

손녀를 보살피는 가정을 보면 더욱 애잔한 마음이 들었다. 아들들에게 이들을 늘 관심 갖고 도와주도록 하였다.

해월 떠나다

을미년(1895) 12월, 해월은 도인 임학선과 손병희의 도움으로 횡성 수레너미로 가족을 옮겼다. 이곳은 피난처로서 적격이었다. 마을 앞으로 들어오는 길이 하나 있고, 마을 뒤로는 관군의 추격을 피할 수 있는 험준한 치악산이 솟아 있었다. 또한 원주와 횡성으로 가는 통로이기에 도인들과 언제든지 연락할 수 있었다. 치악산 자락에 있는 마을도 몇 집 되지 않아 주변에 신경을 쓰지 않아도 좋았다.

해월은 손병희에게 특별 문답을 통해 동학의 핵심 교리를 전수했다. 손병희가 어려움에 부닥칠 때마다 지혜롭게 해결해 나가는 것을 보았다.

"그동안 지켜보니 그대의 믿음과 성실함이 한결같았소."

"과찬의 말씀이십니다."

"내 그대에게 '의암'이란 도호를 내리겠소. '의암(義菴)'이란 맑은 대쑥처럼 의롭고 바른 사람이란 뜻이오. 의암은 비밀히 충주와 청주 지방을 순회하며 도인들의 동정을 살피고, 도인들의 마음을 수습하도록 하시오."

손병희는 해월의 명에 따라 충청도 일대를 돌아보며 끊어진 연비 조직을 이어 나가는 한편, 지치고 쇠약해진 도인들의 마음을 다시 세우고 다독여 나갔다. 그러자 도인들의 마음이 크게 일어났다. 충청도는 물론 호남 지방에서도 비밀리에 도인들이 해월을 찾아왔다. 교세가 다시 활기를 띠기 시작했다. 해월은 손천민(孫天民)에게 '송암(松庵)', 김연국에게는 '구암(龜菴)'이라는 도호를 내렸다.

해월은 세 사람에게 동학을 재건할 지도자로서 탄탄한 자격을 갖추도록 했다.

해월은 30여 년간 관의 지목을 피하며 동학을 펼치느라 한시도 마음 편히 쉴 틈이 없었다. 긴장과 잦은 이사로 피로가 쌓여 6, 7월부터는 설사와 하혈이 심했다. 손병희는 한적한 곳을 찾다가, 임순호(林淳灝)가 원주 전거론에 집 두 채를 지어 놓았음을 알았다. 전거론은 20여 호가 사는 마을로, 길가 마을과 안골짜기 마을로 나누어져 있었다. 해월은 마을 중앙에 있는 길가 초가에 머물렀다. 안채는 8칸, 바깥채는 6칸으로 시골집으로는 큰 집이었다. 이곳 동네 사람들에게는 한양에서 내려온 이 교리로 위장했다. 12월 24일, 해월은 의암으로 하여금 도의 전반을 책임지도록 하였다.

무술년(1898) 1월 2일, 새해 정초부터 폭설이 내려 왕래가 어려웠다. 해월은 몸이 좋지 않아 누워 있었다. 세배하러 왔던 도인들이 아직 머물고 있었다. 밤늦게 여주에 사는 임순호가 급히 찾아왔다. 바지는 젖어 얼었는데, 얼굴은 붉게 상기되어 있었다. 흐트러진 상투머리에 짚신 한 짝은 어디에서 벗겨졌는지 맨발이었다.

"이 밤중에 웬일인가? 길이 험난할 텐데…."

손병희가 놀라서 맞아 주었다.

"크 큰일 났습니다. 아침에 이종훈 도인이 별안간 달려와서 '이천 보통리에 사는 권성좌(權聖佐)가 오늘 새벽 관군에게 체포되었다.'고 전했습니다. 그러면서 충주 외서촌 이상옥 도인, 음죽 앵산동의 신택우 도인도 붙잡혔다고 합니다. 곧 군졸들이 해월 선생님을 잡으러 올 수 있으니 미리 피하라고 했습니다."

임순호는 마음이 급했는지 말을 더듬었다.

"이종훈 도인은 그 말을 어디에서 들었다고 하던가?"

김연국이 물었다.

"권성좌 집에 있다가 관군이 포위하자 담을 넘어서 도망쳐 왔다고 했습니다."

"만약에 세 도인 중 한 사람이라도 실토하는 날에는 이곳도 안심할 수 없습니다."

걱정스러운 낯빛으로 손병흠이 말했다.

"큰일이로군! 해월 선생님 환후가 심해서 옮기기가 쉽지 않으니…."

손병희가 고개를 좌우로 흔들었다.

"신택우 도인이라면 해월 선생님 사돈어른이 아닙니까?"

김낙철(金洛喆)이 끼어들었다.

"그렇다네. 신택우 도인이라면 믿을 만하지만, 누구라도 실토하는 날에는 이곳도 금방 들통이 날 것이네."

해월은 방에 누워 이들의 대화를 듣고 있었다. 어디로 피할 것인가? 병이 심한데다 추위와 폭설로 산길은 꽁꽁 얼어 있을 터였다.

"관군이 몰려온다고 합니다. 형편이 다급하게 되었는데, 어떻게 하면 좋겠습니까?"

"선생님, 어서 피하셔야겠습니다. 언제 관군이 몰려들지 모릅니다."

"피신하다 관군과 맞닥뜨릴 경우 더 위험합니다."

제자들 의견이 서로 달랐으나, 해월을 위하는 마음은 한결같았다.

"피신하고 싶은 사람은 지금 피해라. 급할수록 느긋하게 처신하라고 했다. 이런 경우에는 다만 천명을 기다릴 따름이다."

해월은 차분한 목소리로 말했다. 몸은 무거웠지만, 마음만은 맑았다. 최소한의 도인만 남고 나머지는 떠났다.

"해월 선생님이 계시니 걱정할 것 없소. 관군이 와도 모두 침착하게 행동하시오."

손병희는 도인들에게 주의를 시켰다.

"제가 아랫집에 있다가 막아 보겠습니다."

김낙철이 나섰다. 급하게 손병흠이 말했다.

"저기 군졸들이 오고 있습니다."

권성좌는 전거론으로 들어오면서 마음이 무거웠다. 그의 뒤에는 김교중이 지휘하는 이천 군사 20명이 뒤따르고 있었다. 아무리 생각해도 자신이 못할 짓을 하고 있었다. 고문에 못 이겨 해월의 거처를 말하고 관군에게 길 안내를 하고 있었다. 걸음이 느려지자 뒤따르던 군졸이 육모방망이로 사정없이 어깻죽지를 내리쳤다. 권성좌는 정신을 차리고 다시 앞을 향해 걸었다. 먼저 김연국 집으로 들어갔다. 김연국 가족은 없고, 김낙철이 마루에서 책을 읽고 있었다. 김낙철이 빤히 쳐다보자 권성좌는 얼른 고개를 숙였다. 눈을 마주치기가 두려웠다.

"최시형, 손병희, 김연국은 어디 있느냐?"

우두머리인 김교중이 눈을 부라리며 소리쳤다.

"나는 은진 사람이오. 이 집 주인이 가르침을 해 달라기에 머물고 있을 뿐이오. 주인의 성은 이씨로 그런 이름들은 처음 듣소."

군졸이 칼을 들이대며 위협해도 김낙철은 침착했다.

"정말이냐? 주인은 어디에 갔느냐?"

"그저께 성묘하려고 여주에 갔소."

"이 집이 최시형 집이 맞느냐?"

김교중이 권성좌를 노려보며 물었다. 권성좌는 무어라고 할 말이 없었다.

"똑바로 대지 못할까?"

김교중이 날카롭게 물었다.

"여, 여기에는 없습니다."

발뺌하며 우선 둘러댔다.

"그럼 어디에 있느냐?"

"이웃 마을 사… 삿갓봉마을에 삽니다."

다급하게 권성좌는 말을 더듬으며 말했다.

"괜히 시간 낭비했군! 어서 가자."

병졸들이 권성좌를 앞세웠다. 일단 위기는 벗어났다. 이 틈에 해월 선생이 어디론가 피했으면 싶었다. 권성좌는 이천 군졸들에게 쫓기며 고개 넘어 삿갓봉마을로 향했다.

"선생님, 다시 병졸들이 나타나기 전에 빨리 피하도록 합시다."

손병희가 재촉했다. 그러나 해월은 고개를 저었다. 제자들은 안타까워하며 발만 동동 구를 뿐이었다. 예상한 대로 한나절 뒤에 다시 포졸들이 우르르 달려오더니, 김낙철의 뺨을 때리며 포박했다. 권성좌가 김낙철을 해월로 지목한 것이다. 그러자 김낙철은 의외로 최시형을 자처하고 나섰다.

"나는 나라에서 찾는 사람이니 함부로 대하여 변고라도 생기면 너희 또한 무사하지 못할 것이다."

김낙철은 순순히 일어서서 빨리 가자고 재촉했다.[23] 그 옆에 함께 포박당한 권성좌는 다리를 절며 고개를 푹 숙이고 걸었다.

김낙철이 끌려가는 것을 본 도인들은 안타까움에 눈물지었다. 해월은 아무 말도 하지 않았다. 손병희는 서둘러 피신 준비를 했다. 김낙철이 해월 선생이 아닌 것이 밝혀지면 포졸들이 다시 올 것이 뻔했다. 떠나지 않겠다는 해월을 설득했다. 밤이 깊어지자, 이춘경과 이용한이 이불로 해월을 감싸서 장보교에 모시고 가마를 메었다. 그 뒤를 손병희, 김연국, 손병흠, 임순호 네 사람이 따랐다.

길을 따라 10리를 가니 산 밑에 쓰러져 가는 초가가 보였다. 사람이 없는 빈집이었다. 아궁이에 불을 지피고 준비해 온 곡식으로 밥을 해서 시장기를 면했다. 하룻밤 자고 새벽 일찍 떠났다. 양평군 지평 이강수 집에서 며칠 있다가, 홍천군 오창섭을 찾아갔다. 오래 머물 수가 없어 그의 사촌인 오문환의 집으로 갔다. 그러다 원주 접주 임학선의 주선으로 1월 30일 원주군 호저면 고산리 송골 원진녀의 집으로 거처를 옮겼다.

송골은 뒤로 소금성산이 솟아 있고, 앞은 들판으로 시원하게 트여 있었다. 마루에 앉으면 텅 빈 겨울 들판이 바라다보였다. 손병희 집은 섬배, 김연국의 집은 옥직리에 있어 송골과는 10리 안팎의 거리라 서로 금방 연락이 되었다. 송골로 들어온 이후 해월의 병세도 많이 좋아져 기력이 점점 회복되어 갔다.

옥천이 고향인 송경인은 백수건달로 한양에서 빈둥거리며 살았다. 그러다 내무대신 심상훈으로부터 동학 교주 해월을 잡으면 상금 1만 냥과 벼슬자리를 준다는 말을 들었다. 심상훈이 낮은 벼슬자리라도 먼저 사라고 해서 뇌물을 주고 풍속과 인물을 관찰하는 '세찰사'

가 되었다.

송경인은 자신의 집에서 무위도식하던 박또칠로부터 동학 도인 둘을 알고 있다는 보고를 받았다. 박윤대가 동학 도인임을 알아내고 그 친구인 송일회에게 접근해서 박윤대의 거처까지 알아냈다는 것이다. 송경인은 송일회가 가끔 박또칠과 함께 자신의 집 객방에 와서 머무르던 것을 기억해 냈다.

송경인은 옥천에서 송일회와 박윤대를 체포했다. 박윤대를 심문했더니, 전거론에 사는 이치경 형제가 해월 선생 집안일을 해 주었다고 실토했다. 송경인은 송일회와 박윤대를 앞세워 전거론으로 갔다. 그리고 이치경으로부터 여주 안백석이 해월의 집으로 생일 찬거리를 지고 갔다는 사실도 알아냈다. 안백석은 쉽게 실토를 했다.

송경인은 안백석을 앞세워 4월 5일 어둑한 새벽 옥천에서 출발했다. 이제야말로 신출귀몰하게 도망 다니던 동학 교주를 자신의 손으로 잡는 것이다. 그러면 그의 가문은 두고두고 영광을 누릴 거라는 생각에 웃음이 나왔다. 이제 하늘은 그에게 해월을 잡을 사명을 준 것이다. 그가 또 어떻게 바람처럼 사라질지 몰라 보은 군졸까지 동원했다. 송일회와 박윤대, 이치경까지 줄줄이 묶어서 갔다.

군졸들도 드디어 동학 교주를 잡는다는 말에 신이 나서 지치지도 않고 60리 길을 걸었다. 생각보다 일찍 송골에 도착했다. 정오나 되었는지 해가 정수리에 비추었다.

무술년(1898) 4월 5일은 수운의 득도 기념일이었다. 올해도 인근 제자들이 전날부터 원주 송골로 모여들었다.

"이번 향례는 각자 집으로 돌아가서 지내라."

해월은 엄숙한 표정으로 4월 4일 저녁에 제자들을 돌려보냈다. 해월은 그동안 몸이 많이 회복되어 목소리가 맑고 힘이 있었다.

"제자들이 모여서 향례 지내는 것은 해마다 해 온 일인데, 어찌 그런 말씀을 하십니까?"

의암이 고개를 갸웃거리며 이의를 제기했다.

"하여튼 내 말을 어기지 말고 들어라."

해월은 단호하게 말하고는 짚신을 삼는 데 집중했다. 제자들은 망설이다가 하나둘씩 돌아가기 시작했다. 손병희, 김연국은 그날 저녁에 돌아가고, 손병흠은 5일 새벽에 돌아갔다. 임순호와 임도여만이 남아 있었다. 해월은 밤새도록 잠을 이룰 수 없어 결국 자리에서 일어나고 말았다.

사흘 전부터 자리에 앉아 마음을 들여다보면 관군이 자신을 잡으러 오는 모습이 보였다. 자신이 잡혀가는 모습도 보이고 참형을 당한 모습도 보였다. 한울님의 뜻이었다. 이제 자신이 할 일은 다 끝났음을 알았다. 잠시 가족이 떠올랐지만, 고개를 흔들어 떨어냈다. 이제는 물 한 방울이었던 자신에게서 떠날 때가 되었다. 그는 새벽이 올 때까지 짚신을 삼았다.

임도여는 아침 일찍 나무하러 산에 가고, 해월과 임순호만 집에 남았다. 해월은 임순호에게 빨리 떠나라고 했지만, 그는 미적거리며 아직 머물러 있었다. 해월이 마루에 앉아 짚신을 삼자, 임순호도 옆에 앉았다. 빨리 떠나면 좋으련만 어쩔 수 없지. 누구나 자기 몫의 인생을 스스로 선택할 따름이었다. 해월은 짚신을 삼다 말고 오른손으로 수염을 쓰다듬으며 한울님의 뜻이 실현되기를 기다렸다.

"들판의 찬바람이라도 잠깐 쐬다 오겠습니다. 가슴이 답답하고 머리가 아픕니다."

임순호가 집 밖으로 나가더니, 곧 다시 뛰어들어 왔다.

"선생님, 관군이 몰려오고 있습니다. 빨리 피하십시오."

임순호가 정신없이 왔다 갔다 하더니 부엌으로 들어갔다. 해월은 짚으로 어지럽혀진 방 안과 마루를 대충 정리하고, 남은 짚으로 계속 짚신을 삼았다. 짚도 거의 없어졌다.

송경인은 안백석을 앞세우고 송골 들판을 가로질렀다. 곧바로 동학 교주가 있다는 집으로 갔다. 송골 높은 산 아래 있었다. 사립문으로 들어가니 수염이 텁수룩한 노인이 혼자 마루에 앉아 짚신을 삼고 있었다. 군졸 50여 명이 우르르 몰려들어 에워싸도 놀라지 않았다.

"동학 괴수 해월이 누구냐?"

안백석에게 물었다.

"저분이십니다."

얼굴이 사색이 되어 기어들어 가는 목소리로 안백석이 말했다. 송경인은 깜짝 놀라 노인을 다시 보았다. 저렇게 허약해 보이는 노인이, 농투성이보다 더 허름한 옷차림의 노인이 4년 전 전국을 들썩거리게 했던 동학 교주란 말인가? 관군과 민보군이 그렇게 잡으려고 해도 귀신처럼 잘 피해 다니던 바로 그 해월이란 말인가? 몸은 말랐어도 허리를 꼿꼿이 세우고 앉아 있었다. 그는 역시 동학 교주다웠다. 군졸이 오랏줄로 묶어도 거부하지 않았다. 의젓하면서도 당당했다. 온몸에서 기품이 스며 나왔다. 초롱초롱한 두 눈에서 맑은 빛이 뿜어져 나왔다. 그가 마당으로 내려섰다.

"네가 바로 동학 괴수냐? 너 때문에 지금까지 우리가 얼마나 고생한 줄 아느냐?"

말릴 틈도 없이 부하 하나가 해월을 걷어찼다. 해월이 옆으로 거꾸러졌다. 해월은 신음 소리 하나 내지 않았다. 대신 천천히 일어나 송경인을 똑바로 바라보며 말했다.

"우리는 따스한 햇살
밝은 빛이 모두의 가슴속에 있음을
오로지 한마음으로 전했을 뿐이오.
이것이 죄가 된다면 기꺼이 심판하시오.
이 빛이 있기에 그대도 살고
나도 사는 것이오.
육체가 죽는다고 빛이 사라지는 게 아니오.
그대는 나를 묶었지만

바람을 묶은 것이오.
그대는 육체의 그릇을 깨트렸지만,
나는 자유로운 물이 되고
구름이 되어 날 것이오.

그대는 허공에 지은 작은 집에
얽매이지 마시오.
울타리를 걷으면
우리는 그대로 하늘
드넓은 땅이자
땅을 품고 선 풀잎이오.
이 모든 것이 내 안에 있소.
내가 그대이고
그대가 나인 것을
이해하겠소?"

해월의 알쏭달쏭한 말에 송경인은 뭐라고 대꾸할 말이 없어 당황
했다. 잡혀가는 주제에 목숨을 구걸하기는커녕 자신에게 충고하다니
화가 치밀어 올랐다. 아까 해월을 찼던 군졸을 발로 내질러 버렸다.
"앞으로 해월에게 함부로 대하는 놈은 그 자리에서 엄하게 책임을
묻겠다. 어떻게 하든지 산 채로 한양까지 데려가야 한다. 그래야 심

문을 할 수 있다. 알겠나?"

부하들에게 경고했다.

"옛, 알겠습니다."

군졸 한 명이 부엌에서 도인 한 명을 잡아 왔다. 그놈도 오랏줄에 묶었다. 해월을 잡는 데 기꺼이 도운 안백석은 풀어 주었다. 해월을 묶어 가마에 태웠다.[24] 그 뒤로 박윤대와 송일회, 임순호가 묶여 뒤따랐다.

해월은 여주로 가는 배에 올랐다. 배가 출렁거려 해월이 쓰러지려 하자, 임순호가 얼른 해월을 부축하려고 몸을 기울였다.

마을 사람들이 나와 안타까운 눈빛으로 배웅해 주었다. 참으로 따뜻했던 사람들, 지난 35년 동안 전국 이곳저곳 50여 곳을 찾아다닐 때마다 한결같이 자신을 숨겨 주고 먹여 준 사람들이었다.

강바람에 해월의 하얀 수염이 휘날렸다. 해월은 파도에 흔들리면서도 오른손으로 턱을 괴며 깊은 삼매에 들었다. 번갈아 드나드는 들숨과 날숨을 알아차림하였다. 만물이 나고 다시 돌아가는 근원적인 자리였다. 한울님께 집중하는 순간, 삶과 죽음이, 나와 네가 하나로 어우러졌다.

10. 사람 사이에 피운 생명꽃

한살림운동

장일순은 방 안에 앉아 난을 치고 있었다. 화선지에 난초 한 줄기를 그어 보니 잎의 뾰족함이 칼끝 같았다. 칼끝을 보자 가슴이 벌떡벌떡 뛰었다. 눈앞에 칼을 쥐고 휘두르는 자신이 보였다. 상대의 가슴을 향해 찔렀다. 그러면 상대편은 가볍게 뒤로 물러섰다. 초조한 그는 더욱 애타는 마음으로 칼을 휘둘렀다. 한순간 그의 손목이 상대에게 잡혔다. 칼끝이 반대로 자신을 향했다. 상대의 강한 힘이 그의 손목을 잡고 놓지 않았다. 땀을 흘리며 힘겨루기 싸움을 했다. 그러다 그 칼끝이 자신을 향해 쑥 들어온다 싶었다. 깜짝 놀라 눈을 떴다. 꿈이었다.

장일순은 춘천 교도소에서 나온 지 여러 해가 지났건만 깊은 곳에 똬리를 튼 억울하고 원통한 마음이 여전히 고개를 쳐들고 있었다. 마음에 병이 들어도 단단히 든 것 같았다. 장일순은 화선지 끝자락에 낙관을 찍고 나서 '청강'이라는 호를 물끄러미 바라보았다. 맑은 강이라. 남들에게는 분노를 다스리라고 그림과 글씨를 써 주었지만, 정작 자신은 아직도 분노를 씻어 내지 못하고 있었다.

흰 화선지를 앞에 두고 가부좌를 틀고 앉았다. 눈을 감고 앉아 까맣게 뭉친 부분을 들여다보았다. 그곳을 연민으로 어루만지며 따뜻한 숨결을 불어넣었다. 하늬바람에 흩어지는 구름같이, 빗물에 녹아내리는 얼음장같이, 분노여, 굳어진 마음이여, 이제는 따뜻한 핏물과 눈물로 녹아다오.

장일순은 들숨과 날숨에 의식을 집중하였다. 숨을 들이쉬며 "고맙습니다." 온몸으로 받아들였다. 숨을 내쉬며 "사랑합니다." 서서히 내보냈다. 생각해 보면, 살리는 모든 것이 고맙게 받아들이고 사랑으로 나누는 과정이었다. 모심과 나눔은 모든 생명을 행복하게 살리는 두 날개였다.

장일순은 의식적인 호흡에서 자연스러운 호흡으로 바꾸었다. 들어오고 나가는 숨을 그저 가만히 지켜보았다. 고요히 알아차림하는 가운데 숨결만이 파도처럼 오르내렸다. 서서히 이것마저 잠잠해졌다. 그러다 어느 순간 환한 빛이 내면에 가득 찼다. 생각도 감각도 없어졌다. 시간도 공간도 사라졌다. 그저 '존재하고 있다'는 기분 좋은 느낌만 남았다. 그가 오랫동안 찾아 헤매던 그 자신이었다. 자신 속에 파묻혀 세상의 전부인 양 여겼던 그는 비로소 좁은 껍데기에서 나왔다. 자신은 한쪽으로서 다른 존재의 쪽들과 어울려 이 세상의 판을 이루고 있었다. 함께 살아 있는 판을 이루는 모든 존재들은 남이 아니었다. 장일순은 겸손한 마음으로 거대한 존재 앞에 엎드렸다. 분노는 사라지고 없었다.

"박정희 대통령 서거!"

다음 날 장일순은 신문에 큼직하게 난 기사를 보고 깜짝 놀랐다. 자신도 모르게 합장하고 기도했다. 1979년 10월 26일이었다. 인생이란 미워할 것도 분노할 것도 없는 거였다. 그저 자기 몫으로 다가온 삶을 살아갈 뿐이었다. 강물을 더럽히고 막아도, 강물은 늘 맑게 흐를 뿐이었다.

생각해 보면 장일순에게 박정희 정권은 고마운 존재였다. 그들에게 탄압과 감시를 받은 덕분에 붓을 다시 잡았고, 난초를 만났다.

마음의 자유를 얻은 뒤로 그의 붓글씨와 그림은 좀 더 편안해졌다. 굵고 투박한 예서체를 쓰기 시작했다. 초서나 행서와 달리 형태가 간명하고 잘 짜였다. 삐침과 파임에 힘이 있었다. 서예를 배우지 않은 사람도 쉽게 알아볼 수 있는 글씨였다. 서화도 그랬다. 밟혀도 되살아나는 생명의 힘을 그렸다. 풀잎들은 허공에 잎을 펼치고 햇빛과 바람을 마셨다. 뿌리는 땅에 입술을 대고 힘차게 젖을 빨았다.

장일순은 농촌에서 협동조합운동을 통해 농민·노동운동을 했다. 그러다 한계를 느꼈다. 열심히 운동했지만, 농촌 이농 인구가 늘고, 삶의 터전마다 생명이 죽어 가고 있었다. 어디 농촌뿐인가. 개발이라는 이름 아래 산을 허물어뜨려 도로를 만들고 건물을 짓고, 바다를 막아 농토를 만들었다. 더욱 편리하게, 더욱 쉽게 살고자 세상이 온통 파헤쳐지면서 황폐화되고 있었다. 땅이 죽고, 물 공기 나무 새가 죽었다.

비로소 해월을 찾았다. 해월은 90여 년 전에 이미 오늘날의 신자본주의 산업 문명의 위기를 내다보고, 인류가 어떻게 살아야 할 것인가 방향을 제시해 주었다. 서구 산업 사회는 유물론적인 문명이었다. 모든 판단의 기준을 물질에 두면서도 물질을 함부로 취급했다. 조금이라도 낡으면 쉽게 버리고 새로운 것을 만들었다. 더구나 삶의 방식이 무한 경쟁하는 수직 구조였다. 교육마저도 1등주의 경쟁 체제였다. 개인주의가 극한으로 치닫고 있었다.

해월은 '이천식천(以天食天)이라, 하늘로서 하늘을 먹인다.'며[25] 서로 돕는 상생의 구조를 제시했다. 그는 모든 존재가 한울님이라고 말함으로써 이분법으로 나뉜 세계를 하나로 통일시켰다. 생명 세계는 하나로 연결된 존재임을 꿰뚫어 본 것이었다. 미물 하나도 우주와 연결되어야 비로소 존재하였다.

3월, 마당에는 새싹의 풀색이 나날이 짙어졌다. 질경이, 돌나물, 개망초, 쇠별꽃, 민들레, 제비꽃…. 자세히 들여다보면 갖가지 모양의 생명이 왕성하게 자라고 있었다. 아내는 이 푸른 생명으로 날마다 밥상을 차렸다. 내가 사는 것은, 자연이 나를 살리는 것이기도 했다. 또 다른 존재를 내 몸과 마음으로 모시는 일이었다. 서로 먹이고 키우는 공생의 원리가 마당에도 가득 펼쳐져 있었다.

장일순은 아침 신문을 보고 고개를 저었다. 농촌의 이농 인구가 급격히 늘고 있다는 기사였다. 이제는 농촌문제도 농촌만으로는 해결되지 않는다. 해월의 말처럼 모든 생명은 하나로 연결되어 있다. 농촌이 건강해지려면, 땅을 살리는 농사를 지어야 한다. 그뿐만 아니라 농촌과 도시가 생명 공동체로 함께 도와야 한다. 농사짓는 사람 없이 도시민이 살 수 없고, 소비자 없이 농부도 살 수 없다. 소비자생활협동조합에 대해 상의하기 위해 박재일을 찾아갔다.

박재일은 원주에서 협동교육연구소 일을 돕느라 교사 일도 그만두고 날마다 바쁘게 생활하고 있었다. 장일순이 찾아가자 환한 웃음으로 맞아 주었다.

"박 선생, 농촌운동의 방향을 바꾸어야 할 때가 되었다고 보는데, 어떻게 생각하나?"

장일순은 자기 생각을 말하기 전에 상대 의견부터 물었다.

"방향을 바꾸다니요?"

박재일은 뜬금없는 말에 놀라서 목소리를 약간 높였다.

"지금까지는 밝음신용협동조합을 통해 돈도 빌려주고, 서로 협동을 통해 자립정신을 키웠는데, 농촌문제는 날이 갈수록 심각해지네. 일할 사람은 다 빠져나가고 농촌에는 노인들만 남았어. 일손이 없으니 농약이야 비료야 하며 쏟아붓고 있어서 땅도 죽고 농민도 쓰러지고 있어. 농약 범벅이 된 곡식을 먹은 소비자들은 어떻게 되겠나? 죽음의 악순환이 계속되고 있어."

"그렇다면 무슨 좋은 방법이라도 생각해 보셨습니까?"

당연히 해답이 있으리라고 믿는 듯했다.

"이 문제를 두고 고민을 많이 했지. 결국, 해결 방법은 농민과 도시민이 서로 직거래를 하는 방법밖에 없어."

박재일은 이 새로운 제안을 듣고 고개를 갸우뚱했다. 자본주의 시장경제에 익숙해진 현대인들에게 옛날 물물교환식 직거래 방법은 실현되기 힘들 것 같았다.

"참 좋은 의견이십니다. 그런데 이미 신용협동조합이 있지 않습니까?"

적극적인 후원자였던 박재일마저 이해하지 못해서 장일순은 답답함을 느꼈다.

"자본주의 시장경제에서 벗어나 생명운동 차원에서 농촌문제를 봐야 하네. 현재 농촌은 자본주의 시장경제 논리에 따르다 보니 점점 황폐해지고 있어. 더 많은 돈을 벌겠다는 생각으로 농약이며 각종 비료를 써서 대량으로 농산물을 키우다 보니 땅이 죽어 가고 있어. 이것을 알면서도 농민들은 어쩔 수 없다며 농약을 선택하고 있네. 정부의 저곡가 농산물 정책 때문에 농민들은 가격조차도 마음대로 정하지 못하지. 벌써 이농 인구가 급증하고 있네. 이것을 막기 위해서는 농민이 생명을 살리는 농사를 지을 수 있도록 도와주어야 해. 농촌과 도시의 직거래 협동조합을 통해 안정적인 판로를 만들어 주는 것이 하나의 대안일세."

박재일이 집중하여 듣는 것을 보고 장일순은 더욱 진지하게 자기 뜻을 밝혔다.

"앞으로는 생명의 시대가 올 것이네. 갈수록 건강을 생각하고 땅과 곡식의 소중함을 생각하는 사람들이 늘어나 우리 뜻에 동조하리라고 생각해."

"뜻은 좋은데, 도대체 어디서부터 어떻게 시작해야 할지 감이 잡히지 않습니다."

장일순도 이 부분에서 고민할 수밖에 없었다. 어떻게 이런 뜻을 사람들에게 알릴 것인가? 쌀가마니를 광장에 쌓아 두고 선전한다면, 무공해 농산물이라고 과연 믿어 줄까? 비싸더라도 무공해 쌀을 먹어야 한다고 설득한다면, 사서 먹어 줄 것인가? 또 철학을 갖고 농약과 비료 없이 끝까지 농산물을 키워 줄 농부는 있을 것인가? 이 부분에 대해서 더 연구하기로 하고 헤어졌다.

다음 날 두 사람은 다시 만났다.

"깊이 생각해 보니 우리가 직접 원주에 농산물 가게를 내는 것이 좋겠네."

"우리가 직접이오?"

박재일이 놀라서 반문했다.

"그렇지. 농민이 농사지으며 판매할 수 없으니, 우리가 농산물을 받아다 팔고, 그 이윤을 그대로 농민에게 돌려주는 거지."

"좋은 생각이기는 한데, 누가 무공해 농산물을 사서 먹으려고 할까요? 더구나 다른 곳보다 비싸게 판다면 소비자들 반응은 냉랭할 텐데요."

"그것은 시간이 지나면 저절로 해결되리라 생각하네."

며칠 뒤 박재일이 유기농으로 농사짓고 있는 사람을 찾았다고 알려 왔다. 그 농부는 볏짚과 인분으로 퇴비를 만들어 8년 동안 농사지어 죽은 땅을 살려 내고 있다는 것이다. 장일순은 그 말을 듣자 가슴이 설레고 눈물이 났다. 요즘 세상에 약 안 하고 키우는 사람이 있다니 정말 고맙고 반가웠다. 언젠가는 무농약 자연농법으로 농사를 지어야 하겠지만, 유기농으로라도 농사짓는 사람이 있다니 다행이었다. 곧바로 박재일과 함께 그 사람을 찾아갔다.

충북 음성 성미마을은 최씨 집성촌이다. 그곳에서 최재명, 최재영 형제가 농사짓고 있었다. 최재명은 환하게 웃으며 두 사람을 맞이했다. 선하게 웃는 모습이 하회탈을 닮았다.

"어떻게 해서 유기농 벼농사를 짓게 되었습니까?"

장일순이 궁금해서 물었다.

"어느 해 8월 날씨가 몹시 무더운 날이었어요. 숨이 턱턱 막힐 정도로 더웠습니다. 벼들이 한창 땅심을 받아 쑥쑥 자라고 있었지요. 며칠 전에 비가 온 뒤라 혹시 병충해나 생기지 않을까 싶어 농약 통을 메고 논으로 들어갔습니다. 거친 벼 잎들이 팔을 쓱쓱 스치더군요. 집사람한테는 농약 고무관을 잡으라 하고, 손으로 펌프질하며 약을 뿌렸지요. 농약 탄 물이 안개처럼 하얗게 뿜어져 나왔어요. 서너 마지기 뿌리고 나니까 이상하게도 몸에서 힘이 빠져나가요. 어질어질하고 농약 통이 무거워서 겨우 논두렁으로 나왔는데 갑자기 의식이 없어져 버렸지요. 나중에 깨어나 보니까 병원이었습니다. 이틀 만에 깨어났는데 의사 말이 농약 중독이래요. 그때는 농약 무서운 줄 모르고 그저 병충을 싹 쓸어 주니까 편하다고만 생각했지요. 어디 내가 죽을 줄 알았나요? 집사람은 내가 죽었다고 생각했나 봐요. 동생도 그렇고. 그 뒤로는 동생과 함께 농약을 쓰지 않고 농사짓고 있어요."

최재명은 농약 때문에 죽을 뻔한 이야기를 소탈하게 들려주었다.

"농약을 사용하지 않으면 수확량이 별로 좋지 않다고 하던데요."

포도 농사를 지었다가 실패했던 경험을 떠올리며 장일순이 물었다.

"처음에는 생산량이 아주 적었지요. 비료에 길들여진 땅은 산성화되고, 무기질 영양소가 없어져 버려요. 그래서 다른 논들에 비해 벼들이 튼실하지 못하고 나락 알도 많이 달리지 못했어요. 그래서 볏짚과 인분으로 퇴비를 만들었어요. 그것을 가을걷이 후에 땅에 뿌리고 갈아엎어 기름진 땅으로 만들기 위해 노력했지요. 한 3년 하고 나니까 땅이 살아나기 시작했습니다. 다시 벼들이 튼실하게 자라고, 나락알이 꽉꽉 여물고 개수도 많아졌어요."

얼굴 가득한 주름살, 햇빛과 바람에 까맣게 탄 팔뚝에서 그동안 그의 고생이 어떠했는지 짐작할 수 있었다.

"농약과 비료 없이 벼농사 짓느라 고생 많이 하셨겠네요."

박재일이 공감한다는 듯 말했다.

"고생이야 이루 말로 다 표현할 수 없지요. 유기농 농사는 풀과의 전쟁이에요. 모내기 직후부터 논바닥을 뚫고 솟아나는 잡풀들을 매느라 허리 펼 날이 없었지요. 하루 내 기어 다니며 논바닥을 손으로 쓸어 가며 풀들을 뽑다 보면 손톱이며 지문이 다 닳아 없어지고 말지요. 그렇게 며칠 논을 매고 나서 처음 맨 곳을 돌아보면 또 새로운 풀이 돋아나 있어요. 미치지요. 매다 매다가 결국 지쳐 포기하고 수확할 시기가 되면, 우리 논에만 피들이 나락 사이로 고개를 쳐들고 있어요. 우리 논 옆에 농사지은 사람들은 우리에게 손가락질을 많이 했습니다. 그리고 우리 논 때문에 풀씨가 그들 논으로 날아간다고 항의도 많이 받았지요. 그래도 어찌합니까. 묵묵히 참을 수밖에요."

"제초제 쓰지 않고 풀들을 어떻게 잡으셨어요?"

장일순은 호기심 가득한 표정으로 최재명을 바라보았다.

"제게 행운이 찾아왔어요. 아는 사람이 우렁이를 양식해 보라고 주었습니다. 그런데 마땅하게 기를 데가 없어 논에 내다 버렸지요. 며칠 뒤에 논에 가 보니 논의 풀들이 싹 줄어들었어요. 우렁이들이 논의 풀을 먹어 치운 거지요. 너무나 신기하고 고마워서 우렁이에게 절을 했어요. 허허허."

그날의 감격이 연상되어서 모두 따라 웃었다. 장일순은 모든 생명이 서로 상부상조한다는 것을 깨달았다.

"그다음부터는 우렁이 농법을 실험하고 연구하는 데 매달렸지요. 그 뒤로 많은 사람이 찾아와서 우렁이 농법을 배우고 갔어요. 요즘은

지자체에서도 유기농법을 장려하며 우렁이를 지원해 줘서 고맙지요."

"그런데 힘들게 지은 나락은 어떻게 파셨습니까?"

장일순은 가장 궁금했던 점을 물어보았다.

"지금까지도 판로는 힘들지요. 일단 일반 나락 값보다 조금 더 비싸니까 누가 사 먹지 않아요. 그러면 할 수 없이 일반 나락 값으로 팔지요. 돈이 필요하니까. 때로는 성당으로 직접 나락 가마니를 짊어지고 가서 팔기도 했지요."

한숨을 깊이 내쉬는 그의 얼굴에 더욱 주름이 깊게 팼다.

"그 유기농 쌀을 저희에게 주십시오. 저희가 팔아 드리겠습니다."

두 사람은 최재명 농부 집에서 저녁밥을 얻어먹고 원주로 올라왔다. 최재명은 눈물을 글썽거리며 고맙다고 두 손을 꼭 잡아 주었다. 그의 거칠지만 따뜻한 손길이 내내 장일순의 마음을 환하게 채워 주었다.

1983년 10월 29일 도농 직거래 조직인 '한살림'을 창립했다. 창립하기 전에 이름을 무엇으로 지을지 장일순과 박재일은 고민했다. 생명을 살리고, 모든 사람이 함께 협동한다는 뜻을 알리고 싶었다. 도시와 농촌의 연대, 생산과 소비의 협력 관계를 고려한 이름으로 짓고 싶었다.

"한살림 어떻습니까?"

깊은 생각에 몰두해 있던 박재일이 제안했다.

"한살림? 아, 그거 좋은데. 무슨 뜻이 있는가?"

"먼저 '한'이란 말에는 '크다', '하나'라는 뜻이 있고, '살림'이란 말 그대로 살리는 것이잖아요. 크게 살리는 것이지요. 모두가 하나의 마음이 되어 전체의 생명을 살리자는 뜻입니다."

"아주 좋아. 한살림으로 하자고. 한살림운동은 단순히 건강한 먹거리만 추구하는 운동이 아니야. 우리 후손과 자연을 살리는 일이지. 사람 사이를 이어 주고, 농촌과 도시를 묶어 주며, 땅과 지구를 살리고, 자본주의 패러다임을 바꾸는 운동이지."

장일순은 '한살림'이란 이름이 무척 마음에 들었다. 이보다 더 좋은 이름은 찾을 수 없겠다 싶었다.

박재일이 조합의 이사장을 맡았다. 농민과 도시 소비자가 만나 함께 살아나는 새로운 협동 운동을 시작했다. 생산자와 소비자가 함께 생명을 책임지고 도시와 농촌이 서로 돕는 새로운 길을 열었다. 농민은 생명을 파괴하는 농약, 화학비료 없이 농사짓고, 도시 소비자들은 이를 비싼 값으로 사 주었다. 이것은 자본주의 모순을 극복하는 하나의 방법이었다.

"시장 기능에 농산물의 가격 결정을 맡기면 생산자인 농민은 항상 불리할 수밖에 없습니다."

장일순은 생명 강연회에서 강조했다.

"지금은 유기농으로 농사를 짓지만 언젠가는 자연농법으로 농사를 지을 날이 올 겁니다. 자연농법이야말로 다른 생명 존재들과 어울려 키우는 가장 자연스러운 방법입니다. 단일 식물만 하우스 안에 심으면 약해질 수밖에 없습니다. 다른 식물들과 어우러져 자라야 건강하지요."

"유기농법이나 자연농법은 같은 의미가 아닌가요?"

한 청중이 물었다.

"다르지요. 유기농법은 퇴비와 거름을 줘서 기름지게 한 다음 농사 짓는 것이고, 자연농법은 특별히 영양소를 주지 않고 자연에 맡겨 재배하는 것이지요. 유기농법을 하면 자칫 겉모습만 웃자라 열매가 부실할 수 있지요. 과잉보호로 자생력이 없어져요. 유기농법은 대안의 농법일 뿐입니다. 미래에는 자연농법을 하게 될 것입니다. 자연농법으로 키우면 잡초와 어울려 메뚜기와 제비 등 곤충과 새들이 살면서 공생하지요. 모두가 상생하는 가운데 건강하게 자라납니다."

"그래도 농사를 지으려면 거름도 주고 풀도 매 줘야 수확을 할 수 있지, 그냥 자연에 맡겨 버리면 이 많은 지구 인구를 먹여 살릴 수 있을까요?"

"농약이며 제초제를 사용하지 않는다는 점에서 유기농법도 좋지만, 이것은 인간 중심의 농법입니다. 이제는 자연과의 공생과 조화가 중요합니다. 지금은 지구 생명권의 조화가 파괴되어 인류뿐만 아니라 수많은 생물들이 멸종되고 있습니다. 인간뿐만 아니라 자연과도 공생하는 새로운 문명이 형성되지 않으면 파멸을 피할 수가 없습니다. 오늘 우리가 누리는 이 '풍요로운 가난'을 청산하고 옛날 선조들이 지녔던 '가난한 풍요'를 되찾는다면 크게 문제될 것이 없습니다. 지금 얼마나 낭비가 많은지 둘러보십시오. 세계의 큰 도시 몇 개가 낭비하는 것만 줄여도 전 지구의 기아 문제를 넉넉히 해결할 수 있습니다. 지구촌 특정 지역 사람들이 부를 독점할 것이 아니라, 나라와 나라가 모두 조화롭고 건강한 삶을 목표로 해서 관계를 조정해야 합니다. 나만 살기 위해 남을 죽이면 결국은 모두가 죽는 것이지요. 남을 살리는 게 바로 나를 살리는 삶입니다. 함께 사느냐, 함께 죽느냐를 선택하는 시점에 왔습니다."

1986년 서울에도 한살림 가게를 냈다. 박재일은 쌀가게 운영을 위해 6개월 정도 준비했다. 1986년 12월 4일, 드디어 서울 제기동에 20평 정도의 가게를 얻었다.

가게 정면에는 녹색 바탕에 흰 글씨로 '한살림농산'이라는 간판을 가로로 큼직하게 붙였고, 옆에는 세로로 '쌀 한살림'이라는 간판을 붙였다. 충북 음성에서 최재명이 쌀가마니를 실어 오고, 횡성 공근마을에서 정현수가 유정란을 가져왔다. 작은 쌀가게이지만 생명을 살리고 세상을 바꾸는 희망의 터가 되리라 기대했다.

1987년 6월 항쟁을 전후로 서울 거리에는 최루탄이 터지고, 사람들은 거리로 뛰쳐나왔다. 그때마다 박재일의 몸과 마음은 길바닥으로 향했다. 어느 순간 정신을 차리고 보면 데모하는 군중 속에 있는 자신을 발견했다. 대학생으로서 민주화운동에 앞장서던 때의 뜨거운 피가 아직도 가슴속에서 용솟음치고 있었다.

"먼저 정치부터 바꾸고 나서, 일상생활을 바꾸자고. 일에도 순서가 있어. 급한 것부터 하고, 나중에 한살림운동을 해도 되지 않겠나?"

대학 친구들은 함께 민주화운동부터 하자고 그를 유혹했다.

"굶어 죽어 가는 사람도 있는데 몸에 좋은 것으로만 골라 먹겠다니, 부르주아 근성이 아닌가?"

비판하는 친구도 있었다. 그때마다 친구들과 어울려 소주를 마셨다. 그러나 돌아올 때는 '이게 아니지!' 하는 생각에 갈등했다. 때로는 장일순 얼굴을 떠올리며 마음을 다잡기도 했다.

'이러다가는 영원히 쌀가게로 돌아가지 못할지도 몰라. 이 쌀가게를 지키는 것은 우리 삶의 바탕을 바꾸는 거야. 당장 눈앞의 정치를 바꾸는 것보다 더 근원적인 일이지.'

그는 자신을 스스로 격려하며 가게로 되돌아와 묵묵히 돌을 고르는 석발기를 돌렸다. 농약과 비료 대신 땀과 우직한 희망으로 키운 귀한 쌀이었다. 수행하듯 작은 돌을 정성스럽게 골라 냈다. 폭력은 독재 권력 속에만 있는 것이 아니었다. 눈에 보이지는 않지만, 더 크고 위험한 폭력이 삶 여기저기에 숨어 있었다. 날마다 대하는 밥상에도 숨어 있고, 땅속에도, 농민들 삶에도 숨어 있었다. 이것은 인류의 미래를 목 졸라 죽이는 무서운 폭력이었다.

그러다 정 힘들면 원주에 내려가서 장일순에게 하소연했다.

"선생님, 제가 선택을 잘못한 것은 아닙니까? 왜 손님들이 외면할까요?"

"내가 술 한잔 사지."

"……."

장일순은 그를 대폿집으로 데려갔다. 장일순은 큰형님 같은 넉넉한 마음으로 박재일의 말을 들어 주었다.

"서울 거리에서는 날마다 친구들이 최루탄 연기를 마시며 민주화를 위해 투쟁하고 있습니다. 제 마음은 그들과 함께 있는데, 육신은 작은 가게에 앉아 석발기를 돌리고 있단 말입니다. 제가 비겁하게 느껴지고, 진짜 해야 할 일을 안 하고 있나 생각될 때는 어찌해야 합니까?"

박재일은 술 힘을 빌려 어리광부리듯 하소연했다.

"자네가 민주화운동 쪽으로 가 버리면 다시는 돌아올 수 없네. 원주 경험들을 적용해 보게나. 어떻게 활동했는가? 바로 사람과 관계를 맺으면서 함께 일을 논의하지 않았나? 마을마다 찾아다니며 '어떤 일을 할까?', '어떤 방법으로 할까?' 함께 상의하고 계획을 세워 나가지 않았나? 서울에서도 마찬가지야. 관심이 있는 사람들을 찾아내 함께 논의하는 과정이 있어야 하네. 그러니 원주 경험을 떠올려 사람들을 만나게. 만나서 분위기를 형성하면 일이 좋은 방향으로 발전하지 않겠는가? 기반이 조성되지 않은 곳에서는 아무리 안타까워하고 조바심을 낸다고 해도 일이 되는 게 아니더군."

장일순과 이런저런 얘기를 나누다 보면 고민이 저절로 풀리는 듯했다. 박재일은 다시 새로운 희망을 안고 서울로 돌아왔다.

한살림 돕기 서화전 준비

그러나 얼마 지나지 않아 다시 박재일로부터 더 이상 버텨 나가기 힘들다는 연락이 왔다. 장일순은 그 말을 듣고 서화 전시회를 열어야겠다고 생각했다. 지금까지 자신을 위해 서화를 판 적이 없었다. 돈을 벌기 위해서 서화를 팔 생각이 나면 그날로 붓을 꺾으리라 생각했다. 그러나 한살림운동을 위한 기금이 필요했다. 차강 박기정도 독립 활동 기금을 마련하기 위해 서화를 팔았다고 했다.

무슨 그림을 그릴까 생각하며 느릿느릿 산책하러 나갔다. 산길을 걷는데, 감자난초가 자신을 빤히 쳐다보며 웃었다. 놀라서 다시 쳐다보니 인간의 표정이 지워지고 어느새 평범한 풀꽃으로 돌아가 있었다. 문득 풀꽃 하나에도 한울님이 깃들어 있다는 해월 선생의 말이 떠올랐다. 감자난초와 내가 같은 한울님, 모두가 하나의 존재라는 깨달음이 왔다.

급히 집으로 돌아와 먹을 갈았다. 그리고 잠시 오른손을 턱에 받친 다음 생각에 잠겼다. 그는 비로소 자신의 그림에 무엇이 부족한지 알았다.

왼손은 방바닥을 짚고, 붓을 잡은 오른손은 허공에 두었다. 화선지에 몸과 마음을 집중했다. 조용히 호흡을 고른 다음 주저 없이 힘이 뻗어 나도록 난 잎을 쳤다. 난초를 그릴 때 가장 어려운 게 바람에 흩날리는 표연란(飄然蘭)이었다. 청나라 난초 명인 정판교는 말했다.

"바람에 흩날리는 한 잎을 묘사하기가 제일 어렵다."고.[26] 난초 그림은 이 긴 이파리부터 치는데, 이것이 바람에 흔들리게 하려면 세 번 휘어지게 그리면 되었다. 가느다랗다가 굵었다가 다시 가느다랗게 그리면 난초 잎이 바람에 흩날렸다. 짧고 넓적한 잎으로 강인한 생명력을 펼치는 조선 난초, 바람결에 잎을 날리면서도 꽃줄기만은 의연히 세우고 향기를 뿜어내는 풍란 한 포기, 그 위에 스스럼없이 몇 가닥 붓 자국을 내면 그대로 난초는 사람이 되었다. 꽃은 수줍은 입술이거나, 기도하는 여인의 가지런한 눈썹이었다. 한밤중 고뇌하는 얼굴이거나, 환하게 웃는 아이의 미소가 되었다.

서화에 글을 쓰기 위해 장일순은 동학 2대 교주인 해월의 말을 자주 인용했다. 해월은 사람을 격려하고 힘을 북돋우는 말을 많이 했다.

"하늘은 사람에 기대고 사람은 먹는 데에 기댑니다. 세상 모든 일을 아는 것은 밥 한 그릇 먹는 이치를 아는 데 있습니다."

음식은 한울님께 바치는 공양이었다. 먹는 것은 적자생존이 아니었다. 생명이란 서로를 먹여 살리는 존재였다. 해월은 이것을 "하늘이 하늘을 먹는다."고 말했다. 생명은 순간마다 우주와 다른 생명 존재와 교감하며 새로 부활하곤 했다. 먹히는 것은 죽음이 아니라, 또 다른 존재로의 부활이었다. 해월의 말은 마음에 새길수록 깊은 맛을 느끼게 해 주었다.

모든 생명은 한울님을 모시며 살고 있다. 수운은 이것을 '시천주'(侍天主)라 했고, 해월은 '사인여천'(事人如天), 손병희는 '인내천'(人乃天)

이라 표현했다. 무엇으로 표현하든 모든 생명 존재는 내면에 신성한 기운을 모시고 있다. 또한 지금 여기 허공에도 한울님이 존재하고, 이 안팎의 한울님을 육체 의식, 개체 의식이 막고 있다. 동학에서는 안팎이 조화를 이루어 하나로 소통하기를 바랐다. 늘 주문 암송으로 육체 의식과 개체 의식의 잡념을 줄여 가는 것이 동학의 수련법이라고 장일순은 생각했다. 육신에 매인 관념이 사라지면 하늘 마음만 남을 거였다. 그날이 그 사람에게는 도를 깨닫는 날이고, 천지개벽하는 날이다.

장일순은 서화를 그리면서 해월의 말들을 더 깊이 이해하게 되었다.

장일순은 인사동 '그림마당 민' 갤러리에서 1988년 5월 27일에서 6월 2일까지 서화전을 개최했다. 나전을 하는 이형만과 함께하는 공동 전시회였다. 한살림운동의 기금을 마련한다고 했더니 많은 사람들이 기꺼이 동참해 주었다.

해월 기념비를 세우다 (1990년 4월 5일)

아침부터 날이 흐렸다. 금방이라도 비가 쏟아질 것 같았다. 원주시 호저면 송골에 해월 최시형 선생 추모비 제막을 기념하는 날이다. 어제 밤늦게야 해월 선생 기념비가 완성되었다고 돌 공장에서 알려 왔다.

처음 유청이 해월 선생 추모비 이야기를 꺼냈을 때는 막막했다. 유청이 강원일보에 해월 피체지 기념비를 세우자고 호소했을 때 원주 군청이나 문화원의 반응은 냉랭했다. 협조를 얻기 위해 날마다 기관 장들을 만나야 했다. 30년 전이나 지금이나 관의 고압적인 자세는 바뀌지 않았음을 실감했다. 해월 선생과 1894년 동학농민운동에 대해 알려 주었지만, 이상한 종교 단체 취급을 했다. 드러내 놓고 적대감을 표현한 사람도 있었다. 그러나 치악고미술동우회 회원들이 적극적으로 앞장섰다. 추모비 건립 위원회를 구성하고 십시일반 돈을 모았다. 다행히 주변 사람들도 하나둘 도움을 주기 시작했다. 장일순은 비석을 어떤 모양으로 할지, 어떤 내용으로 할지, 어디에 세워야 할지 고민하였다. 여러 사람과 상의한 끝에, 많은 사람들이 추모비를 쉽게 볼 수 있도록 큰길가에 세우기로 했다. 해월이 체포된 집터에서 200여 미터쯤 나와 있는 곳이다.

장일순은 아침 일찍 집을 나섰다. 송골에 도착하니 치악고미술동우회 회원들이 일찍 와서 햇빛가리개를 쳐 놓고 떡과 과일, 막걸리며 부침개 안주를 준비하고 있었다.

"어서 오십시오. 선생님, 드디어 기념비를 세웠어요."

유청이 환하게 웃으며 반갑게 인사를 건넸다.

"모두 자네들 덕분일세."

장일순은 기념비를 고마운 마음으로 바라보았다. 가로로 오석이 놓여 있고 그 위에 새겨진 비문은 '모든 이웃의 벗 최보따리 선생님을 기리며'라는 글씨가 본래부터 그곳에 있던 것처럼 새겨져 있었다. 김대호가 뽑아 낸 글을, 장일순의 글씨로 새겼다. 비석을 떠받들고 있는 넓은 화강암 주춧돌에 장일순이 좋아하는 해월의 법설 중에 "天地卽 父母요 父母卽 天地니 天地父母는 一體也니라(천지 즉 부모요 부모 즉 천지니 천지 부모는 일체니라)."라는 내용을 새겼다.[27]

장일순은 경건한 마음으로 기념비 앞에 섰다. 저 멀리 고산리 뒷산 아래 원진녀의 집터가 보였다. 해월이 붙잡힌 곳이다. 해월이 잡혔던 원진녀의 집터에도 작은 표지석을 세우기로 했다.

"이 자리는 원진녀 씨 집이 있던 곳으로 겨레의 거룩한 스승 해월 최시형 선생님이 포덕 39년(1898) 4월 5일 송경인이 인솔한 경병 50여 명에게 붙잡힌 곳이다."[28]

제막식을 거행하기 위해 추모비를 흰 보로 둘러씌우고 있을 때였다. 어깨에 힘을 준 청년 4명이 다가왔다.

"누가 이딴 것을 여기에 세우라고 하였소?"

가죽점퍼를 입은 청년이 제막 보를 확 낚아챘다. 순간 흰 천이 찢어지면서 기념비가 드러났다. 가죽점퍼는 발로 추모비를 툭툭 찼다.

"그러지 마세요."

유청이 달려가서 기념비를 온몸으로 감쌌다. 머리카락을 위로 치켜세운 청년이 유청을 거칠게 밀어냈다. 동우회 회원들이 유청 옆으로 달려들었다. 그들은 다 함께 두 팔을 벌려 기념비를 막아섰다.

"무슨 일로 그러는 거요?"

장일순이 위엄 있고 차분한 음성으로 가죽점퍼에게 물었다. 장일
순의 목소리에 기가 눌린 듯 가죽점퍼는 주춤거렸다.

"사이비 종교 단체가 우리 마을을 오염시킨다는 연락을 받고 왔소."

"해월 최시형 선생은 우리 민족의 훌륭한 스승이오. 이곳 원주 송
골에서 붙잡혀 사형을 당하셨지만, 이분은 억압된 백성에게 동학의
평등 정신을 통해 희망을 열어 주었소. 외세의 침략에 맞서 싸우게
함으로써 자유를 깨닫게 해 주신 분이오. 이분을 기념하는 것은 우리
정신을 바로 세우는 길이오."

목소리를 높이지 않고 장일순이 또박또박 말하며 가죽점퍼를 똑바
로 바라보았다.

"그딴 건 몰라. 5일 안에 이 비석을 치우지 않으면 다 깨 버릴 테니
까 빨리 치워."

가죽점퍼는 땅바닥에 가래침을 카악 뱉었다.

"5일이여 5일. 가자!"

청년들은 저희끼리 뭐라고 떠들면서 가 버렸다.

장일순은 갑자기 바빠졌다. 누가 해월 기념비 세우는 것을 반대하
는지 알아야 했다. 마을 이장을 만나 보았다. 적극적으로 찬성하지도
반대하지도 않았지만, 마을 이장은 자신의 속내를 조금 드러냈다. 해
월 선생 추모비 세우는 것을 군청과 경찰서에서 싫어한다는 것이다.

특정 종교 단체의 기념비를 세우는 걸 묵인하는 것 자체가 이장의 책임 회피라는 말을 들었다고 했다. 군청 문화관광과를 찾았다. 마을에 기념비를 세우는 것은 안 된다며 공무원들도 난감해했다. 군수를 만나 해월 최시형에 대해 자세히 설명하자 마지못해 허락했다. 다음으로 경찰서에 갔다. 담당 형사는 마을 일은 관여할 수 없다고 했다. 장일순이 자세히 설명하자, 실제 피해 사실이 있을 때 신고하라고 했다.

장일순은 지학순 주교와 상의했다. 지학순 주교는 예배 때 동학 교주해월 최시형의 삶에 대해 설교했다. 그리고 모든 종교의 근본은 사랑과 자비, 존경과 이해하는 마음임을 강조했다. 최시형이 강조한 모든 생명을 사랑하는 삶의 자세는 곧 신이 원하는 삶의 태도임을 설명했다. 예수나 해월 최시형은 신의 뜻을 알리고 실천하는 성자임을 신도들에게 이해시켰다.

고미술동우회 회원들은 혹시나 해월 추모비를 훼손할까 봐 두 명씩 돌아가면서 밤낮으로 지켰다. 청년들이 위협했던 5일이 지났을 때는 송골마을 사람들 외에도 원주 사람들 대부분이 해월 최시형에 관심을 두고 이해하는 분위기가 형성되었다.

4월 12일, 그동안 연기되었던 해월 추모비 제막식을 거행하기로 한 날이다. 아침부터 비가 내렸다. 우산을 받고 가면서 장일순은 해월을 생각했다. 그동안 입으로만 전해지던 해월의 마지막 은거지에 기념비를 세움으로써 해월의 정신을 올바로 후손들에게 전할 수 있게 되었다. 제막식 식전 행사는 마을 회관에서 거행하고, 그 다음에 해월 추모비 제막식을 하기로 했다.

장일순은 해월의 추모비 제막식 의의를 다음과 같이 밝혔다.

"해월 최시형 선생은 1861년에 동학에 입문하고, 1863년 수운 최제우에 이어 제2대 교주가 되었으며, 1864년 최제우 참형 이후 조정의 탄압과 감시를 피해 강원도에 은거하면서 동학 교세를 확장하고 정립했습니다. 그러다 1898년 이곳 원주 송골에서 붙잡혔습니다.

오늘 해월 최시형 선생 추모비를 세운 의의는 어디에 있을까요? 첫째, 생명보다 물질을 더 중시하는 신자유주의 시대에 해월 선생의 상생과 모심의 생명 존중 사상은 함께 어울려 살아가야 할 지구촌에 더욱 가치가 있을 것입니다. 둘째, 동학사상을 체계화하고 무르익게 한 강원도는 동학의 요람터가 되었습니다. 셋째, 원주는 해월 선생이 마지막으로 은거하다 붙잡힌 역사적인 장소이기에, 이곳을 기념하는 것은 원주인으로서의 자부심을 갖게 하였습니다. 마지막으로, 오늘날 우리는 죽임과 폭력, 이기심과 소외가 만연하는 시대에 살고 있습니다. 해월 최시형 선생의 삶을 통해 어떻게 사는 것이 바른 삶인가 되새겨 보게 한다는 점에서 추모비 건립의 큰 뜻이 있을 것입니다."

식전 행사가 끝나자 제막식을 하러 송골마을 한길로 나갔다. 치악고미술동우회 회원들이 벌써 나와서 준비를 하고 있었다.

"수고가 많군."

"오늘 비가 오는데, 손님들이 많이 올까요?"

유청은 하늘을 쳐다보았다.

"하늘도 슬퍼하는 것 같아."

"예?"

유청이 장일순을 돌아보았다.

"90여 년 전 이곳에서 관군에게 잡혀간 해월 선생을 생각하니 내 마음도 착잡해지는군. 해월 선생은 소외당하고 힘든 사람들에게 자신 속에 깃든 한울 마음을 전하기 위해 평생 쫓기며 살아오셨지. 이곳에서 잡혔을 때 그분 심정이 어땠을까 가끔 생각해 보게 돼."

"절망적이지 않았을까요? 잡히면 바로 사형을 당하던 때잖아요."

"현생에서 할 일을 다해서 만족스럽지 않았을까? 그분은 생사를 구분하지 않으셨으니까. 과거나 미래에 얽매이지 않고 오직 지금 여기에 최선을 다하신 분이었으니까. 그런데도 마음이 자꾸 슬퍼지는군. 해월 선생이 희망하던 개벽 세상이 아직도 멀게만 느껴져서일까?"

유청은 비가 오는 하늘을 우러러보았다. 마치 누군가를 기다리는 것 같았다. 장일순도 고개를 들고 하늘 기운을 느껴 보았다. 보드라운 안개비가 가만가만 얼굴을 어루만졌다.

행사가 시작되었다. 해월 추모비에 하얀 보가 둘러씌워져 있었다. 모두가 묵념을 올린 다음, 몇 사람이 테이프를 끊고 보를 벗겼다. 화강암 받침을 딛고 선 검고 단아한 추모비가 드러났다.

장일순은 비로소 해월 선생이 사람들 가슴에서 되살아나는 것 같다고 느꼈다. 생명을 가볍게 여기는 이 시대에 가장 필요한 것이 해월의 생명 존중 사상이라고 생각했다.

병원으로 유청이 찾아오다

"위암이 온몸에 전이되어 버렸군요. 입원해서 본격적으로 치료를
받으셔야겠습니다."

의사의 말은 죽음을 선고한 것처럼 들렸다. 그런데도 그의 표정과
말투는 너무나 사무적이었다. 인간의 감정을 탈색시켜 버린 서류 속
의 차가운 문장 같았다.

장일순은 며칠 전부터 갑자기 배가 불러 오고 가래와 구토가 심해
졌다. 토하면 피가 섞여 나왔다. 조직검사, 자기공명영상(MRI) 촬영을
했다. 장일순은 힘이 없어서 아내에게 기대어 검사를 받았다. 함께
살면서 궂은일만 도맡아 하며 늘 뒤에서 응원해 주던 아내였다. 아
내가 있었기에 정부의 부당함에 대해 항거할 수 있었고, 유혹하는 돈
앞에서 청빈을 선택할 수 있었다.

2년 전 처음 위암임을 알았을 때 수술을 받고 나자 괜찮았다. 일주
일에 한 번씩 통원 치료를 받았다. 일상생활을 하는 데 큰 불편은 없
었다. 그래서 한살림운동을 위해 생명 사상 강연도 계속했다. 이현주
목사와 노자 『도덕경』에 대한 대담도 꾸준히 했다.

그런데 몸이 다시 반란을 일으켰다. 암이 온몸에 전이되었다. 그동
안 이 약 저 약 먹으며 항암 치료를 했다. 이제는 암을 편안하게 받아
들이기로 했다. 통증이 오면 암도 아파서 우는 것이려니 생각했다.

장일순은 병원에 있으면서 몸을 이해하게 되었다. 침대에 누워서 몸을 자주 들여다보았다. 늘 함께하면서도 한 번도 몸과 대화하지 못했다. 그럴 여유가 없었다. 이제 암과 싸우지 않기로 했다. 해월 선생이 말하지 않았던가? 모든 존재는 다 한울님이라고. 암도 내 몸의 일부였다. 암을 거부하지 않기로 했다.

오랜만에 유청이 병원으로 찾아왔다. 3년밖에 지나지 않는데 성숙한 어른이 되었다. 장일순은 침대에서 일어나 앉았다.

"선생님, 언제부터 이렇게 편찮으셨습니까? 진작 찾아뵙지 못해 죄송합니다."

금방이라도 울 듯했다. 그녀의 목소리나 두 눈에 슬픔이 가득했다.

"괜찮아. 아픈 내 몸과 친구처럼 잘 놀고 있어."

아무렇지도 않은 듯 가볍게 말했다. 이제는 암세포가 무섭거나 밉지 않았다. 청강이란 호를 쓸 무렵 누군가를 무던히도 사랑하려고 애를 썼었다. 그러나 지금은 붉은색이든 푸른색이든 구별 없이 저절로 품 안에 안게 되었다. 구별할 필요가 없었다. 모두가 나 자신이니까. 큰 깨달음을 가르쳐 주느라고 병을 준 것 같았다. 말하자면 유마힐의 병과 같은 것이었다.

"유 기자, 해월 선생님 추모비 제막식 이후 처음이지?"

장일순은 해월 추모비를 치악고미술동우회 회원들과 함께 세웠던 그때의 감동이 다시 밀려와 잠시 눈을 감았다가 떴다.

그때 해월 선생 추모비 건립을 위해서 유 기자가 많이 애썼어."

"저야말로 고마웠습니다. 그런 뜻깊은 일에 우리가 동참하도록 선생님께서 일깨워 주셨으니까요. 선생님의 글씨와 그림을 배우고자 동아리를 만들었는데, 선생님이 많이 도와주셨지요."

"오히려 '치악고미술동우회' 덕분에 해월 선생님 추모비를 원주에 건립할 수 있었어. 해월 선생의 뜻을 기념비에 아로새겨서 강원도 사람들, 더 나아가 우리나라 사람들이 잊지 않고 이어갈 수 있도록 했지."

"… 저… 선생님, 혹시 죽으면 어떻게 하나 두렵지 않으세요?"

송구스럽다는 듯이 유청이 망설이다 질문을 했다.

"죽음에 대한 걱정은 해 본 적이 없네, 때가 되면 겪게 되겠지만. 그냥 가게 되면 가는 거겠지. 암을 앓으면 죽는다는데 하는 초조감이라 할까 두려움이라 할까 그런 건 없어. 말이 나왔으니 하는 말이네만, 처음에는 위궤양이라고 해서 입원을 했지. 의사도 나를 속이고, 식구들도 속이고 그랬단 말이야. 그런데 수술을 마치고 집에 와 있자니까 내가 잘 아는 후배 의사 한 분이 오시더니 눈물을 지으면서, 선생님 사실은 암이신데 암을 치료하려면 이렇게 해 주셔야 합니다 하고 간곡하게 얘기하더란 말이야. 내가 이렇게 말했지. 이 사람아, 암이면 암으로 대처하는 거고, 궤양이면 궤양으로 대처하는 거지 울 게 뭐 있나? 울지 말게. 그 순간 지구가 시방 암을 앓고 있는데 난들 예외일 수 있겠느냐는 그런 생각이 들더군."

장일순은 담담하게 남의 일인 양 자신의 병에 대해서 들려주었다.

"요즘 기분은 어떠세요?"

"그냥 사는 게 하루하루 즐거울 뿐이지. 그냥 즐기는 거라. 장자의 말에, 막힘도 즐거움이요 뚫림도 즐거움이라는 말이 있어. 지난번에 열이 올라서 입원했을 적엔 말이지. 환각 상태가 보름 정도 계속되는데, 뭐 그렇다고 해서 크게 즐거울 것도 없지만, 크게 괴로울 것도 없더라고."

"……."

"그런데 자네는 그동안 어떻게 지내 왔는가? 서로 안부 전화는 했지만, 자네 이야기는 통 안 하더군."

장일순은 유청의 소식이 궁금해서 물었다.

"선생님, 피곤하실 텐데, 침대 벽에 기대십시오. 차근차근 말씀드리겠습니다."

유청은 장일순 등허리에 두툼한 베개를 넣어 주었다.

"추모비 세우면서 느낀 게 많아요. 우리나라에는 훌륭한 분들이 많은데, 우리는 그것을 너무나 모르고 있다는 걸 알았어요. 요즘 젊은 이들이 살기에 힘든 시대잖아요. 전통은 부정되고 서양의 사상은 밀려들고, 그 틈바구니에서 흔들리며 자신의 존재감을 잃고 있어요. 우리 가까이에서 살았던 조상의 훌륭한 정신을 제대로 알고 실천해 나가는 것이 중요하다는 걸 알았어요. 또 선생님께서 강조하신 한살림 생명운동의 바탕이 해월 선생의 동학사상임을 알고, 비로소 날마다

먹는 먹거리가 중요함을 깨달았지요. 그래서 동학을 제대로 알아야
겠다고 생각했어요."

장일순은 말없이 고개만 끄덕였다.

유청은 동학의 발자취를 찾아 강원도 곳곳을 다녔다. 박용걸이 살
았다는 영월 하막동에 가 보았다. 집은 사라지고 없었다. 산속 깊숙
이 숨어 있는 동네였다. 영해 교조신원운동으로 해월이 관의 지목을
받고 숨어든 곳이었다. 49일 기도를 했다는 갈래산 적조암에도 가 보
고, 정선 남면 유시헌의 집터도 찾아보았다. 콩밭으로 변해 있었다.

'과연 동학 교도 집들 중에 아직 남은 집이 한 곳이라도 있을까?'

유청은 안타까워하며 유적지를 찾아보았다. 동학농민혁명 이후 동
학의 씨를 말리기 위해 도인들 집 대부분은 민보군과 관에서 불태워
버렸다. 동학의 흔적은 시간이 지날수록 사라질 테니, 후손들이 기억
할 수 있도록 기록으로 남겨야겠다고 생각했다.

그녀는 기록과 사람들 기억을 바탕으로 직접 찾아다니며 동학 사
적지를 확인했다. 오랫동안 잊혀진 곳이라 쉽지 않았다. 동학의 흔적
을 기억하는 분들이 많이 돌아가셔서 안타까웠다. 그녀는 잘못된 것
은 바로잡아 기록하고, 기존 자료와 비교하며 재정리했다. 틈틈이 동
학 관련 기사를 신문에 내는 한편, 동학을 깊이 있게 연구하기 위해
대학원에 진학했다.

"그런데 선생님, 궁금한 점이 있는데요. 수운 선생이나 해월 선생이 후천 개벽을 위해서 혁명을 강조하셨는데, 과연 오늘날에도 혁명은 필요할까요? 당시에 주장했던 신분 차별이 지금은 사라져서 평등한 사회가 되었잖아요."

유청의 질문에 장일순은 잠시 생각에 잠겼다가 대답했다.

"1894년 갑오년에 동학농민혁명을 일으킨 사람들은 수운과 해월 선생의 뜻을 잘못 받아들인 것이라고 봐. 두 분 선생은 혁명을 무슨 정치적 변혁의 결과로 장래 어느 때에 이루어지는 것으로 여기지 않았지. 동학이라는 도(道)로써 만물과 합일되면 저절로 혁명은 이루어지는 거라고 본 거야. 혁명이 있다면 그것은 바로 내 몸에서 일어나는 것이어야 하고, 역사가 있다면 바로 내 몸에서 이루어지는 것이어야 하지. 자연이나 역사를 나와 별개의 것으로 착각한 것이지. 오늘날에도 마찬가지야. 내가 이미 한울님을 모셨듯이, 다른 존재도 한울님으로 여기는 것, 이것이 혁명인 거지. 개체인 '나'라는 것이 따로 없어. 사심이 없어진 상태가 혁명인 거라. 사심이 없으면 너와 나가 따로 없고, 자연과 인간이 따로 없어. 모두가 하나일 뿐이지."

"그런 일이 과연 현실에서 일어날 수 있을까요? 생각으로야 가능하겠지만, 너와 나는 분명히 구별되어 있잖아요."

유청이 이해가 안 된다는 듯이 고개를 갸우뚱했다.

"내가 전에 형무소에 있을 때 일이야. 사형수들은 죽음을 기다리면서 하루하루 살아가는데 지독한 외로움을 느끼게 마련이지. 그래서 말이지. 형무소에서 주는 밥을 사분지 일쯤 남겨 가지고 창가에 새들 먹으라고 놔두기도 하고, 또 마루 구석에 쥐를 위해서 놔두기도 하더 군. 그러면 새들이 와서 사형수 어깨에 앉기도 하고 머리 위를 날아 다니기도 하더라고. 또 쥐는 사형수 손바닥에 안기기도 하고 그러더 라고. 그러니까 세상에 대한 미련도 없고 '나'에 대한 집착이 털끝만 큼도 없는 사형수들한테는 그런 미물까지도 다 형제요 벗이 되는 거 라. 이처럼 나에 대한 집착에서 벗어나면 너와 나에 대한 구별이 없 어져. 삶과 죽음마저도 하나가 되는 경지가 될 때 이것을 진정한 혁 명이라고 할 수 있지."

"저는 프랑스혁명처럼 민중들이 부정부패에 찌든 지배 세력에 대 항하여 새로운 정치 형태로 바꾸는 것을 혁명이라고 생각했는데요. 그렇다면 1894년 동학농민운동은 혁명이 아니었습니까?"

"물론, 혁명이지. 그러나 완전한 혁명은 아니라는 뜻이야. 진정한 혁명은 보듬어 안는 것일세. 새로운 삶과 변화가 전제될 때 자기 마 음을 다 바치는 정성에서 혁명이 나오는 거지. 암탉이 병아리를 품 어서 까 내듯이 온 마음을 다 바치는 노력 속에 혁명은 시작되는 거 라. 폭력으론 안 돼요. 보듬어 안으면서 온 정성을 다해야 새로운 삶 이 열리는 거라. 혁명은 때리는 게 아니야. 어루만져 보듬는 것이지. 생명을 모르는 사람 만나라 이거야. 그들을 껴안고서 함께 가잔 말이 지. 상대를 소중히 여겨야 변화하는 거거든."

"네. 무슨 뜻인지 이해하겠어요. 정치적으로 바꾸는 것도 중요하지만, 진정한 바꿈은 개개인의 마음속에서 다른 존재를 사랑으로 껴안아야 가능하다는 거죠?"

유청의 말에 장일순은 고개를 끄덕이며 웃었다.

"그렇지. 이 혁명은 누가 이루어 주는 것이 아니라, 나 자신이 스스로 이루어야 하는 거지. 물질과 '나'에 대한 집착이 극도로 심해진 오늘날 자본주의사회에서야말로 자기 혁명이 필요하네. 생태계 파괴, 풍요 속의 빈곤, 자기소외, 지역 불균형, 빈부 격차 등 갖가지 문제에서 벗어나려면 지금이야말로 혁명이 꼭 이루어져야 할 거야. 그랬을 때 수운 선생이 말씀하신 것처럼 물질에서 벗어나 서로 도우며 행복하게 사는 후천개벽 세상이 되는 거라."

유청은 동학에 대해서 웬만큼 알고 있다고 여겼다. 그러나 장일순 선생의 말을 들으면서 자신이 아는 동학은 웅덩이에 불과했음을 깨달았다. 동학 세계는 바다같이 넓었다. 수운 선생이 말했듯이, 기연과 불연으로 엮인 세계는 거대하고 깊었다. 현상 너머 우주가 이 세상을 받치고 있었다. 그런데 이 우주가 내 안에 들어 있었다. 다양한 세계가 겹쳐 있다는 것을 깨달은 순간 현기증이 일었다. 자신이 곧 세계의 중심이자 거인이었다. 비로소 동학이라는 생명체가 꿈틀거리며 다가왔다. 수운이나 해월 선생, 장일순 선생님 모두 같은 말을 하였다. 내 안에 계시는 한울님을 직시하며 사는 것, 그것이 바로 진정한 혁명이다. '나'라는 것은 없다. 나는 그저 한울님을 모시는 신전

일 뿐이다. 아니, 내가 바로 한울님이다.

꽃이 지다

8개월 뒤 봉산동 성당에서 장일순의 장례미사가 있었다. 많은 사람이 모였다. 전국에서 모여드는 것 같았다. 장일순 선생이 생전에 뿌린 씨앗들이 사람들 사이에서 꽃을 피운 것이다. 선생의 부드럽고 따뜻한 기운이 사람들 가슴마다 스며 있음을 유청은 깨달았다.

미사가 끝나고 그녀는 원주 송골로 갔다. 해월 추모비 앞에 섰다. 오석에 새겨진 장일순의 글씨를 손으로 어루만졌다. '모든 이웃의 벗 최보따리 선생님을 기리며'. 손끝마다 아려 오는 그리움에 목이 메었다. 그때 장일순의 따뜻한 목소리가 들려왔다.

나는 미처 몰랐네
그대가 나였다는 것을
달이 나이고
해가 나이거늘
분명 그대는 나일세[29]

그 순간 유청의 가슴이 먹먹해지면서 따뜻한 눈물이 볼을 타고 흘러내렸다. 곧이어 해월의 목소리도 들려왔다.

"천지는 곧 부모요, 부모는 곧 천지니 천지 부모는 한 몸이니라."

두 사람의 목소리는 메아리처럼 한목소리로 울렸다.

"생명이 곧 한울님이니라. 생명은 죽고 삶이 없느니라."

뿌연 눈으로 고개를 드는 그녀에게 바람의 기운을 타고 물결치는 푸른 벼 잎들이 보였다. 모내기를 엊그제 한 것 같은데, 벌써 키가 쑥 자라 있었다. 벼 잎을 바라보노라니 끊임없이 하늘과 소통하고 있었다. 땅 가슴이 힘껏 벼 뿌리를 보듬고 있었다. 혼자 있는 것은 아무것도 없었다. 벼들은 벼들끼리 어깨동무했다. 튼실한 벼들이 허리를 곧추세우고 합창했다.

씨알 품어 주는 흙가슴이여

뿌리 감싸 주는 어머니여

그대를 내 몸에 모시오니

젖이 되고 밥이 되어

세상 생명 기르소서

이슬과 바람으로

푸른 싹 일깨우고

햇빛 별빛으로

삶의 방향 일러 주는 아버지여

그대가 없다면 나도 없겠네

바람 앞에 서로를 부축하며
함께 서 있는 형제여
노래하고 춤추는 형제여
그대가 없다면 나도 없겠네

서로를 살리는
사랑하는 님이시여,
몸과 마음에 모시오니
열매로 영글어 거듭나소서

우리는 하나의 생명
사랑하는 님이시여,
그대가 없다면 나도 없겠네
그대가 없다면 나도 없겠네

5월의 바람결에 벼 잎들이 물결치며 생명의 노래를 부르고 있었다. 그녀도 한 포기 벼가 되어 함께 노래를 불렀다. 생명의 소리가 한 물결을 이루어 모두의 몸을 흔들었다. 하나의 거대한 에너지 기운이 해일처럼 지상을 뒤덮고 있었다.

● 주석

1. '그림마당 민'은 80년대 민중미술의 거점 공간 역할을 하였다. 민중미술가 동인들은 억압적인 정치 현실과 고답적이고 관념적인 기성 화단을 비판하는 리얼리즘 미술운동을 펴나갔다. 1986년 3월에 문을 열었다가 1994년 말에 문을 닫았다. 1988년 5월 27- 6월 2일 한살림운동의 기금 조성을 위해 '그림마당 민'에서 장일순은 서화전을 개최하였다.(장일순 서화, 이형만 나전 공동전)

2. 한국사사전편찬회,『한국근현대사사전』, 가람기획, 2005.
부산 미문화원 방화 사건(1982.3.18) : 부산 고신대(高神大)생들이 광주민주화운동 유혈 압 및 독재정권 비호에 대한 미국 측의 책임을 물어 부산미문화원을 방화한 사건.

3. 무위당 장일순 홈페이지(http://www.muwidang.org/page/view.php/sub2-1)
1963~1977년까지 민주화운동, 노동운동, 농민운동을 생명운동으로 전환할 때까지 정치활동 정화법, 사회안전법에 묶여 모든 활동에 감시를 받음.

4. 〈매일경제〉 3면, 1970.04.29. 여차장의 '삥땅' 죄냐? 아니냐?

5. 카톨릭 사회복지,『카리타스 지식인』여름 통권 37호, 2012, 23쪽. 1972년 8월19일 남한강 유역에 내린 250mm의 집중 폭우로 대홍수가 일어나, 수재민 145,000명, 농경지피해 19,645정보, 가옥피해 22,967동, 공공시설 피해 44억원의 막대한 피해를 입고 원조를 요청하여 국제 카리타스와 독일 미제레올에서 약 3억 6천만 원 규모의 막대한 지원금을 받는다.

6. '좁쌀 한 알에도 우주가 담겨 있단다', 김선미 글, 우리교육.

7. 『좁쌀 한 알』, 최성현, 도솔.

8. 박맹수,『개벽의 꿈, 동아시아를 깨우다』, 모시는사람들, 2011, 157쪽.
영해 교조신원운동: 1871년 3월 이필제가 주도한 영해 변란. 수운 최제우의 교조 신원의 명분을 걸고 참가했다.

9. 강시원,『최선생문집도원기서』, 1880. 윤석산 역주,『도원기서』, 문덕사, 1991.
수운 최제우는 1860년 도를 깨우친 뒤 1861년부터 포교를 하다 1864년 대구 장대에서 참형을 당해 사망함. 조선 말기의 종교사상가로 민족 고유의 경천(敬天) 사상을 바탕으로 유(儒)·불(佛)·선(仙)과 도참사상, 후천개벽사상 등의 민중 사상을 융합하여 동학(東學)을 창시하였다.

10. 고종호,「정선지역 동학 운동의 전개 양상과 그 의미」,『정선문화』12호, 정선

문화원, 2009, 47-48쪽.

위의 책. 1872년 3월에 정선 사람 김경순, 안시묵, 홍석범이 30냥을 사가를 구하기 위해 희사했으며, 정선에서 돈 50금을 수합하여 영춘 장현곡 집과 터를 사서 사가가 이주하도록 도움.

11. 최시형, 「해월신사법설, 강시(降詩) 태백산공」, 『천도교경전』, 천도교중앙총부, 1993, 405쪽.

12. 최시형, 「해월신사법설, 용시용활(用時用活)」, 『천도교경전』, 천도교중앙총부, 1993. 353쪽.

13. 한국사사전편찬회, 『한국근현대사사전』, 가람기획, 2005.

14. 최제우, 「동경대전, 논학문 1절」, 『천도교경전』, 천도교중앙총부, 1993, 23쪽.

15. 강시원(姜時元)의 본명은 강수(姜洙)이다. 최시형의 측근으로 전성문·황재문 등과 함께 경상도 출신이다. 영해 교조신원운동과 문경 작변에 실패한 뒤에 최시형과 의형제로 결속하고, 최시형 중심 지도체제 구축에 많은 기여를 한 인물이다. 그리고 최시형과 함께 갈래산 적조암에 들어가 49일 기도를 하였으며, 『최선생문집도원기서』를 1880년에 저술하였다.

16. 강시원, 『최선생문집도원기서』, 1879. 윤석산 역주, 『도원기서』, 문덕사, 1991.

17. 김양식, 『새야새야 파랑새야』, 서해문집, 2005. 140쪽.
제천 접주 성두환은 동학란 활동으로 인해 전봉준, 손화중, 김덕명, 최경선 등과 함께 교수형을 받음(1895.3.29).

18. 역사문제연구소 동학농민전쟁 백주년기념사업추진위원회, 『동학농민전쟁 역사기행』, 여강, 1993, 166-167쪽.

19. 국사편찬위원회, 「동학농민혁명 증언록-부농으로 전투에서 싸운 최도열」, 『한국사데이터베이스』, 풍암 2리에 사는 최주호(1919년생) 씨 증조할아버지(최병두)와 할아버지(최도열)가 모두 동학교도였으며, 할아버지는 농민군에 가담해서 싸우다가 자작고개에서 전사하였다. 그날 전투에서 죽은 농민군이 최소한 800여 명은 될 거라고 한다. 1970년대 중반까지도 마을에는 음력 10월 22일 한날 제사를 지내는 집이 30여 호나 있었다.

20. 고종호, 『정선문화』 제12호, 정선문화원, 71쪽. 유시헌 선생의 증손자 유돈격 님 인터뷰. 유택하, 『동학난중기』, 1887~1897. 강릉 최씨는 1894년 10월~1896년 2월, 3월 평창감옥에, 유시헌은 1896년 1월 제천감옥에 투옥됨.

21. 고종호, 앞의 책, 59쪽. 정선 유택하(유택종)의 효행을 기리기 위해 효행비와 정려각을 향당에서 1935년에 정선 광덕리 수령동에 세웠다. 유택하는 아버지 유

시헌에게 효성이 지극했으며, 돌아가신 뒤에도 날마다 두 번씩 묘소에 참배하느라 하천을 건너다녀 마을 사람들이 다리를 놓아 주기도 하였다.

22. 이돈화, 『천도교창건사』.

23. 최류현, 『시천교역사』, 1920. 정재철, 〈전북대안언론 참소리〉, '전봉준과 다른 길에 선, 부안 대접주 김낙철', 2005. 김낙철(1858~1917) 부안 출신 지주이자 선비. 1898.1.4. 원주 전거론에서 해월을 대신하여 체포당해 경성감, 수원 감옥으로 이송한 뒤 최시형 처형 직전에 석방되었다. 동학농민혁명에도 참가했으며 수감 생활 휴유증로 인해 1917년에 사망하였다.

24. 해월은 1898년 4월 5일 송골 원진여의 집에서 체포된 뒤에 한양으로 압송되어 한성 감옥으로 이감하였다가, 좌도난정률로 육군병원 교형장에서 6월 2일 교형을 받아 순도하였다.

25. 최시형, 「해월신사법설 이천식천」, 『천도교경전』, 천도교중앙총부, 2013, 364쪽. 해월의 '이천식천(以天食天), 한울로써 한울을 먹는다'는 것은, 한울은 동질적 기화와 이질적 기화로서 서로 연결된 성장 발전을 도모한다. 경쟁과 적자생존의 관점이 아니라, 공생과 상생의 관점으로 만물의 관계를 설명하고 있다.

26. 최성현, 『좁쌀 한 알 장일순』, 도솔, 2004.

27. 1872.1.5. 영월 박용걸 집에서 참회고천제례 때 한 해월 법설. 해월의 경심법(警心法) 통문 중 '천지부모 편' 1절. "사람의 포태가 한울님의 이치와 기운의 작용으로 이루어진 것이니, 사람의 포태가 곧 한울님의 포태이다. 사람이 나고 자라는 것은 부모와 천지가 같이 하는 것이니 천지부모는 근원적으로 하나이다."

28. 박영훈 칼럼, 〈강원일보〉, 「오솔길」 '해월과 무위당' 원진녀 집터 비석은 원주시 호저면 고산리 송골에 있음. 동학의 2대 교조 최시형이 머물다 체포된 집터임을 표시. 원주 치악고미술동우회에서 1989년 세움.

29. 장일순, 『나는 미처 몰랐네 그대가 나였다는 것을』, 시골생활, 2010.

● 참고문헌 및 자료

강시원, 『최선생문집도원기서』, 『동학사상 자료집』1, 아세아문화사, 1978.

고종호, 『정선지역 동학운동의 전개양상과 그 의미』, 『정선문화』12호, 정선문화원, 2009.

국사편찬위원회, 『동학농민혁명 증언록-부농으로 전투에서 싸운 최도열』 『한국사데이터베이스』.

김양식, 『새야 새야 파랑새야』, 서해문집, 2005.

『동경대전』, 『해월신사법설』, 『천도교경전』, 천도교 중앙총부, 1993.

『동비토론(東匪討論)』, 『叢書』 12.

동학농민혁명 참여자 명예회복 심의위원회, 『동학농민혁명사 일지』, 계문사, 2006.

박맹수, 『개벽의 꿈, 동아시아를 깨우다』, 모시는사람들, 2011.

박영훈 칼럼, 〈강원일보〉, 「오솔길」 '해월과 무위당'.

역사문제연구소 동학농민전쟁 백주년기념사업추진위원회, 『동학농민전쟁 역사기행』, 여강, 1993.

윤석산, 『초기 동학의 역사』, 신서원, 2000.

이돈화, 『천도교창건사』, 천도교중앙종리원, 1970.

이현주, 『장일순의 노자이야기』, 삼인, 1993.

장일순, 『나는 미처 몰랐네 그대가 나였다는 것을』, 시골생활, 2010.

최동희, 『동학의 사상과 운동』, 성균관대 출판부, 1980.

최류현, 『시천교역사』, 1920.

최봉영, 『바탕공부』, 고마누리, 2013.

최성현, 『좁쌀 한 알 장일순』, 도솔, 2004.

표영삼, 『동학2』, 통나무.

한국사사전편찬회, 『한국근현대사사전』, 가람기획, 2005.

연도(간지)	날짜 · 내용
1824 갑신	10월 28일 수운 최제우, 경주 가정리에서 탄생
1827 정해	3월 21일 해월 최시형, 경주 황오리에서 탄생
1855 을묘	2월 1일 춘암 박인호, 충남 덕산군 장촌면에서 출생
	3월 수운, 울산에 정착하여 명상 중, '을묘천서'의 이적 체험
1860 경신	4월 5일 수운, 동학 창도. 여종 2명 해방-며느리와 딸 삼음
	5월 이후. 수운, 주문과 심고법 제정, 수행 절차, 교리 체계 수립
1861 신유	4월 8일 의암 손병희, 충청도 청주 향리의 서자로 출생
	6월부터 수운, 포덕 시작, 경전 짓고, 의례 정비 계속
	6월 해월, 용담으로 수운을 찾아가 입도(35세). 천어 들음
	11월 수운, 관의 탄압 피하여 전라도 남원 은적암으로 감
	12월 수운, 교룡산성 은적암에서 체류하며 전라도 일대 포덕
1862 임술	■임술민란, 단성민란, 진주민란 등이 전국에서 진행
	11월 9일 수운, 흥해(포항) 등 경북 북부지역 순회하며 포덕
	12월 30일 경상도를 중심으로 한 15개 군현에 동학 접 조직
1863 계해	8월 14일 수운 해월에게 도통 전수(37세)
	12월 수운, 경주 용담정에서, 선전관 정운구에게 체포됨
1864 갑자	3월 10일 수운, 대구 장대에서 순도(41세), 해월 高飛遠走
	● 3월 이경화, 강원도 영월로 유배
1871 신미	3월 10일 이필제, 영해 교조신원운동 일으킴
	● 10월 해월, 정석현→정진일→소백산→영월 박용걸가 의탁
	● 11월 20일 박용걸, 유인상 입도, 대인접법, 우묵눌 설법
1872 임신	● 1월 해월, 박용걸 집에서 천제, 이필제란 참회
	● 1월 6일 해월, 영월 소밀원 박씨 사모님 찾아감. 세청 사과
	● 1월 해월, 박용걸 도움으로 박씨 사모님에게 쌀 보냄
	● 2월 박씨 사모 박용걸 집으로 감
	● 3월 23일 세정의 처 등, 장춘보 가에서 체포, 인제옥에 투옥
	● 해월, 정선에서 돈 50금 수합 영춘 장현곡으로 사가 옮김
	● 5월 12일 세정, 수운 장자. 양양옥에서 장형 받다가 사망
	● 9월 사가, 영월에서 정선 유인상 집으로, 동면 싸내 재정착
	● 10월 16일 해월, 태백산 갈래사의 적조암 49일 기도
1873 계유	● 12월 9일 수운 부인 박씨, 영양실조로 별세(주천리)
1874 갑술	해월(48세), 김씨와 단양에서 결혼(손씨 부인과 연락 두절)
	● 2월 19일 해월, 정선 싸내에서 박씨 사모 장례식
	4월 해월, 단양 송두둑 절골로 이사
1875 을해	1월 24일 해월, 아들 덕기 출생, 제품 철폐와 용시용활 설법
	1월 세청(수운 둘째아들) 병환으로 사망
	2월 해월, 절골에서 송두둑 이사, 정선 도인 도움, 새 출발 다짐
	● 해월, 제사권 행사로 단일지도체제 형성

연도(간지)	날짜 · 내용
	● 해월, 제사 때 소고기 금지, 집단 제례, 입도식 절차 정함
	●11월 13일 해월, 설법제 유시헌 집에서 행함
	● 해월, 강수에 도차주, 유시헌에 도접주 임명
1876 병자	■조선, 일본과 강화수호조약 체결
	●4월 해월, 인제 김계원(김연호) 집에서 고천제례
	7월 해월, 손씨 부인과 두 딸 재회
	●8월 15일 해월, 제품 철폐 설법-청수일기 설법(정선)
1877 정축	●10월 3일 해월, 인제 장춘보, 김현수 가에서 구성제 시행
	●10월 16일 해월, 정선 유시헌 가 등에서 구성제 지냄
1878 무인	●7월 25일 해월, 정선 무은담에서 개접례 행함
1879 기묘	●3월 7일 해월, 인제 김현수 집 구성제
	●4월 해월, 인등제 부활, 북방 중시 설법
	●11월 10일 해월, 정선에서 『최선생문집도원기서』편찬
1880 경진	●6월 14일 해월, 인제 목판본 『동경대전』 간행 100부
1880 년대	초반, 충청도 평야지대, 전라도 지역 동학 전파
1880 년대	중반, 여러 지역에서 동경대전과 용담유사 목판본 간행
1880 년대	후반, 전라도에 동학 확산
1882 임오	1월 의암, 입도, 독공수련, 충청지역 지도자 다수 입도
1884 갑신	■김옥균, 박영효 등이 갑신정변을 일으킴
	10월 해월, 강서로 육임제 시행, 교단 조직 강화
1887 정해	●해월, 의암, 갈래산 적조암 49일 기도, 정선 식량 조달
1889 기축	●1월 15일 정선, 인제 민란으로 동학 지목 심해짐
	10월 해월, 첫째 부인 손씨 환원
1890 경인	●7월 초 해월, 인제 성황거리로 옮김. "새소리도 시천주" 설법
1892 임진	10월 20일 공주 집회 개최. 충청감사, 감결 하달
	11월 2일 삼례 집회에 동학교도 수천 명 모임. 전라감사 감결 하달
1893 계사	2월 11일 광화문 복합상소, 소두 박광호, 의암 손병희 등 참여
	●3월 초 관동 이원팔, 홍천 차기석, 인제 김현수 등 보은집회 참가
	●원주접 200여 명 보은 집회 참가
1894 갑오	1월 10일 전봉준 등 고부 농민 1천여 명, 만석보 격파, 조병갑 축출
	■2월 22일 김옥균이 상해에서 홍종우에게 암살됨
	3월 20일 전봉준, 손화중, 김개남 등과 무장 기포, 포고문 반포
	3월 25일 호남창의대장소(백산), 4대강령, 12개조군율 선포
	4월 7일 동학군이 정읍 황토현에서 전라감영군 격파하고 승리
	4월 23일 동학군 장성 황룡천에서 중앙군(경군)을 격파하고 승리
	4월 27일 동학군, 전주성 함락, 조정 동학군 진압 위해 청군 요청
	5월 7일 동학군과 관군, 전주화약 체결, 동학군 집강소 활동 시작
	6월 21일 일본군 경복궁 기습 점령, 청일전쟁 도발(조정에 요구)
	6월 23일 청일전쟁. 일본 군함, 풍도 앞바다에서 清군함 격침
	7월 경상도 영해 영덕 경주 연일 영천 고령 등지 동학군 봉기
	■7월 25일 경북 예천에서 서상철 의병 봉기(최초 반일의병)
	●8월 강릉부 연곡 신리면 오덕보 접소 설치
	●강원지역 동학군 결집, 유시헌 접주도 활동
	●9월 4일 강원도 남부 동학군 강릉 관아 점령
	●9월 7일 강원도 남부 동학군 선교장 이회원 민보군에게 쫓김
	9월 18일 해월, 충북 청산에서 전국 동학도 총기포령 선포

연도(간지)	날짜 · 내용
	9월 18일 의암, 34세. 해월로부터 북접통령 임명-전봉준과 합류
	●10월~ 강릉 유시헌 아내 평창 감옥에 갇힘
	10월 12일 전봉준, 4천여 명의 동학군 모아 삼례에 대도소 설치
	●10월 13일 차기석 대접주, 물걸리 동창 불태우고 식량 확보
	●10월 22일 차기석 동학군, 서석 풍암리 싸움. 800여 명 희생
	10월 24일 내포 지역 동학군, 당진 승전곡 전투 승리
	10월 28일 내포 동학군, 홍주성 공략전에서 패퇴, 해안가로 몰림
	●11월 5일 동학군 1만여 명 평창·후평에서 일본-관군과 전투
	11월 8일 동학군 우금티 전투 시작, 4~50차례 공방 끝에 패퇴
	●11월 12일 차기석, 내면 원당리에서 생포됨
	11월 19일 해월, 임실 갈담에서 의암 북접군 만나 북상 시작
	●11월 22일 차기석, 지왈길 효수됨(강릉교장)
	11월 27일 김구 등 황해도 동학군 해주성 공략, 동학군 패배
	12월 1~11일 김개남, 전봉준, 손화중 등 체포
	12월 조재벽, 해월, 의암과 영동, 보은북실, 음성 무극 전투
	12월 28일 해월, 의암 휘하 동학군 보은 북실에서 크게 패함
1895 을미	●1월 해월, 인제 느릅정이 최영서 집으로 은거
	●3월 유시헌 아내 강릉 최씨 평창 감옥 투옥
	3월 29일 전봉준 최경선 손화중 김덕명 성두환 한양에서 처형됨
	●6월·12월 해월, 홍천군 최우범 집 방문
	●12월 12일 해월, 원주 수레촌 이사(임학선 주선), 이후 홍천 피신
1896 병신	1월 유시헌 제천 감옥 투옥(1월), 2월에 출옥
1897 정유	■10월 12일 대한제국 선포
	해월, 둘째 아들(동호) 얻음. 향아설위 설법
	8월 해월, 여주 전거론 이거(강원도 원주군-->경기도 여주)
	●10월 28일 해월, 인제 느릅정이 최영서 집에서 수운 탄신 향례
	12월 24일 의암, 37세. 해월이 의암에게 도통 전수
1898 무술	●1월 3일 김낙철 해월 대신 체포
	●2월 해월, 원주 송골 원진여 집 이주
	●4월 5일 해월, 원주 송골에서 송경인 등 관군에게 피체
	●6월 2일 해월, 한양 육군형장에서 교수형으로 순도
1900 경자	4월 11일 해월 묘소 여주 천덕봉 아래 이장, 대종주의식(7월)
1901 신축	■5월 15일 이재수의 난(제주도)
1902 임인	의암, 도전, 언전, 재전을 주장하는 삼전론 지음
1904 갑진	■2월 8일 러일전쟁(일본군 뤼순군항 기습공격)
1905 을사	■7월 29일 가쓰라 태프트 밀약·11월 17일 을사늑약
1906 병오	1월 손병희, 일본에서 귀국, 부산-서울 열차 귀경
	■2월 1일 통감부 설치(초대 통감 이토 히로부미)
1907 정미	수운과 해월, 정부로부터 신원됨
1912 임자	■일제, 105인 사건을 조작하여 민족주의자 탄압 시작
1914 갑인	■7월 28일 1차대전 시작(오스트리아, 세르비아에 선전포고)
1915 을묘	주옥경 22세. 의암과 가연
1918 무오	■11월 11일 1차대전 종결
1919 기미	■1월 18일 파리강화회의 개최·1월 21일 고종 승하
	2월 21일 기독교측에서 천도교에 거사자금 요청(5천원 지원)
1920 경신	6월 25일 <개벽> 창간, 이해에 동아일보, 조선일보 창간

연도(간지)	날짜 · 내용
1922 임술	5월 19일 새벽 의암 환원, 우이동 봉황각 앞에 안장(6.5)
1923 계해	■9월 1일 동경 대지진
1926 병인	6월 10일 6.10만세운동, 춘암 박인호 중심 천도교 구파 관여
1927 정묘	■2월 16일 경성방송국 방송 시작
1928 무진	●장일순, 강원도 원주 출생
1929 기사	■10월 30일 광주학생운동 발발
1931 신미	■9월 18일 만주사변(류타오후 사건 빌미)
1932 임신	■1월 8일 이봉창 의거, 윤봉길 의거(4.29)
1937 장축	■9월 18일 중일전쟁(노구교 사건), 난징대학살(12.13)
1939 기묘	■9월 1일 2차대전 시작(독일 폴란드 침공)
1940 경진	4월 30일 춘암 박인호, 천도교 신구파 합동 소식 듣고 환원
	■8월 10일 동아일보, 조선일보 폐간
1941 신사	■12월 7일 아시아태평양전쟁발발(일본군, 진주만 기습)
1944 갑신	●장일순, 경성공전 입학. 서울대 미군대령 총장 취임 반대 제적
1945 을유	■8월 15일 조선, 일본으로부터 해방, 천도교청우당 재건 부활
1956 병신	●장일순, 국회의원 낙선. 중립화평화통일 주장-요시찰 인물이 됨
1960 경자	●3월 15일 장일순, 사회대중당 후보로 국회의원 낙선
	경주 용담에 수도원 재건
1961 신축	●장일순, 중립화평화통일 주장, 서대문+춘천교도소 3년 옥고
1962 임인	10월 3일 정읍 황토현에 갑오동학혁명기념탑 건립
1963 계묘	●장일순, 대성학원이사장 취임, 한일외교 반대로 이사장직 물러남
1964 갑진	●장일순, 포도 농사 전념
	수운, 순도 100주년 맞아 대구 달성공원에 동상 건립
1966 병오	서울 탑골공원에 의암 손병희 동상 건립
1968 무신	●장일순, 농촌, 광산촌에서 신용협동조합운동 전개
1969 기유	●장일순, 사회안전법 때문에 공·사 활동 감시와 불이익
1971 신해	●장일순, 박정희 정권 부정부패 폭로, 민주화 투쟁 촉발
1973 계축	●장일순, 1972년 대홍수로 피해 복구 재해대책사업위원회 발족
1977 정사	4월 장일순, 해월 사상 계승, 노동·농민운동을 생명운동으로 전환
1983 계해	10월 29일 장일순,협동조합운동. 한살림및민주통일국민연합 발족 참여
1986 병인	10월 장일순, 한살림운동 및 생명사상 실천 운동
1988 무진	●10월 장일순, 한살림 기금 조성 장일순 서화전
	●4월 21일 장일순, 한살림공동체소비자협동조합 창립 참여
1989 기사	●4월 12일 장일순, 치악고미술동우회 회원과 송골 해월 기념비 건립
1991 신미	●4월 장일순, <그림마당 민>, <밝음마당>에서 수묵전
1992 임신	●4월 장일순, 생명사상 강연 다수
1993 계유	●3월 1일 장일순, 『무위당 장일순의 노자이야기』 펴냄
1994 갑술	●5월 22일 장일순, 위암으로 영면함
	3월 21일 동학농민혁명 100주년 기념, 동학에 대한 관심 고조
1997 정축	●5월 31일 장일순, 『나락 한 알 속의 우주』 출판
1998 무인	●9월 24일 장일순, 상지대 전시관에서 유작 전시회
	6월 2일 해월 순도 100주년 행사 거행(서울)
2004 갑신	3월 5일 동학농민혁명 참여자 명예회복에 관한 특별법 의결
2007 정해	9월 6일 원주밝음신협 건물에 무위당 기념관 개관
2014 갑오	10월 11일 천도교, 유족회 등 동학농민혁명 120주년 기념대회

여성동학다큐소설을 후원해 주신 분들

양규나	이미숙	이혜정	정은주	주진농씨
양승관	이미자	이희란	정의선	진현정
양원영	이민정	임동묵	정인자	차복순
연정삼	이민주	임명회	정준	차은량
오동택	이병채	임선옥	정지완	천은주
오세범	이상미	임정묵	정지창	최경희
오인경	이상우	임종완	정철	최귀자
왕태황	이상원	임창섭	정춘자	최균식
원남연	이서연	장경자	정한제	최성래
위란희	이선업	장밝은	정해주	최순애
위미정	이수진	장순민	정현아	최영수
위서현	이수현	장영숙	정효순	최은숙
유동운	이숙희	장영옥	정희영	최재권
유수미	이영경	장은석	조경선	최재희
유형천	이영신	장인수	조남미	최종숙
유혜경	이예진	장정갑	조미숙	최철용
유혜련	이용규	장혜주	조선미	하선미
유혜정	이우준	전근순	조영애	한태섭
유혜진	이원하	정경철	조인선	한환수
윤명희	이유림	정경호	조자영	허철호
윤문회	이윤승	정금채	조정미	홍영기
윤연숙	이재호	정문호	조주헌	황규태
이강숙	이정확	정선원	조창익	황문정하
이강신	이정희	정성현	조청미	황상호
이경숙	이종영	정수영	조현자	황영숙
이경희	이종진	정영자	주경희	황정란
이광종	이종헌	정용균	네오애드앤씨	
이금미	이주섭	정은솔	주영채	
이루리	이지민			
이명선	이창섭			
이명숙	이향금			
이명호	이현회			
이문행	이혜란			
이미경	이혜숙			

여러분의 후원에 감사드립니다.

이름이 누락된 분들은 연락주시면 이후 출간되는 여성동학
다큐소설에 반영하겠습니다. / 전화 02-735-7173